Über die Autorin:

Eva Rossmann, geboren in Graz, lebt heute im niederösterreichischen Weinviertel. Zuerst war sie Verfassungsjuristin, dann arbeitete sie als Journalistin u. a. beim ORF und bei der NZZ. Seit 1994 ist sie Autorin und freie Journalistin.
WAHLKAMPF ist Mira Valenskys erster Fall.

Von Eva Rossmann sind außerdem als Bastei Lübbe Taschenbücher erschienen:
AUSGEJODELT
FREUDSCHE VERBRECHEN
KALTES FLEISCH
AUSGEKOCHT
MÖRDERISCHES IDYLL
WEIN & TOD
VERSCHIEDEN und
MILLIONENKOCHEN

»Die Mira-Valensky-Romane von Eva Rossmann gehören zur Subspezies der Unbefugten-Krimis. Darin pfuscht eine Frau, eben Mira Valensky, der Polizei ins Ermittlungshandwerk, sehr zu deren Groll ...«
Sigrid Löffler, Literaturen

EVA ROSSMANN

wahlkampf

Ein
Mira
Valensky
Krimi

BASTEI LÜBBE TASCHENBUCH
Band 16277

Erste Auflage: Juni 2009
2. Auflage: September 2010

Vollständige Taschenbuchausgabe

Bastei Lübbe Taschenbuch in der Bastei Lübbe GmbH & Co. KG

Lizenzausgabe mit Genehmigung des FOLIO Verlags, Wien Bozen.
© 1999 FOLIO Verlag, Wien Bozen.
Alle Rechte vorbehalten.
Für die Taschenbuchausgabe wurden einige
geringfügige Änderungen vorgenommen.
Lizenzausgabe 2009 by Bastei Lübbe GmbH & Co. KG, Köln
Titelabbildung: mauritius images/Harald Frater
Umschlaggestaltung: Bettina Reubelt
Satz: hanseatenSatz-bremen, Bremen
Gesetzt aus der Adobe Garamond
Druck und Verarbeitung: Norhaven A/S
Printed in Denmark
ISBN 978-3-404-16277-2

Sie finden uns im Internet unter
www.luebbe.de
Bitte beachten Sie auch: www.lesejury.de

[1]

Der Tag hatte so schön begonnen. Gismo gähnte mich vom Fußende des Bettes her an. Es war noch warm in Wien. Die Sonnenstrahlen, die durch das vierteilige hohe Schlafzimmerfenster fielen, zeichneten ein Muster auf die weiße Wand.

Ich kletterte aus dem Bett und lockte die Schildpattkatze mit fünf schwarzen Oliven. Sie streckte sich majestätisch und raste dann ganz unmajestätisch zu mir in die Küche. Ihr beige-orange-schwarzes Fell kam mir heute wieder einmal besonders seidig vor. Sie tanzte um mich herum, unfähig, noch länger über die fünf einsamen Tage beleidigt zu sein. Erst nachdem sie die Oliven verschlungen hatte, zog sie sich in eine Ecke des Vorzimmers zurück und starrte mit ihren gelben Augen abwechselnd mich und meine ungeöffnete Reisetasche an. Von ihren Augen bis zur Nase leuchtete ein flammend oranger Streifen, ein zweiter über ihrer rechten Braue. Wie bei einem urzeitlichen Krieger, der nicht ganz fertig bemalt ist. Um in den Kampf zu ziehen? Um Freudentänze aufzuführen? Das konnte man bei Gismo nie so recht wissen. Ich hatte sie auf der Straße aufgelesen. Solche Katzen findet man, die sucht man sich nicht aus.

Die Waage zeigte heute Morgen 81 Kilo. Kein Grund, sich die Stimmung verderben zu lassen. Vor meiner Abfahrt waren es 80 Kilo gewesen. Bei einer Größe von einem Meter zweiundsiebzig konnte man das kaum als Übergewicht bezeichnen. Bloß ein Kilo mehr nach fünf Urlaubstagen mit köstlichem Essen, vielen faulen Stunden und reichlich Alkohol – das war beinahe wie ein Geschenk. Ich duschte, schlüpfte in bequeme Jeans, und entgegen meinen sonstigen Gewohnheiten machte ich mir bloß rasch einen Cappuccino.

Ich seufzte und streckte mich. Wunderbares Veneto. Hätte ich die Chance gehabt ... Es gab sie aber nicht. Dabei mochte ich meine

Wohnung in dem Gründerzeithaus mit den hohen weitläufigen Räumen, den knarrenden Parkettböden und den bereits etwas abgenutzten Flügeltüren, die bei mir immer offenstanden. Möglichst viel Platz und Raum. Ich hasse es, mich eingesperrt zu fühlen.

Ich lief die drei Stockwerke nach unten und hatte gerade die erste Weinschachtel aus dem Kofferraum meines Autos gehievt, als mir in der Haustür Vesna begegnete. Vesna Krajner war meine Putzfrau. Die Bezeichnung Putzfrau war mir lieber als der gängige Wiener Ausdruck »Bedienerin«. Vesna bediente nicht, sie putzte den Dreck weg, den ich nicht wegputzen wollte. Vesna nickte, als sie mich sah. »Mira Valensky, wie geht es dir?«, fragte sie. Ich hatte mich schon lange damit abgefunden, dass Vesna zwar als Kompromiss mit den herkömmlichen Konventionen auf mein Du eingegangen war, mich aber immer mit Vor- und Nachnamen ansprach. »Ich helfe«, sagte Vesna und wollte mir den Karton abnehmen.

»Es sind noch ein paar mehr da«, ächzte ich und stellte den Karton auf die Stufen. Gemeinsam gingen wir zum Auto zurück. Vesnas Blick verriet, dass sie das für untertrieben hielt. Na ja, es war eben eine gute Gelegenheit gewesen. Sieben Schachteln mit Wein, darüber einige große und kleine Plastiksäcke voller köstlicher Dinge. Beachtlich, was alles in einen kleinen Fiat passte. Vesna hob einen Weinkarton hoch. Sie war fast einen Kopf kleiner als ich, stämmig, aber ohne ein Gramm Fett. Vom ewigen Putzen hatte sie zähe Muskeln bekommen. Sie keuchte nicht einmal, als sie oben anlangte. Wahrscheinlich sollte ich doch wieder Sport betreiben. Früher einmal war ich recht sportlich gewesen. Im Abstellraum standen eine Reihe staubbedeckter Pokale. Speerwerfen, Laufen, Schwimmen – ich war ein Allroundtalent gewesen –, und das, obwohl ich nie die ideale Figur für eine Sportlerin gehabt hatte. Aber Laufen hatte mir allemal besser gefallen als Mathematik. Das alles lag allerdings 20 Jahre zurück.

Eine halbe Stunde später türmten sich im Vorzimmer alle meine Schätze. Gismo umschlich sie misstrauisch. Sie schlug die Krallen in einen Sack und starrte auf die Kaffeebohnen, die herausquollen.

Ich fauchte. Gismo sah mich mit großen Augen an. Die Katze war nicht zu erziehen, sie war bestenfalls zu bestechen. Ich nahm die Säcke und stellte sie auf den Küchentisch. Vesna hatte inzwischen damit begonnen, die Wohnung aufzuräumen. Ich widmete mich meinem Weinkühlschrank. Zur Wohnung gehörte zwar ein kleiner Keller, aber dort war es zu warm, um gute Weine zu lagern. Also hatte ich mir diesen sündteuren Weinschrank geleistet. Keinen einfachen, einen doppeltürigen. Er hatte so viel gekostet wie ein guter gebrauchter Kleinwagen. Man muss eben Prioritäten setzen ...

»Vesna!«, rief ich. »Wie bist du heute hergekommen?« Gleich würde ich wissen, ob es wirklich ein guter Tag war.

»Mit der Straßenbahn, natürlich«, rief Vesna zurück.

Es war ein guter Tag. Vesna war eine vernünftige und praktische Frau. Aber sie hatte eine Leidenschaft: ihr Motorrad. Ein Motorrad der besonderen Art. Ihr Lieblingsbruder war Mechaniker, und noch in Bosnien hatte sie mit ihm dieses Motorrad konstruiert. Vesna hatte damals schon einen Motorradführerschein gehabt, und nach Meisterung vieler bürokratischer Hürden war es ihr sogar gelungen, ihn in einen in Österreich gültigen umzuwandeln. Aber es war unmöglich, für dieses Motorrad einen Typenschein zu bekommen. Es bestand aus den unterschiedlichsten Teilen, und ich hatte den Verdacht, dass nicht einmal alle Teile von einem Motorrad stammten. Der Motor jedenfalls war zu stark, und der Lärm war ohrenbetäubend. Vesna war durch ihre Mischmaschine schon einige Male in Schwierigkeiten gekommen. Der Aufenthaltsstatus der Bosnierin war eher schwebend, und es war besser, nicht mit der Polizei in Konflikt zu kommen. Noch hatte ich sie immer heraushauen können. Mit Journalistinnen legte sich die Polizei nicht ganz so gerne an. Vesna versprach regelmäßig, sich mit ihrem Gerät nicht mehr blicken zu lassen. Aber stets brach sie ihr Versprechen. »Spaß, der Mensch braucht Spaß«, sagte sie dann zerknirscht.

Heute war Vesna trotz Schönwetters mit der Straßenbahn gekommen. Wunderbar. Meine Putzfrau würde mir erhalten bleiben. Ich sah mit gerunzelter Stirn auf die neu erworbenen Flaschen und auf meinen Weinschrank. Egal, wie ich die Flaschen schlichtete, ich würde nicht alle unterbringen.

Vesna wischte gerade mit einem feuchten Tuch die Küchenregale ab. »Ein so großer Kühlschrank, und nur für Mira Valensky«, sagte sie. Vorräte beruhigen mich, so ist das nun einmal. Jeder braucht einen Halt im Leben. Und immerhin würde ich die nächsten zwei, drei Monate nicht mehr ins Veneto kommen. Arbeit war angesagt, das Minus auf meinem Konto musste erst wieder ausgeglichen werden.

Vesna erzählte von ihren Zwillingen. Sie waren Klassenbeste und hatten so den Spott einiger Mitschüler auf sich gezogen. »Ich sage ihnen: Nicht zuerst hinhauen, aber wenn sie euch hauen, zurückhauen. Wehren! Das muss man.« Vesna hatte die linke Hand zur Faust geballt, und mit der anderen fuhr sie weiter über die Regale.

Ich schüttelte den Kopf. »Es sind nicht alle mutig. Bin ich auch nicht.«

»Ah, so?« Vesna sah mich ungläubig an.

»Ich bin feig, war ich immer schon.«

»Ich nicht«, sagte Vesna stolz. Ja, das war klar.

Wut war das einzige, was mich meine Feigheit vergessen ließ. Ich erinnerte mich an meinen um einige Jahre älteren Cousin. Als er in dem Alter gewesen war, in dem er nicht wusste, ob er Mädchen verprügeln oder verführen sollte – im Zweifel entschied er sich für das erstere –, hat er mich verspottet. »Elefant, Elefant«, hat er gejault, »groß und schwer wie ein alter Bär, groß und dumm schaut die Kuh herum!« Da bin ich ausgerastet und habe ihn mit bloßen Fäusten verprügelt, bis er weinend davongelaufen ist. Mein starker Cousin, für den ich eigentlich eine Schwäche gehabt hatte. Aber das hatte meine Wut nur noch größer gemacht. Jetzt war er irgendwo Oberarzt, und er hatte vor langem entschieden, dass es doch angenehmer war, Frauen zu verführen, als sie zu verdreschen. Ein eitler Affe mit manikürten Fingernägeln. Wenn, dann war seine Brutalität jetzt anderer Art.

»Außer man macht mich wütend«, sagte ich. Vesna sah irritiert auf. Sie war mit ihren Gedanken schon ganz woanders.

Ich ging ins Wohnzimmer. Der große weiß gestrichene Raum wird von einem alten langen Holztisch dominiert. Dort esse und arbeite ich. An einem Ende stapelte sich Papier. Darunter mussten meine Unterlagen für heute Nachmittag sein. Mal sehen. Ja, hier waren sie.

Ich hätte es ohne weiteres noch einige Wochen ohne Arbeit ausgehalten. Wahrscheinlich würde ich es überhaupt ohne Arbeit aushalten. Aber ich verdiente auf eine bequeme Art und Weise mein Geld. Und diesen Nachmittag konnte es sogar interessant werden. Ich sollte den neuen Star der Schweizer Literaturszene interviewen. Der junge Mann hatte in letzter Zeit nicht nur durch seine Bücher, sondern auch durch kritische Aussagen über seine Heimat, Politik, das Militär und den Papst für Aufsehen gesorgt.

In meinem Interview sollte es allerdings mehr um den Menschen als um seine politischen Ansichten gehen. So jedenfalls lautete der Auftrag meines Ressortchefs. Mir war es recht. Politik war mir ohnehin zuwider. Lifestyle, in diesem Ressort war ich gelandet, weil ich viel über das Leben in New York erzählen konnte. Immerhin: Ich arbeite beim größten Wochenmagazin des Landes. Und unter die Rubrik Lifestyle fällt heute vieles. Ich würde den Schweizer fragen, warum er sich mit nichts Interessanterem als mit Politik oder gar Politikern beschäftigte.

Ich dachte kurz an meinen Vater. Er war Obmann des Pensionistenverbandes und fuhr von einer Versammlung zum nächsten Begräbnis und von dort zu Unterstützungsaktionen für irgendwelche Abgeordneten. Mein Vater war Landesrat gewesen. Ich kannte ihn nicht wirklich gut. Mehr aus den Medien, aber das hatte mich seltsamerweise nie gestört. Gestört hatte mich nur der Auftrieb, der einige Male im Jahr durchgestanden werden musste und bei dem der Herr Landesrat seine Familie in der Öffentlichkeit präsentiert hatte. Meine Mutter war immer schon Tage zuvor nervös gewesen. Und ich war als Kind von diversen Männern und Frauen in die Wangen gekniffen worden, in späteren Jahren dann von diversen Männern in diverse andere Körperteile. Irgendwann habe ich angefangen zurückzukneifen.

Affentheater. Ich sollte wieder einmal Mutter anrufen. Ich dachte schnell an etwas anderes. Kein Grund, sich die gute Stimmung verderben zu lassen. Die Familie war weit weg. Und mit Politik hatte ich nichts zu tun.

In der Redaktion war es stickig heiß. Offenbar funktionierte die Klimaanlage nicht, und niemand war auf die Idee gekommen, wenigstens die Fenster aufzumachen. 21 Schreibtische standen in dem Großraumbüro, das sich die Redaktionen Lifestyle, Sport und Kultur teilten. Aber wahrscheinlich war es besser, die Fenster geschlossen zu halten. Auch draußen war es heiß – erstaunlich heiß für Ende August, und es stank nach Abgasen. Ich dachte an die Pinie, unter der ich im Park des Hotels die meisten Tage verbracht hatte. Gianni hatte mir seinen Spezialdrink serviert: Prosecco, Mineralwasser, viel Eis und ein Spritzer Campari.

Ich teilte mir mit zwei Kollegen einen Schreibtisch und ein Telefon. Sie waren wie ich fixe freie Mitarbeiter. Beide waren unterwegs. Gut, so hatte ich den Schreibtisch für mich allein. Fix frei, wie paradox. Dauernd da, dauernd bereit, Aufträge entgegenzunehmen, und dennoch nicht fix bezahlt, sondern bloß pro abgeliefertem Artikel. Fix bezog sich auf die Dienstverpflichtungen, frei auf die Bezahlung. So what? Die Bezahlung war nicht übel.

Ich sah mein Postfach durch. Ende August, da sammelte sich in einer Woche nicht so viel an wie sonst. Zwei Dutzend Presseaussendungen, darunter eine von einer Werbeagentur, die Motorräder speziell für Ladies anpries. Vielleicht etwas für Vesna. Ein Stapel Einladungen. Darunter eine für die Präsentation des Buches »So werde ich erfolgreich« von Chloe Fischer. Das war doch die Tussi, die schon ... Ja, da stand es, die schon »So setze ich mich durch« geschrieben hatte. Geschraubte Gesellschaftsgurke, die sich als Powerfrau feiern ließ. Aber Erfolg hatte sie, das musste man ihr lassen. Vielleicht sollte ich auch ein Buch schreiben und berühmt werden und dann im Veneto ... Ach ja, Chloe Fischer managte jetzt den Wahlkampf von Wolfgang A. Vogl. Auch so ein peinlicher Typ, der Präsidentschaftskandidat. Aalglatt und ziemlich beliebt. Ständig lächelnd. Er galt als modern. Auch sehr erfolgreich. Danke.

Ich bereitete mich auf mein Interview vor. Einige Artikel des Autors hatte ich mir zur Seite gelegt, und sein letztes Buch »Kühle. Nächte.« hatte ich mit großer Freude und ganz freiwillig gelesen. Obwohl ich den Punkt nach »Kühle« und »Nächte« affig fand. Nicht, dass ich mir immer so viel antat. Ich hatte sehr schnell herausgefunden, wie leicht man ohne viel Vorwissen dennoch die richtigen Fragen stellen konnte. Es kam meiner Faulheit und auch einem gewissen Spieltrieb entgegen, wenn sich erst während eines Gesprächs für mich herausstellte, worum es überhaupt ging. Machte die Sache irgendwie spannender.

Ich begann mich auf das Treffen zu freuen. Ich würde mir mehr Mühe geben als sonst. Vielleicht brauchte ich bald keine Aufträge für die Klatsch- und Tratschseite mehr anzunehmen. Langwierige Abendtermine mit Leuten, die sich als Creme de la Creme der Gesellschaft sahen. Aber vielleicht war der Autor auch ein Langweiler, der sich längst für so wichtig hielt, dass er an einem Gespräch gar nicht mehr interessiert war, sondern bloß an simpler Selbstinszenierung. War schon vorgekommen.

Das Telefon läutete. Es war die Chefsekretärin, die Wert darauf legte, als Chefsekretärin bezeichnet zu werden. Mit ihrer Kollegin war ich fast befreundet. Ich sollte sofort zum Chefredakteur kommen. »Sofort«, wiederholte die Chefsekretärin in einem Ton, der ins Sadistische ging, was ihr sehr gut zu gefallen schien.

Ich machte mich auf den Weg. Normalerweise sprach man mit dem Chefredakteur in, vor oder nach Redaktionssitzungen. Oder wenn er durch die Großraumbüros schlenderte. »Mira, die Tochter«, nannte er mich gerne in Anspielung auf meinen prominenten Vater. Dabei war er gerade ein Jahr älter als ich. Wie sehr ich das schätzte, war klar. »Er fürchtet sich vor dir«, behaupteten meine beiden Tischkollegen. »Du bist ihm zu viel.« Ich wollte trotzdem Mira oder Frau Valensky genannt werden.

Der Chefredakteur lag ganz hinten in seinem Chefredakteurlederschreibtischsessel. Er sah mich schweigend an. Ich sah ihn schweigend an. Im Schweigen war ich gut. Der Chefredakteur zwinkerte, kippte nach vorne und schaute mich aggressiv an, wie er es in diversen Seminaren für Führungskräfte gelernt hatte. »Sie haben Mist gebaut.«

Ich war mir keiner Schuld bewusst. Was war meine letzte Story gewesen? Ich konnte mich im Moment nicht daran erinnern. »Aber ...«, sagte ich und ärgerte mich über mein Verstummen.

Der Chefredakteur hob die letzte Nummer des »Magazins« hoch und ließ sie wieder auf den Schreibtisch fallen. Ich spähte auf die aufgeschlagene Seite. Klatsch und Tratsch. Da war bloß meine kleine Geschichte über eine alternde Diva abgedruckt.

»Mehrere hundert Jahre hatten sich an einem Tisch versammelt. Da war die Diva selbst, mit Jahresringen am Hals wie eine alte Eiche und ebenso vielen Diamantringen an den Fingern, da war ihr ehemaliger Partner, der sich barmherzigerweise schon vor einigen Jahren in den Ruhestand begeben hatte, einige Verehrer, die die Diva noch aus ihren Jugendtagen kannte, und ein weit jüngerer Mann, der – es ist wahr – eine Samtmasche trug, wie weiland schmachtende Verehrer. Es ...«

»Na ja«, sagte ich, »wenn Sie das gesehen hätten ...«

»Und wenn der Junge bis auf seine Masche nackt gewesen wäre! Und wenn der Alte auf dem Tisch Tango getanzt hätte und die Diva schon nach Formalin gestunken hätte! Ihrem Mann gehört Mega-Kauf! Mega-Kauf!« Er starrte mich erwartungsvoll an. Über den Fernsehschirm flimmerten Teletext-Nachrichten. Ich konnte sie auf die Entfernung nicht lesen. »Ich weiß«, sagte ich. »Er kam erst später.«

»Sind Sie wirklich so naiv?«, fragte der Chefredakteur.

Ich begann etwas zu zittern. Tränen traten mir in die Augen. Warum schaffte es dieses Weichei, mich dermaßen wütend und hilflos zugleich zu machen? Ich hasste solche Situationen. Verdammt. Meine Stimme klang trotzdem kühl: »Sie wollten, dass ich der Tratsch- und Klatschseite etwas Pfeffer gebe, und das tue ich. Und wenn Sie ...«

»Mega-Kauf ist unser zweitgrößter Anzeigenkunde!« Das war beinahe gebrüllt.

»Hat man sich beschwert?«, fragte ich.

»Noch nicht, aber ich will auch gar nicht, dass es so weit kommt.«

Dieser feige Hammel. Ich hörte auf zu zittern. So ein lächerlicher feiger Typ.

»Gesellschaftsreportagen wirken vielleicht harmlos, aber sie sind hochexplosiv. Hochexplosiv! Ohne das nötige Feingefühl kann man großen Schaden anrichten.«

Gefühl für wen oder was?

»Ich will Ihnen noch eine Chance geben. Sie bekommen sogar eine Sonderaufgabe. Sie werden die menschlichen Seiten des Präsidentschaftswahlkampfes schildern, den Favoriten begleiten, das Fleisch zur trockenen Politik liefern. Eine neue Perspektive, lifestyleartig aufgemischt. Exklusiv von Mira, der Tochter.«

Ich starrte ihn an. Das war das Letzte. Wahlkampf. Das Menschliche daran. Ich dachte an mein überzogenes Konto. Ich hätte im Veneto doch nicht jeden Abend das große Menü bei Armando essen sollen. »Okay«, sagte ich.

»Politik. Da können Sie – was Anzeigenkunden betrifft – nichts anrichten. Die sind auf uns angewiesen und nicht umgekehrt. Und ...«, er lächelte beinahe gütig, »... Sie haben ja einen hübschen Schreibstil. Beobachten Sie. Kümmern Sie sich um Details. Aber ohne Giftspritze! Vielleicht hie und da mit einem Augenzwinkern, das unsere Unabhängigkeit erkennen lässt.«

Er scheuchte mich mit einer Handbewegung zur Tür und brachte mich dann durch eine großartige Geste wieder dazu stehenzubleiben. Verdammte Seminartricks. »Und besprechen Sie mit Droch, was zu tun ist.«

Droch, auch das noch. Droch war Chefkommentator und Chef der politischen Redaktion. Ein wichtiger Mann der politischen Szene, schon seit Jahrzehnten. Berüchtigt wegen seiner Kommentare auch während der Redaktionssitzungen. Berühmt für seinen Spott. Er durfte spotten. Menschlichen Regungen und Gefühlen verpasste er gerne eine eiskalte Dusche. Er war ein Profi, bereits ewig im Geschäft und beinahe ebenso lange im Rollstuhl. Folgen eines Einsatzes als Kriegsberichterstatter. Typisch. Ein Held, wie er in alten Filmen vorkam. Ich kannte ihn kaum und wollte ihn auch nicht kennenlernen. Erst vor einigen Wochen, als ich eine Reportage über den Alltag von Bosnierinnen in Wien angeregt hatte, war seine Antwort gewesen: »Wusste gar nicht, dass Soziales zum Lifestyle gehört. Eine schicke Sache, Bosnierinnen.« Und alle hatten gelacht. Mist.

Ich ging mit steinernem Gesicht an der Chefsekretärin vorbei, der wollte ich nun wirklich nichts gönnen. Da öffnete der Chefredakteur seine Tür und rief mir nach: »Für das Interview heute Nachmittag habe ich schon jemand anderen eingeteilt, bevor Sie uns noch internationale Verwicklungen bescheren.«

»Ist sein Vater Präsident von Suchard oder von Ciba-Geigy?«

Der Chefredakteur schloss wortlos die Tür. Das hat gut getan.

… [2]

Ich läutete. Eigentlich war Vogls Villa wenig imposant. In der besten Gegend Wiens, das schon. Aber die fantasielose Fassade des zu groß geratenen Einfamilienhauses aus den sechziger Jahren hätte eher zu einem gehobenen Finanzbeamten als zum aussichtsreichsten Kandidaten der kommenden Präsidentschaftswahl gepasst. »Politiker des nächsten Jahrtausends« hatte ihn ein halb vertrottelter, aber sehr populärer Burgtheaterschauspieler aus seinem Prominenten-Unterstützungskomitee öffentlich genannt. Schauspieler sollten sich lieber an ihre Textbücher halten. Ich war müde. Ich läutete noch einmal und konnte mich nicht erinnern, wann ich zum letzten Mal einen Sonnenaufgang erlebt hatte. Ich kann ohne Sonnenaufgänge leben. Gismo war nicht einmal aufgewacht, als ich das Haus verlassen hatte. Wo blieb der verdammte Kandidat?

Mein Fotograf schoss inzwischen Bilder von der Villa. Mir war es immer etwas peinlich, mit welcher Selbstverständlichkeit unsere Fotografen ins Leben anderer Leute platzten. Aber die meisten mochten das sogar. Der Fotograf drückte die Klinke des niedrigen schmiedeeisernen Gartentors. Es ging auf. Ohne ein Wort zu sagen, war er auch schon drin. Verdammt. Sollte ich ihm folgen? Vielleicht funktionierte die Glocke nicht. Langsam ging ich auf dem gepflasterten Weg bis zur Haustüre. Kein Lebenszeichen. Seltsam. Ich wollte gerade den Klingelknopf drücken, als ich eine Frau schreien hörte.

»Mörder!«

Eine Tür wurde zugeschlagen. Eine dunkle Männerstimme sagte etwas, aber ich verstand nicht, was.

Dann kreischte die Frau: »Wenn du das tust, dann machst du dir deinen Scheiß eben alleine!«

Wieder knallte eine Tür.

Jetzt war der Mann zu verstehen, er brüllte: »Komm zurück, aber sofort!«

Da ging die Tür auf. Ich stand einer großen Gestalt mit breiten Schultern, merkwürdig runden Augen und ausdruckslosem Gesicht gegenüber.

Ich wurde gebeten, im Salon zu warten. Der Teppich war tief und für die kleinen Fenster zu dunkel. Die Sitzgruppe stammte aus dem Biedermeier. Ich hasse Biedermeiermöbel. Der Mann, offenbar einer der Leibwächter, verschwand wieder. Mein Herz klopfte spürbar. Ich atmete vorsichtig mit offenem Mund und hörte leise gereizte Stimmen, dann das Rücken von Stühlen. Wenig später kam eine junge Frau mit ausgebreiteten Armen und übertrieben herzlichen Begrüßungsworten auf mich zu. Zu meiner Beruhigung ließ sie die Arme rechtzeitig wieder sinken. Vogls Tochter und eindeutig die Frau, die geschrien hatte. Sie half ihrem Vater repräsentieren, aber offensichtlich nicht gerne. Vogls Frau war vor einigen Jahren verunglückt. Bei einem Schiunfall? Das würde ich noch nachlesen müssen.

Im Esszimmer saßen sie rund um einen schön gedeckten Frühstückstisch, Wolfgang A. Vogl, so, dass ihn von der Seite her sanftes Morgenlicht beschien. Vogls Kopf war etwas zu rund, um als markant gelten zu können. Alles an ihm war glatt: die Stirn, die Wangen, der dreiteilige Anzug und die dunkelbraunen Haare, die er seit neuestem an den Schläfen grau werden ließ. Berühmt war sein Lächeln. Am Beginn seiner steilen Karriere hatte er einfach hin und wieder gelächelt – glücklich, verlegen, stolz oder einfach so. Inzwischen hatte er längst gelernt, sein Lächeln bewusst einzusetzen. Und er hatte die Nuancen seines Lächelns verfeinert. Zumindest stand das in der jüngsten Ausgabe einer Fernsehillustrierten. »Profis der Politik« hatte der Artikel geheißen. Toll, womit ich mich jetzt beschäftigte.

Vogls Enkeltochter, ein pausbäckiges fröhliches Kind, thronte ruhig auf einem Hochstuhl. Johannes Orsolics, der Unvermeidbare, strich sich Butter auf sein Kipferl. Orsolics war Public-Relations-Chef der Sozialdemokraten. Derzeit war er jedoch zur Unterstützung Vogls von der Partei mehr oder weniger freigestellt worden. Ich versicherte, dass mein Fotograf keinesfalls beim Essen stören wolle und daher bloß ganz im Hintergrund einige Bilder ... Freundlichst wurde alles gestattet und mir ein Platz angeboten. Ich setzte mich und sagte, ich hätte schon gefrühstückt. Das war zwar nicht wahr, aber gewisse Familienszenen schlagen mir einfach auf den Magen. Vogls Tochter nahm auch Platz und verteilte ihr Lächeln wie der Nikolaus Geschenke. Es folgte ein »Könntest du mir bitte die Butter reichen?«, und »Danke, mein Schatz!«, und »Sieh nur, wie brav Evi ist!«, und »Noch etwas Toast, du solltest kräftig essen. Du hast heute wieder einen schweren Tag vor dir.«

Wer nicht, dachte ich und machte mir keinerlei Notizen. Was hätte ich auch aufschreiben sollen? Dass sich der Kandidat mit seiner Tochter gestritten hatte?

Aber ich hatte ja noch den ganzen Tag, um Menschliches am Kandidaten und in seinem Umfeld zu erkennen. Jung sah er aus und ausgeschlafen. Jünger als 52 und zu jung für ein Enkelkind. Er konnte sogar wirklich ganz sympathisch lachen. Aber irgendwie hatte ich das alles schon einmal im Werbefernsehen gesehen.

Wenig später sprangen wir aus dem Auto, mit elastischen Schritten ging Vogl die Treppe zur Wahlkampfzentrale hoch. Alles war so dynamisch. Ich hasste Dynamik am frühen Morgen. Der Fotograf hatte schon mindestens zehn Filme verschossen. Vogl konnte nicht genug davon bekommen. Die Doppeltüre flog automatisch auf, wieder einige Stufen, und wir gingen durch ein helles Foyer mit eifrig telefonierenden jungen Frauen in einen riesigen Raum, etwa dreihundert Quadratmeter groß. Überall cremefarbene Holztische mit Computern und vor den Bildschirmen junge schlanke Menschen in T-Shirts, auf denen »Vogl« stand. Zwei stilisierte Flügel ließen unweigerlich an Fliegen, Aufwärts, Abheben denken. Überall gutes Design und gutaussehende Mitarbeiter, die lächelnd irgendetwas taten. Orsolics machte eine raumgreifende Bewegung. »Das ist das Herz unserer Wahlkampfzentrale. Das Hauptquartier. Unsere Medienberater hätten es gerne War-Room genannt, nach dem Wahlkampfzentrum des amerikanischen Präsidenten. Aber unser Kandidat hat das abgelehnt. Vogl ist für den Frieden. Für Frieden um jeden Preis.« Er sah mich beifallsheischend an.

Ich nickte.

»Uns geht es um einen Wettstreit der besseren Ideen. Deswegen ist uns das Wort Wahlbewegung auch viel lieber als Wahlkampf.«

Ich hatte den Eindruck, das alles schon einmal gehört zu haben.

Vogl ging von Tisch zu Tisch. Er musste etwas verborgenes Messianisches haben, denn die jungen Frauen und Männer strahlten, als er ihnen die Hände schüttelte. Er kannte sie alle beim Namen, er fragte nach Fortschritten und Details. Und er lächelte. Orsolics beugte sich viel zu nahe zu mir und erklärte mir, wer welcher Arbeitsgruppe angehörte. Da gab es die Veranstaltungsgruppe, die Vogl-für-Arbeit-für-alle-Gruppe, die Katholiken-für-Vogl-Gruppe, die Wirtschaft-sind-wir-alle-Gruppe, die Gruppe Gegnerbeobachtung.

»Sie haben Gegner?«, fragte ich Orsolics mit leisem Spott, den er nicht verstand. Er war irritiert. »Mitbewerber, Mitbewerber.«

»Und wen beobachten Sie, wenn Sie Gegner beobachten?«

Orsolics ging weiter. Statt mir zu antworten, präsentierte er mir die Parteien-für-Vogl-Gruppe. Auf sie war Orsolics besonders stolz. »Sie ist meine Idee gewesen. Die Gruppe kümmert sich im Wahlkampf um alle Parteien und Parteifunktionäre, die den Kandidaten unterstützen. Damit klar ist, dass er nicht als Sozialdemokrat antritt, sondern als Mensch. Diese Gruppe betreut die Menschen aus Parteien, die für den Menschen Vogl sind.«

Und das waren nicht wenige. Offiziell zählten dazu alle Sozialdemokraten. Aber ebenso einige Konservative – auch wenn es die wenigsten offen zugeben wollten – und eine Hand voll drittrangiger Funktionäre kleinerer Parteien.

Wir hatten nun das Großraumbüro durchschritten und trafen auf Chloe Fischer, die sich ihr Chanelkostüm zurechtzupfte und uns erwartete. Sie hatte sorgsam frisierte halblange blonde Haare, trug exquisite, aber keinesfalls extravagante Kleidung und eine Tasche, in die jede Menge Unterlagen hineinpassten und die dennoch nicht klobig wirkte. Tadellose Figur, um die 40 – alt genug, um Kompetenz auszustrahlen, jung genug, um nicht jenseits von Gut und Böse zu sein. Erfolgreiche Chefin einer Werbefirma, erfolgreiche Sachbuchautorin. Sie würde auch eine erfolgreiche Wahlkampfmanagerin sein. Denn dass Vogl gewinnen würde, war klar. Sie gab mir mit einer sparsamen Bewegung die Hand. Ein fester, kurzer, kühler Händedruck.

Vogl bat mich, mit in die »hinteren Räume« zu kommen. Orsolics hielt sich weiter dicht an meiner Seite. »Transparenz«, sagte er, »maximale Transparenz. Bei uns kann jeder alles sehen. Wir sind offen.« Der Mann hatte kein Distanzgefühl, und auch der schickste italienische Anzug konnte nicht verdecken, dass er zu schmale Schultern hatte und unter ständigem Beweisdruck stand. Ich bin gut, sieh mich an, dann merkst du es.

Vogl redete leise auf Chloe Fischer ein. Chloe Fischer nickte einige Male. »Entschuldigen Sie, zehn Minuten Auszeit. Orsolics wird sich um Sie kümmern.« Irgendwie klang Vogl nicht ganz entspannt.

»Transparenz?«, fragte ich Orsolics und grinste. Entweder hatte er meine Bemerkung wieder nicht begriffen, oder er ignorierte sie gekonnt. Vogl und Chloe Fischer, dahinter Orsolics und ich. Wir gingen durch einen Gang mit dunkelgrünem Teppichboden und holzgetäfelten Wänden. Das hatte nichts mit der schicken Helligkeit im Hauptquartier zu tun. Vogl und Fischer verschwanden hinter einer Doppeltür. »Zehn Minuten«, rief mir Vogl noch einmal zu.

Auch Orsolics Zimmer hatte nichts mit dem cremefarbenen Großraumbüro des Hauptquartiers zu tun. Es war von oben bis unten mit Nussholz ausstaffiert. Decke, Boden, Regale. Unbezahlbar.

»Wir haben alles billig aus der Konkursmasse einer Privatbank mieten können«, sagte Orsolics. Er stand hinter einem imposanten Schreibtisch, natürlich auch aus Nussholz, und deutete meinen Blick falsch. »Ein schönes Stück, nicht wahr? In meiner Parteizentrale regiert noch immer das Resopal der siebziger Jahre. Ich war damals schon mit dabei, nicht gerade im Zentrum der Macht, aber immerhin. Ich hatte eine Schülergruppe mit allem Drum und Dran.

Erste-Mai-Aufmärsche mit der hohen, fernen Tribüne, dem Kanzler, den Ministern und den vielen roten Nelken. Damals ist es mir vorgekommen, als ob ganz Wien auf den Beinen wäre.« Orsolics lächelte nachsichtig. »Ganz Wien war es nicht, das weiß ich inzwischen. Vieles hat sich geändert. Die Zeit der Großveranstaltungen ist vorbei. Über Medien kann man viel mehr Menschen erreichen als mit der größten Großveranstaltung.« Das Menschliche am Wahlkampf. Ich stellte mir kurz vor, wie ganz Wien durch Vogls Esszimmer zog und seiner Familie beim Frühstücken zusah. Orsolics war nicht zu stoppen.

»Vor einigen Wochen war ich wieder einmal in Amerika. Die können schon etwas, alles, was recht ist. ›Moving people‹ hat das Seminar geheißen. Ein Berater des amerikanischen Präsidenten war unser Trainer. Eine spannende Sache. Wobei man das alles auch nicht überschätzen darf. Im Mittelpunkt muss der Mensch sein. Und eine ehrliche Politik. Nur dann funktioniert es. Das ist professionelle Arbeit.«

Ja, sicher. Orsolics sah mich an, als wollte er, dass ich endlich mitschreibe. Vielleicht keine schlechte Idee. Kein Gift, hatte es geheißen. Aber ich musste das hier ja nicht kommentieren. Ich zog meinen kleinen Block aus der Tasche und schrieb: »Im Mittelpunkt muss der Mensch sein. Und eine ehrliche Politik. Moving people.«

Orsolics fühlte sich angefeuert. »Unser alter Präsident – er möge in Frieden ruhen – hat sich mit solchen Dingen nicht beschäftigt. Wissen Sie, was er immer wieder gesagt hat? ›Schaut's, dass den Leuten nicht fad wird!‹ Gar nicht so übel, auch wenn er natürlich von Kommunikationstechniken keine Ahnung hatte. Aber er hatte ein gutes Gespür.«

Der alte Präsident war vor einigen Monaten gestorben. Er war populär gewesen. Er hatte als gütiger Mann, Vater und Großvater aller Österreicherinnen und Österreicher gegolten, etwas Mozart, etwas Lederhose und etwas Demokratie, obwohl …

Orsolics kicherte. Es klang wenig sympathisch. »Sie dürfen aber nicht schreiben, was ich Ihnen jetzt erzähle. Weil das gehört sich nicht, auch wenn er von der anderen Partei war.«

Ich war nicht besonders interessiert.

»Er war ein guter Präsident, das muss man ihm lassen. Aber er ist in den letzten Jahren immer mehr vertrottelt. Wissen Sie, er hat nur so gütig gewirkt, weil er nichts mehr begriffen hat. Oder zumindest wenig. Ab und zu hat er sogar vergessen, wo sein Zimmer war. Deswegen ist er auch nicht mehr so viel in der Öffentlichkeit aufgetreten.«

Und gänzlich hatte er wohl vergessen, wie er am Ende des Zweiten Weltkrieges sein NS-Parteibuch zerrissen und in den fünfziger Jahren seine politischen Gegner als Kommunisten diffamiert hatte. Friede seiner Asche. Ich hatte etwas im Archiv gestöbert und einiges entdeckt, das mir nicht zum gütigen, alten, abgehobenen Präsidenten in der prächtig renovierten Hofburg zu passen schien.

Geschichte. Geschichten. »Warum hat Vogls Tochter ›Mörder‹ geschrien?«, fragte ich.

Orsolics schaute mich irritiert an. »Mörder?« Sein Blick wurde ausdruckslos.

»Ich habe es gehört.«

»Mörder? Warum sollte ein solches Wort fallen? Die beiden …«

»Die beiden hatten offensichtlich einen heftigen Streit.«

»Sie müssen bei einem anderen Frühstück gewesen sein.«

»Bevor ich ins Haus kam.«

»Sie lauschen?«

»Es war nicht zu überhören.«

»Mörder?« Orsolics blickte aus dem Fenster. Ich lehnte mich gegen die Schreibtischkante. Dann hellte sich sein Gesicht auf. »Mörder? Ach so, jetzt haben Sie mich wirklich verwirrt. Das war im Radio, irgendeine Sendung. Ein Hörspiel wahrscheinlich.« Er lachte. »Wenn ich das Vogl erzähle … Mörder …« Er schien sich vor Lachen gar nicht halten zu können.

»Es war die Stimme von Vogls Tochter.«

Orsolics lachte weiter. »Fragen Sie seine Tochter, fragen Sie seine Sicherheitsleute, fragen Sie mich … Mörder!« Er lachte weiter und lachte immer noch, als die Tür aufging und Chloe Fischer hereinkam. Sie zog eine Braue hoch. Orsolics verstummte.

»Unser Pressesprecher möchte Ihnen unsere Medienecke zeigen«, sagte Chloe Fischer. Auch sie konnte lächeln. Aber anders als bei Vogl, wirkte das nicht so echt. Hinter ihr stand ein lang aufgeschossener, dünner junger Mann mit Fliege. Er entführte mich nach draußen. Offenbar war ich zumindest im getäfelten Teil der Wahlkampfzentrale nicht immer willkommen.

Ich überlegte gerade, wie viele Versionen des Werbevideos ich noch zu sehen bekommen würde, als der Pressesprecher von einer eifrigen jungen Frau zum Telefon gerufen wurde. Wichtig runzelte er die Stirn und verschwand zu einem der hellen Schreibtische. Mein Handy. Ich hatte meine Tasche in Orsolics' Zimmer liegen lassen. Geräuschlos ging ich über den grünen Teppichboden. In dieser hölzernen, schallschluckenden Pracht könnte man einen Horrorfilm drehen. Die Türe zu Orsolics' Zimmer war bloß angelehnt. Chloe Fischer und Orsolics standen da und lächelten einander an. Sieh an, Chloe Fischer konnte auch von Herzen lächeln. Die beiden hatten mich nicht bemerkt. Ob sie miteinander ... Automatisch blieb ich stehen.

»Bellini-Klein sind wir los«, sagte Chloe Fischer zufrieden, »Schadensbegrenzung im letzten Moment.«

»Ja«, erwiderte Orsolics. »Das haben wir geschafft.«

Also doch keine Liebesgeschichte. Ich ging einige Schritte zurück, räusperte mich, klopfte und trat ein. Warum sahen sie mich trotzdem so ertappt an?

Fünf Minuten später durfte ich wieder im Windschatten des Kandidaten segeln. In seinem Büro – einer größeren Kopie des Büros von Orsolics mit einer Besprechungsecke in Nussholz und dunkelbraunem Leder – empfing Vogl diverse Delegationen zu Besprechungen. Ich umklammerte meinen Block und bemühte mich, nicht allzu offensichtlich wegzudösen. Der Kandidat zeigte sich stets interessiert, egal, ob es um eine neue Kunsthalle, die Stilllegung einer Kohlengrube oder die Probleme der heimischen Tabakindustrie ging. Und mehr wurde auch nicht verlangt. Im Gegenteil, die Männer – Frauen waren keine dabei – wirkten tief geehrt. Dann ein Fototermin für eine deutsche Zeitung. Vogl in nachdenklicher Pose auf den Schreibtisch gestützt, Vogl beim Studium von Unterlagen, Vogl optimistisch lächelnd vor seinem Wahlplakat.

Ich hatte Hunger, und ich fand Politik um nichts spannender als am Tag davor. Eines hatte ich allerdings gelernt: Die körperlichen Herausforderungen waren beachtlich.

Danach präsentierten zwei der jungen Teammitglieder Vogl eine neue Idee. Nahezu schüchtern traten die beiden ein. Zehn Minuten später war der junge Mann als Projektleiter eingesetzt. Vogl bot ihm das Du an, und der Mitarbeiter begann tatsächlich zu stottern. Die junge Frau presste die Lippen zusammen.

Als sie bemerkte, dass ich sie beobachtete, verzog sie ihren Mund zu einem strahlenden Lächeln. Eine einzige glückliche Familie.

Als ich zwischen europäischer Agrarpolitik und Euro-Stabilität auf die Toilette verschwand, vernahm ich im Gang zum Hauptquartier gereizte Stimmen. Man war bemüht, nicht zu schreien.

»Es geht Sie nichts an, sage ich Ihnen. Absolut nichts! Sie wollten mitarbeiten. Wenn Sie es nicht mehr wollen, bitte.« Das war Chloe Fischer. Noch war ich außer Sichtweite.

Die zweite Stimme zischte zurück: »Das wird nicht durchgehen. Das nicht. Ich habe es mit Bellini-Klein vereinbart. Und ich lasse mir so etwas nicht gefallen, ich bin auch etwas wert. Und ich lasse es nicht zu, dass meine Ideen geklaut werden. Ich will mit Vogl sprechen. Sofort!«

»Das werden Sie nicht. Sie haben mit ihm schon gesprochen. Sie werden jetzt gehen.«

»Bellini-Klein ...«

»Bellini-Klein steht uns nicht mehr zur Verfügung.«

»Alle werden es erfahren. Sie können nicht alle eliminieren, die Ihnen nicht passen.«

»Bellini-Klein ist gegangen.«

»Er hat Sie nicht ausgehalten.«

»Seien Sie ruhig.«

»Ich bin nicht ruhig. So kann man mit Freiwilligen nicht umgehen.«

Ich hörte von hinten Schritte, ging weiter, trat ins Gesichtsfeld der beiden, und beide lächelten wie auf ein Signal. Chloes Opfer war die junge Frau mit den blauen Augen, der Vogl den jungen Mann vorgezogen hatte. Sie gaben den Weg zur WC-Türe frei. Chloe Fischer ging in ihr Büro, die Blauäugige zurück ins Hauptquartier. Schon wieder dieser Bellini-Klein. Also war doch nicht alles Wonne und Waschtrog.

Im etwas düsteren Besprechungszimmer wurden die neuen Umfragewerte präsentiert. »Volle Transparenz«, raunte Orsolics mir ins Ohr. Warum auch nicht, es gab nichts zu verbergen. Im Gegenteil, ich war inzwischen davon überzeugt, dass mehr nach außen gekehrt werden sollte, als überhaupt da war. Das dunkle Holz und der lange Tisch mit seiner dunkelgrünen Auflage schienen den Großteil des Lichts zu schlucken. Wolfgang A. Vogl saß an einer Schmalseite des Tisches. Aufmerksam beobachtete ich Chloe Fischer zu seiner Rechten. Sie leitete die Sitzung. Chloe Fischer sprach über die bisherigen Daten. Links von Vogl nahm Orsolics Platz. Er sah aus dem Fenster und gab deutlich zu verstehen, dass die Fakten für ihn nicht neu waren. Einige Mitglieder des Wahlkampfstabes schrieben mit. Der Platz an der zweiten Schmalseite des Tisches blieb leer. Der offizielle Wahlkampfleiter hatte sich entschuldigen lassen. Der ehemalige Nationalbankdirektor war der einzige Kompromiss zwischen den verschiedenen Vogl unterstützenden Menschen gewesen. Kein Parteibuch, keine parteipolitischen Äußerungen, kein persönlicher Ehrgeiz. Er ging am liebsten fischen. Offenbar auch heute.

Ich saß etwas abseits vom Besprechungstisch in einem tiefen Polstersessel mit Armlehnen. Mein Fotograf fotografierte. Ich schloss die Augen und musste etwas eingenickt sein.

»Und ich habe gerade angeordnet, dass die Kappen noch heute geliefert werden müssen.« Das war Orsolics.

»Sie sind noch nicht da?«, fragte Chloe Fischer ungeduldig.

»Nein.«

Chloe Fischer seufzte. »Aber wir brauchen sie heute im Tiergarten.

Alle jungen Leute sollten sie tragen und sogar ein Bär und einige Affen und ...«

»Ist das nicht etwas übertrieben?«

»Werbung ist meine Sache«, sagte Chloe Fischer kurz angebunden.

»Aber PR ist meine Sache«, erwiderte Johannes Orsolics.

Chloe Fischer zischte und verdrehte die Augen in meine Richtung.

Eine jüngere Frau mischte sich ein. »Bellini-Klein hat angerufen und der Firma gesagt, dass es mit den Kappen noch Zeit habe und es unter Umständen noch Änderungen geben würde.«

»Wann?«, fragten Orsolics und Fischer gleichzeitig.

»Gestern, vorgestern ...«

»Nicht heute?«

»Nein, sicher nicht heute.«

Orsolics und Fischer schienen sich auf einmal wieder prächtig zu verstehen. Man würde eine Lösung finden.

Dann endlich präsentierte ein junger Mann mit dicker Hornbrille die jüngsten Umfragewerte. Wären heute Wahlen, würden 63 Prozent Vogl wählen, 17 Prozent seine Gegenkandidatin Mahler und vier Prozent einen der restlichen fünf Kandidaten. 16 Prozent waren sich sicher, nicht zur Wahl gehen zu wollen. Vogl setzte sein einstudiertes Lächeln auf. »Der Erfolg gebührt euch allen.« Nun lächelten alle.

Der Chauffeur, Adjutant Miller und zwei rundäugige Sicherheitsbeamte warteten bereits. Höchste Zeit für einen weiteren Auswärtstermin: Happy Hour mit einigen Generaldirektoren.

Adjutant Miller hielt einen Kleidersack, als handle es sich um militärisches Gerät. »Ich habe ihn geholt, Herr Doktor Vogl«, meldete er.

»Adjutant Miller hat schon dem alten Präsidenten treu gedient. Da man beim Heer nicht recht wusste, was man mit ihm nach dem Tod des alten Präsidenten anfangen sollte, haben wir ihn bekommen.« Orsolics' Mund war schon wieder zu nah an meinem Ohr. Ich würde in Zukunft hohe Schuhe anziehen. Der Adjutant. Nützlich, treu und mit einer guten Uniformfigur. Vogls Sekretärin seufzte und nahm den Anzug in Empfang.

25

Die Kappen waren rechtzeitig geliefert worden. Es war ein lauer Spätsommerabend. Von überall strömten Menschen herbei. Freier Eintritt. Der Chef des Tiergartens, immer mit einem Auge auf TV-Kameras und Fotoapparate schielend, begrüßte den Kandidaten schon mit einem Vogl-Käppchen, freundliche Worte wurden für alle hörbar in ein Mikrofon gesprochen. Wolfgang A. Vogl schritt mit seinem Stab und einigen prominenten Persönlichkeiten seines Unterstützungskomitees quer durch den Tiergarten. Vor dem Affenkäfig großes Gedränge, im Affenkäfig ebenfalls. »Sie haben etwas von uns – oder wir von ihnen?«, sagte Vogl scherzend. Aufgezeichnet von einigen Fernsehkameras, abgelichtet von einem Pulk von Fotografen, wahrgenommen von einer Reihe Journalisten. Sein Humor schien anzukommen. Ich konnte kaum mehr stehen, wahrscheinlich machte mich das so humorlos.

Besonders lange hielt sich Vogl beim Bauernhof auf. Einer phlegmatischen Kuh streichelte er die Nüstern. Mir schien es, als hätte er Angst, gebissen oder zumindest angesabbert zu werden. Ganz flach hielt er die Hand. Aber die Kuh war einiges gewöhnt. Aus den Details der Umfrage wusste ich, dass Vogl bei den Bauern noch nicht besonders gut lag.

Vogl ließ sich sichtlich zufrieden auf den Rücksitz des BMW fallen. Es war gegen 22 Uhr. Ein Glück, dass der tschechische Außenminister krank geworden war. Sonst wäre dieser Arbeitstag noch nicht zu Ende gewesen. Mein Fotograf blitzte Vogl beim Einsteigen, und wir fuhren bis zu seiner Villa mit. Vogl genoss es sichtlich, dass zwei Sicherheitsmänner beim Gartentor warteten, ihm aufsperrten und ihm einen guten Abend wünschten. Er verabschiedete sich von uns. »Ein freier Abend«, sagte er mit jungenhaftem Lächeln.

Mein Fotograf stieg in seinen Wagen und fuhr ab. Ich ging zu meinem Auto und sah Vogl immer noch vor seiner Haustüre stehen. Er schien sich nicht aufraffen zu können hineinzugehen. Im Licht der Türlampe und ohne Lächeln wirkte er auf einmal viel älter.

Gegessen hatte ich den ganzen Tag so gut wie nichts, getrunken bloß etwas lauwarmes Mineralwasser einer Sponsorfirma, das überall im Wahlkampfbüro herumstand. Ich nahm den Weg durch die Stadt. Als ich hinter einem Straßenreinigungswagen herzockelte und beobachtete, wie dieser die am Straßenrand geparkten Autos mit Schmutz vollspritzte, entdeckte ich die offene Tür einer Bar. Und direkt vor dem Lokal sah ich einen freien Parkplatz. Das war Einladung genug. Chance auf einen irischen Whiskey und einen Happen zu essen. Ich trat ein.

Das Lokal war nur spärlich besetzt. Ich kenne nur in Wien Bars, die um zehn am Abend schon so wirken, als wäre es lange nach Mitternacht. Ich mag die Stimmung dieser Bars, das Halbdunkel, die unbestimmbare Musik, die unbestimmbare Stunde, sogar den Rauch.

Ich setzte mich auf einen Hocker an der Theke und bestellte Tapas und Jameson.

Die Plätze neben mir waren leer. An der einen Ecke der Theke ein Pärchen. Sie saß auf einem Hocker, er stand und hatte sie fest umschlungen. Warum gingen sie nicht heim? Ich beobachtete sie in der Spiegelwand. Die beiden sprachen kein Wort, hielten sich bloß fest. Ich ließ mich von der melancholischen Stimmung tragen. Der milde Whiskey wärmte meine Magenwände. Die Barfrau gähnte und rieb sich das eine Bein am anderen. Wehe Füße. Jetzt schon. Noch einen Whiskey bitte.

Einige der kleinen Tische waren besetzt, in einer Nische saßen ausgelassene Italiener. Touristen. In einer anderen Nische zwei Frauen. Sie redeten ernst und voller Emotionen aufeinander ein.

Ich überlegte kurz, wie ich Wolfgang A. Vogl, den Menschen, anlegen würde. Er war mir nie menschlich vorgekommen, außer unter der Lampe vor seinem Haus nach unserem Abschied, als er sich davor gefürchtet hatte hineinzugehen. Der Streit in der Früh. Orsolics war dabeigewesen, vor ihm hatte man offenbar keine Hemmungen. Oder lagen die Nerven schon so blank? Tagsüber war davon nichts zu merken gewesen. Aber das war es wohl nicht, worüber ich schreiben sollte. Kein Gift, daran hielt ich mich besser. Und schließlich war das alles auch gar nicht so wichtig. Menschen stritten eben, und wenn ein Kandidat noch eine Zeit lang vor seiner Eingangstüre stehenblieb, war das nicht gerade ein politischer Skandal.

Ich bemerkte, dass die zwei Frauen wiederholt zu mir herübersahen. Wahrscheinlich debattierten sie darüber, was eine Frau um diese Zeit allein in einer Bar tat, dachte ich müde, aber amüsiert. Die beiden waren noch recht jung und wirkten eher bieder. Warum waren sie nicht daheim bei ihren Kindern und Männern? Oder waren sie ein Liebespaar? Kaum. Vielleicht waren sie Studentinnen oder Rechtsanwaltsanwärterinnen. Vielleicht hatten sie Aussicht auf einen Job, in dem sie so lange vorwärtsstreben konnten, bis sie einen jungen Mann fanden, ihn heirateten und einige Kinder bekamen. Wurde ich zynisch? Der Neid der Besitzlosen? Ich lebte ein friedliches Leben – mit meiner Katze, einigen Freundinnen und doch immer wieder, wenn auch immer seltener, mit dem einen oder anderen Mann, der einen Versuch wert war. Nichts auf Dauer, aber ... Es war mein Leben, und an der Leere im Magen war mit Sicherheit der Whiskey schuld, der mich noch hungriger gemacht hatte. Tapas waren keine mehr da, die lustlose Barfrau stellte mir Chips und Nüsse hin und noch einen Whiskey. Warum nicht?

Und wieder streifte mich ein Blick der beiden Frauen. Keine Sorge, drei Whiskeys machen mich noch nicht betrunken. Ich werde nach diesem ganz brav heimgehen und mindestens neun Stunden schlafen.

Eine der beiden stand auf und kam auf mich zu. »Mira Valensky?«, fragte sie. Ich nickte. Ich habe im Gegensatz zum Kandidaten kein gutes Personengedächtnis. Keine Ahnung, wer diese Frau war. Sie bat mich zu ihrem Tisch. Ich nahm meinen Whiskey und konnte mich nur schwer entscheiden, ob ich die Chips oder die Nüsse mitnehmen sollte. Die Nüsse machten das Rennen, und ich setzte mich. Die zweite Frau kam mir irgendwie bekannt vor.

»Wir haben uns heute Nachmittag kurz gesehen«, sagte sie, »im Wahlbüro.« Tatsächlich. Das war die Blauäugige, die sich mit Chloe Fischer ein Zischduell geliefert hatte. Die Frau, die mich an den

Tisch geholt hatte, fragte: »Können wir vertraulich mit Ihnen reden?«

Ich nickte. Mein Interesse war zumindest teilweise geweckt.

»Sicher?«

»Sicher. Sie werden sich wohl auf mein Wort verlassen müssen.«

»Es ist nichts Besonderes«, begann die Blauäugige, »sie haben mich heute mehr oder weniger hinausgeworfen.«

Ich schwieg.

»Ich bin Politologin, gerade fertig mit dem Studium. Und ich habe alles freiwillig und unbezahlt gemacht. Aus Engagement.«

»Was?«, sagte ich und hielt dann wieder den Mund.

»Ich war bereit, alles zu tun. Telefondienst zu machen, obwohl ich Akademikerin bin, und auch Botendienste, selbst zur Post bin ich gegangen. Aber man hat mir von Anfang an versichert, dass meine Fähigkeiten gebraucht würden und dass ich Konzepte entwickeln sollte. Und das habe ich getan.«

»Und?«, fragte ich.

»Sie waren doch im Zimmer, als Vogl einen von Chloe Fischers Lieblingen zum Projektleiter bestimmt hat. So geht das nämlich: Einige machen die Arbeit, andere gehen mit den Ergebnissen zu Chloe Fischer und sind dann voll mit dabei.«

Ich nickte. So war das eben. Die Welt war schlecht, und ich wollte eigentlich heimgehen. Intrigen, wo gab es die nicht? »Und Orsolics?«, fragte ich.

Die Blauäugige kicherte: »Orsolics ist ein ganz Schlauer. Er lässt die Fischer arbeiten und tut alles, um als eigentlicher Vater aller Ideen dazustehen. Fischer geht über Leichen. Wer ihr nicht passt, muss gehen. Selbst Daniel Bellini-Klein ist seit zwei Tagen nicht mehr erschienen. Sie streitet es ab, aber den haben sie und Orsolics auf dem Gewissen.«

Ich nickte wieder. Mehr wurde von mir offenbar ohnehin nicht erwartet.

»Daniel ist so etwas wie der Wahlkampfkoordinator. Er ist die Schaltstelle zwischen den Teams und den Unterstützungskomitees in ganz Österreich, der Werbecrew und den Stabsleuten. Und deswegen mögen die zwei ihn auch nicht. Denen reicht es, wenn sie einander bekriegen.«

Auch das kannte man. Nette Politik, nette Menschen.

»Und«, die Frau sah mir bedeutungsvoll ins Gesicht, »und sie haben ihm sogar gedroht. Wenn er sich weiterhin einmischt, dann ... Ich weiß zwar nicht, was dann – sein Onkel war Parlamentspräsident, zweiter Parlamentspräsident –, aber immerhin.«

»Und jetzt ist Bellini-Klein weg?«

»Einfach verschwunden. Ich mache mir Sorgen.«

»Haben Sie ihn angerufen?«

Kopfschütteln.

»Sie sollten ihn anrufen.«

Nicken. »Gestern habe ich mitbekommen, wie Chloe Fischer und Orsolics sich beglückwünscht haben, dass Bellini-Klein nun weg ist. Der ist erledigt, haben sie gesagt. So freundlich habe ich die beiden noch nie miteinander gesehen.« Also lauschten im Wahlbüro auch andere.

Aber die Blauäugige war schon weiter. »Wenn man damit wirbt, dass im Wahlbüro Arbeitslose eine neue Chance bekommen – das klingt doch nach bezahlter Arbeit, oder?«

So hatte ich das jedenfalls verstanden.

»Ist es aber nicht. Eine neue Chance heißt, dass man wertvolle Erfahrung sammeln darf – ohne einen Groschen zu sehen.«

»Nicht schlecht«, erwiderte ich und hoffte auf mehr.

»Noch etwas«, sagte die Blauäugige. »Der Kandidat heißt doch Wolfgang A. Vogl.«

So viel wusste ich schon.

»Letzte Woche hat Chloe Fischer in der Stabsbesprechung eröffnet, wie Vogls Image etwas volksnäher werden könnte. Und zwar mit Mozart.«

»Mit Mozart?«

»Ja. Sie haben beschlossen, dass das A. für Amadeus steht und dass das propagiert werden soll. Vogl war das gar nicht recht, aber das ist denen ja egal. Wolfgang Amadeus Vogl. Das geht rein wie Butter.«

»Aber wie er heißt, kann doch jeder im Taufbuch nachschauen. Wie heißt er denn wirklich?«

»Ich habe mal gehört, dass er Adolf heißen soll, aber das ist sicher eine böswillige Unterstellung. Aber das mit Amadeus ist auch nicht in Ordnung. Wir sind für ehrliche Politik«, meinte die Blauäugige.

»Waren Sie bei der Sitzung dabei?«

»Nein, man hat mir davon erzählt.«

»War Vogl bei der Sitzung dabei?«

Sie zögerte. »Wahrscheinlich ... ja.«

»Er unterbindet die Amadeus-Sache nicht?«

»Ich weiß nicht ...«

Wolfgang Amadeus Vogl. Auch eine Story. Du liebe Güte.

»Was werden Sie jetzt tun?«, fragte die andere Frau.

»Was soll ich tun?«

»Na, die Missstände aufzeigen! Dafür seid ihr doch da. Klarmachen, dass in Wirklichkeit alles drunter und drüber geht.«

»Sehen Sie einen Grund, warum Vogls Tochter ›Mörder‹ brüllen sollte?«

Die beiden reagierten erstaunt.

»Vogls Tochter?«, fragte die Blauäugige. »Mörder?« Sie schüttelte den Kopf. »Vogls Tochter ist vielleicht etwas aus dem Gleichgewicht. Er lässt sie bei sich wohnen, nachdem ... nach ihrer gescheiterten Ehe. Er ist ein weltoffener Mensch.«

Wie nett von ihm.

Ich ließ mir die Karte der Blauäugigen geben und brach rasch auf.

Gekränkte Eitelkeit, kleine Intrigen. Deswegen ging es noch lange nicht drunter und drüber. Der ganze Wahlapparat hatte auf mich einen recht geordneten Eindruck gemacht, ob mir das nun gefiel oder nicht. Und dass sich eine Jungakademikerin zu Höherem als zur Postbotin berufen fühlte ... ihr Problem. Und dass Vogl offenbar Männer vorzog ... Waren Vogl etwa Männer lieber? Ich verwarf diesen Gedanken. Vogl hatte allen gegenüber dieselbe freundliche, manchen gegenüber sogar dieselbe freundschaftliche Distanz gezeigt. Und überhaupt. Was ging mich das an?

»Setzen Sie sich, ich möchte keine Genickstarre bekommen«, knurrte Droch. Ich ließ mich auf dem einzigen Stuhl im Zimmer nieder. Er war maximal unbequem. »Also«, fragte Droch, »haben Sie das Menschliche gefunden?«

Ich zuckte mit den Schultern. Vorsicht.

»Also?«

»Vogl ist mehr wie aus dem Werbefernsehen. Spielt auf glückliche Familie und hat Unmengen von eifrigen jungen Wahlkampfhelferinnen und -helfern. Ein funktionierendes Team mit den üblichen Intrigen und Machtkämpfen. Seine Tochter hat ihn angeschrien, als ich vor dem Haus gewartet habe. Und Chloe Fischer will, dass das A. für Amadeus steht. Wegen Mozart und so.«

»Dann schreiben Sie das, minus Geschrei der Tochter und minus Amadeus. Beschreiben Sie das reizende Frühstück, die Blümchen auf dem Kaffeeservice, von mir aus auch das Muster des Teppichs. Das interessiert die Leute. Und das können Sie ja.«

»Danke«, sagte ich giftig.

»Für das Politische bin ich zuständig«, stellte Droch klar.

Kaffeeservice, Holztäfelungen, glückliche Wahlkampffamilie. Friede um jeden Preis, ehrliche Politik. Sie sollten bekommen, was sie wollten.

Droch sah mir in die Augen: »Bleiben Sie dran.«

»Am Menschlichen?«

»Am sogenannten Menschlichen.«

Ich hatte noch Zeit bis zur Abgabe meiner Reportage. Kein Grund, mich zu hetzen. Vielleicht würde mir noch etwas Brauchbares einfallen. Ich kam früh heim und setzte mich auf meinen kleinen Balkon. Er war dafür ausschlaggebend gewesen, dass ich diese Wohnung hoch über der Stadt in dem altehrwürdigen Haus ohne Lift genommen hatte. Hier bekam ich das Ausmaß an Frischluft, das ich brauchte.

Wenn ich in meiner gut gesicherten Hängematte lag, hatte ich den Eindruck, über den Dächern zu schweben. Ich kam mir dann erstaunlich mutig vor. Ich wollte mich mit einigen italienischen Köstlichkeiten verwöhnen. Alici vielleicht, mit viel Zitronensaft und Petersilie. Ich liebe diese eingelegten Sardellen. Danach unter Umständen Salvia ripiene. In meinem Salbeitopf waren einige beachtlich große Blätter, die sich wunderbar eignen würden. Als Fülle wieder Sardellen, aber diesmal die kräftigen, geräucherten. Und etwas Parmesan darüber. Und dann Pasta. Linguine mit Olivenöl, Knoblauch und viel Peperoncino. Und dann …

Ich sah auf, als mir Gismo auf den Schoß sprang, sofort zu schnurren begann und genussvoll die Krallen in meinen Oberschenkel bohrte. Ich zuckte zusammen. »Krallen rein!« Gismo schnurrte weiter, ohne sich um meine Wünsche zu kümmern. Ich legte die Katze auf den Rücken und kraulte sie am Bauch. Vesna Krajner hatte mir heute auf einem Zettel eine Nachricht hinterlassen: »Das Biest hat Olivenglas zerbrochen. Oliven fehlen.« Das Biest war Gismo. Vesna konnte sich mit meiner Katze nicht so recht anfreunden. Sie konnte nicht vergessen, wie sich Gismo fauchend im Vorzimmer aufgebaut hatte, als sie zum ersten Mal in die Wohnung gekommen und ich nicht dagewesen war. Vesna, die mutige Vesna, hatte sich nicht getraut, die Wohnung zu betreten. Mittlerweile tolerierte Gismo Vesna. Das war ja schon etwas. An der Sache mit dem Olivenglas war ich selbst schuld. Ich durfte keine Oliven herumstehen lassen.

Ich setzte Gismo auf den Boden. Sie sah mich vorwurfsvoll an und raste dann in die Küche. Ich hackte für sie einige Hühnerrücken, und sie strich um meine Beine. Eigentlich wäre es ganz schön, zu einem Essen mehr Gesellschaft als Gismo zu haben, dachte ich träge. Aber die meisten meiner Lieblingsfreundinnen und -freunde waren noch auf Urlaub. Wien war Ende August noch ziemlich leer. An sich angenehm.

Eine Stunde später stand ich in einem viel zu heißen Wohnzimmer eingekeilt zwischen Menschen, die ich kaum oder gar nicht kannte.

Es war ein Fest einer alten Freundin, die gerne intellektuelle Menschen um sich scharte – oder solche, die sie dafür hielt. Sie hatte auch ihre netten Seiten. Ihre Einladung zum Jour fixe, wie sie das alle zwei Monate stattfindende Ereignis nannte, hatte ich wie immer sofort weggeworfen.

Es war ein Fehler gewesen, sie gerade an diesem Tag anzurufen und zu fragen, ob sie auf Alici und Pasta vorbeikommen wollte. Aber was soll's? Ich würde bald wieder gehen, mein italienisches Festmahl morgen genießen und mit Gismos Gesellschaft glücklich sein. Auf dem Fest wurden bloß chinesisch angehauchte Happen gereicht. Es war auch ein echter Dissident aus China zu Gast. Ich beobachtete, wie er alle Aufforderungen, sich doch zu bedienen, lächelnd zurückwies. Ich tat dasselbe. Pseudochinesische Küche war meine Sache nicht.

Auch die Terrasse war gerammelt voll. Ich fragte mich, welche Belastungen sie wohl aushielt, und schwitzte lieber in der Wohnung, als Teil einer Katastrophe zu werden.

Eine Freundin meiner Freundin schleppte den Dissidenten an. In einem sehr österreichischen Englisch legte sie mir dringend ans Herz, mit ihm ein Interview zu machen. Der Dissident lächelte stumm und geduldig. Ich ließ mich in die Küche abdrängen. Dort fand ich dann doch noch etwas Erträgliches zu essen. Ich blieb neben einem Tablett mit Shrimps in Backteig stehen und begann an dem Abend etwas Vergnügen zu finden.

Ein Mann ganz in Schwarz drängte sich durch die Türe zu mir. »Sie leben allein?«, fragte er.

Nicht zu fassen. »Wer hat Ihnen diesen Tip gegeben?«

»Ich habe geraten, vielleicht war es auch Intuition. Auch Männer können sensibel...«

»Viel blöder kann man ein Gespräch nicht eröffnen.«

»Ich kann auch wieder gehen«, sagte der Mann in Schwarz beleidigt.

Ich wartete, aber er ging nicht. Er schien schon leicht zu schwanken.

»Sie leben also allein?«, wiederholte er.

»Nein«, sagte ich, »ich lebe mit Gismo.«

»Italiener?«

»Katze. Weiblich.«

»So eine sind Sie?«

»Ja.« Der Mann schüttelte bedauernd den Kopf. »Deswegen essen Sie wahrscheinlich so viel. Lustsublimierung.«

»Sicher«, sagte ich friedlich und schob mir noch zwei Shrimps in den Mund. Leute gab's. Ich würde ihn ignorieren.

Er wechselte das Thema. »Selbstmord ist auch kein Ausweg.«

Das hatte ich auch gar nicht erwogen.

»In meinem Haus hat sich ein junger Mann aus dem Fenster gestürzt. 13. Stock. Tot. Der hatte irgendwie auch Probleme mit dem Selbstwertgefühl.«

»Sind Sie Psychiater?«

»Nein, Mittelschulprofessor.«

Ich schwieg. Meiner Freundin konnte es auch nicht besonders gehen, wenn sie schon solche Mittelschullehrer einlud. Okay, es war August.

»Dabei kam er aus einer guten Familie.«

Wahrscheinlich ist der Typ auch aus einer guten Familie, dachte ich.

»Bellini-Klein.«

Ich stutzte. Mein schwarzer Denker lallte weiter, wechselte das Thema und faselte etwas über Kierkegaard und das aktuelle Fernsehprogramm.

»Bellini-Klein haben Sie gesagt?«, fragte ich.

Mein Visavis blieb im Satz stecken. Er wurde offenbar nicht gerne bei einem Gedanken unterbrochen, und nach einigen Gläsern Wein schon gar nicht. »Bellini-Klein?«

»Na, der Selbstmörder.«

»Ja. Hat sich umgebracht, am Wochenende, dabei war er noch keine 30.«

»Wissen Sie, ob er etwas mit dem Präsidentschaftswahlkampf zu tun hatte?«

»Politik interessiert mich nicht«, murmelte der Mann in Schwarz beleidigt.

»Kannten Sie ihn persönlich?«

»Wer kennt schon wen?«

»Was hat er gemacht?«

»Im selben Haus gewohnt wie ich, mehr weiß ich nicht.«

»Wahlkampf?«

»Keine Ahnung, ich dachte, er hätte etwas mit einer Beratungsfirma zu tun.«

Ich ließ mir seine Adresse geben, was er offensichtlich missverstand. Da konnte ich ihm auch nicht helfen.

[3]

Am nächsten Morgen war mein erster Weg zu Droch. »Bellini-Klein ist tot«, platzte ich in seinem Büro heraus und schwieg dann dramatisch.
»Können Sie nicht anklopfen?«
»Hier klopft doch niemand an.«
»Bei mir schon.«
»Bellini-Klein ist tot.«
»Dieser Mitarbeiter?«
Ich nickte.
»Wollen Sie zu den Todesanzeigen wechseln, oder was?« Droch war besonders guter Laune.
»Verdammt«, sagte ich, »Bellini-Klein ist tot, und Fischer und Orsolics haben einander beglückwünscht, dass er nun endgültig erledigt ist. Ich habe es selbst gehört.«
»Sie haben also die Mörder enttarnt«, meinte Droch und sah mich, ohne mit einem Gesichtsmuskel zu zucken, an.
»Und Vogls Tochter hat ›Mörder‹ geschrien.«
»Gängiger Ausdruck, vielleicht ist sie Vegetarierin.«
»Bellini-Klein ist aus seiner Wohnung im 13. Stock gestürzt.«
»Böse Vorsehung?«, ätzte Droch.
Der Alte konnte mich einmal. »Es soll Selbstmord gewesen sein, sagt ein Nachbar.«
»Na also. Es gibt jede Menge Gründe, Selbstmord zu begehen. Mitarbeit in einem Wahlkampf ist ein besonders guter.«
»Fischer und Orsolics haben gesagt, dass er erledigt ist.«
»Auch ein Grund für einen Spinner, Selbstmord zu begehen. Ausschluss vom Wahlkampf.«
Ich sah ihn fassungslos an. »Wir werden nicht darüber schreiben?«

»Natürlich werden wir darüber schreiben, aber ohne wilde Spekulationen. Es ist witzig genug, dass sich jemand aus dem Wahlkampfteam umbringt, wenn es auch nur ein kleines Würstchen war.«

»Er soll Wahlkampfkoordinator gewesen sein.«

»Mir war sein Name nicht bekannt. Er wird sich aufgespielt haben. Und er scheint auch niemandem abzugehen. Heute fliegt Vogl nach Rom und lässt sich auf dem Petersplatz den Segen erteilen.«

»Ist nicht wahr.«

»Doch. Aber keine Privataudienz, sondern schön gemeinsam und klassenbewusst mit der Masse des Volkes.«

»Vielleicht werde ich bald auch so ...«

»Nein, da müssen Sie noch viel lernen.«

Wofür hielt er mich eigentlich? Ich beugte mich zu ihm und sagte: »Erstens: Ich bin kein kleines dummes Mädchen. Zweitens: Ich werde recherchieren, wie die Typen im Wahlbüro auf den Tod von Bellini-Klein reagieren, ob sie's schon gewusst haben, und wenn ja, seit wann. Drittens: Wenn wir schon zusammenarbeiten sollen, dann benehmen Sie sich wie ein Mensch. Und dass Sie es wissen: Hierarchien sind mir scheißegal.«

Droch zog die Mundwinkel nach oben: »Dass Sie klein sind, habe ich weder gesagt noch gedacht.«

Ich rauschte hinaus. Dieser Droch brachte mich immer wieder in Rage. Ich warf einen Blick zurück. Er saß da und lächelte, wenn auch etwas schief. Im nächsten Moment wandte er sich wieder seinem Bildschirm zu.

Ich drückte auf den Klingelknopf des Wahlbüros. Die kleine Videokamera trat in Aktion, ein Summen ertönte, die Doppeltüre sprang auf. »Hallo«, sagte ich zu niemand Bestimmtem. Hinter dem breiten Empfangspult mit Vogl-Logo erhob sich ein junges Mädchen mit kurzgeschorenen blonden Haaren und kam auf mich zu. Ihre beiden Kolleginnen hatten Kopfhörer mit Mikros auf und machten Telefondienst. Ob sie auch Politologin war? Eigentlich sah sie für ein abgeschlossenes Studium zu jung aus – aber vielleicht fing ich auch nur an, alle möglichen Menschen für alles mögliche als zu jung einzustufen.

Mir wurde freundlich mitgeteilt, dass ich selbstverständlich willkommen sei. Ich könne mich im Hauptquartier frei bewegen und solle nicht zögern, Fragen zu stellen oder Wünsche zu äußern. »Ich heiße Monika«, strahlte mich die blonde schicke Frau an.

»Sind Sie Politologin?«, fragte ich. Mein Gegenüber lachte überrascht. Nein, sie studiere noch. Biologie. Und sie finde die Arbeit hier super. Die Gegenkandidatin vom Bündnis sei zwar auch in Ordnung, aber habe – seien wir ehrlich – keine Chance. Und außerdem gebe es bei denen kaum Jobs. Das könnten die sich nicht leisten. Nächstes Jahr werde sie mit ihrem Studium fertig, und dann hoffe sie auf einen Ausbildungsplatz für das Lehramt.

»Und da hilft Ihnen die Mitarbeit beim Wahlkampf? Die Partei? Parteibücher und so?«

Monika war schon wieder überrascht. »Aber nein, das mit den Parteibüchern ist echt vorbei. Ich erwerbe mir hier eine Zusatzqualifikation, damit ich einen Job finde.«

Alles so sauber. Ich fühlte mich schmutzig. Bei Gelegenheit würde ich gerne einige Minuten mit Frau Fischer oder Herrn Orsolics reden, ließ ich Monika wissen.

Monika bot mir – gut geschult – stattdessen den Pressesprecher an. Ich lächelte freundlich. »Wenn's nicht gleich geht, ist es auch kein Problem. Ich kann warten.« Monika führte mich zur Medienecke. Ich setzte mich. In einer anderen Ecke des Riesenraumes saßen rund 15 Personen um einen großen Tisch. Sie falteten Briefe und steckten sie in Kuverts. Eine ältere Dame kam mir bekannt vor. Ich kniff die Augen zusammen. Vielleicht sollte ich doch einmal zum Augenarzt gehen. Richtig, es war die nette Frau Schneider aus meinem Haus, die einmal im Stiegenhaus Gismo eingefangen hatte, und seit damals plauderten wir über Katzen und Kekse, wenn wir einander am Gang trafen. Ich schlenderte hinüber.

»Das ist aber eine Überraschung«, rief Frau Schneider. Zehn Minuten und eine Wurstsemmel später wusste ich mehr. Frau Schneider war Sozialdemokratin, schon seit der Zwischenkriegszeit. Nicht, dass ihr jetzt alles in der Partei gefiel, aber man müsse zusammenhalten, gerade wenn es nicht so gut laufe. Für sie komme eben nichts anderes infrage. Sie sei immer Sozialdemokratin gewesen und werde es auch bleiben. Und immerhin sei Vogl ein sehr netter Mann. Er habe ihr sogar schon persönlich die Hand geschüttelt.

Ich wollte sie nicht kränken und verbiss mir einen Kommentar zum päpstlichen Segen. Vielleicht war die alte Dame auch katholisch. Warum nicht? Aber irgendwie steigerte das Gespräch mit Frau Schneider meinen Wunsch, der Wahlkampfleitung Schwierigkeiten zu bereiten.

Wie auf ein Stichwort erschien in diesem Augenblick Orsolics. Er rieb sich die Hände, als er sich mir mit freundlichem Grinsen näherte. »Noch Fragen?«, lächelte er, und ich erwartete fast, er würde vor lauter Bereitwilligkeit einen Diener machen.

»Ja«, sagte ich. »Seit wann wissen Sie, dass Bellini-Klein tot ist?«

Orsolics bat mich in sein Zimmer. »Was sagen Sie da?«, fragte er im Schutz seines Nussholzreiches.

»Bellini-Klein ist seit Montagabend tot. Seit wann wissen Sie davon?«

Orsolics riss die Augen auf und warf dann die Hände in die Höhe.

Das schien mir doch etwas gekünstelt. »Die Polizei hat mit Ihnen bereits geredet. Er hat hier gearbeitet, und er hat sich umgebracht. Da gehört eine Nachfrage zur Routine.«

Orsolics überlegte etwas zu lange und tat dann weiter auf erstaunt. Wie schrecklich, meinte er, sie hätten sich schon Sorgen gemacht, kein Wunder, dass Bellini-Klein nicht abgehoben habe ...

Orsolics brachte das so tief ergriffen vor, dass ich beinahe ins Zweifeln geriet. Die Polizei konnte die Wahlkampfleitung doch nicht uninformiert gelassen haben ... Nein, sicher nicht. Und wenn sie nichts von Bellini-Kleins Tätigkeit wusste?

Orsolics erging sich inzwischen über die vielen guten Eigenschaften von Bellini-Klein.

»Sie haben ihn aber hinausgeworfen, oder Sie hatten das zumindest vor«, warf ich trocken ein.

»Keine rechte Verwendungsmöglichkeit, das war das Problem. Er passte nicht in die Struktur, obwohl wir ihn nie hinausgeworfen hätten.«

»Sie und Frau Fischer sollen einander ja beglückwünscht haben, dass sie Bellini nun endlich los seien. Sogar Worte wie Schadensbegrenzung sollen gefallen sein. Man erfährt so einiges.«

Orsolics lachte schallend: »Und jetzt sagen Sie mir noch, dass ich der Mörder bin. Ich gestehe, ich gestehe. Da geht mit Ihnen die Fantasie durch. Der arme Bellini-Klein! Besonders stabil war er nie. Sollten Sie sich nicht um die Human-Touch-Geschichten kümmern? Oder ist das der Human Touch, den Sie meinen? Im Leben eines armen, nicht besonders stabilen jungen Mannes herumzuwühlen und seinen Tod sensationsgierig auszuschlachten?« Orsolics war von seinen eigenen Worten schwer beeindruckt und schwieg ergriffen.

»Ich stelle die Fragen«, sagte ich. »Und ich werde versuchen, darauf Antworten zu bekommen.«

»Der arme Bellini-Klein«, seufzte Orsolics, »das muss ich sofort Chloe Fischer erzählen.« Er drehte sich zur Verbindungstüre um.

»Stopp. Vogls Tochter hat ›Mörder‹ geschrien. Fällt Ihnen heute mehr dazu ein?«

Orsolics sah mich über die Schulter hinweg an. Sein harmloser Gesichtsausdruck war verschwunden. Wütend kniff er die Augen zusammen. »Wenn Sie noch einmal diesen Unsinn behaupten, werden wir Sie mit Klagen eindecken. Mörder! Und womöglich auch noch von Bellini-Klein. Vielleicht sagen Sie gleich, dass Sie glauben, dass Vogl einen seiner Mitarbeiter umgebracht hat. Noch dazu einen Mitarbeiter, den er nicht einmal kannte, so unwichtig war er.«

»Vogl kennt alle. Sein Gedächtnis, haben Sie schon vergessen? ›Phänomenal‹ nannten Sie es.«

»Ich warne Sie«, sagte Orsolics eisig, »eine Verleumdung, und Sie sind dran. Bellini-Klein hat sich selbst umgebracht.«

»Sie wussten also doch von seinem Tod?«

Orsolics stockte, aber nur kurz. »Das liegt doch auf der Hand.«

Er öffnete die Verbindungstür.

Chloe Fischer saß etwas außer Atem auf ihrem Platz und machte den Eindruck, als ob sie gelauscht hätte. Ich blieb in Orsolics' Zimmer.

»Was ist?«, empfing Fischer den PR-Mann nicht gerade damenhaft. Ich stellte fest, dass ihre Stimme schrill wurde, wenn sie aufgeregt war. Nach einigem Getuschel rauschte Chloe Fischer an Orsolics vorbei. »Da ist sie ja immer noch«, sagte sie und blieb in gut drei Meter Entfernung von mir stehen. Anders als Orsolics wahrte sie Distanz.

Chloe Fischer funkelte Orsolics an, bevor sie zu sprechen begann. »Ich werde Ihnen erzählen, was wirklich vorgefallen ist. Herr Orsolics wollte Bellini-Klein nichts Übles nachsagen. Tatsache aber ist, dass wir uns von ihm letzte Woche getrennt haben. Er passte nicht ins Team. Und er maßte sich Entscheidungen an, die nicht in seiner Kompetenz lagen. Er gab sich als wichtiges Stabsmitglied aus, was er nun wirklich nicht war. Also blieb uns keine andere Wahl. Wenn ich gewusst hätte, dass er das nicht verkraftet …« Ihre Stimme brach.

So konnte es gewesen sein, dachte ich. Aber da war noch etwas. »Warum haben Sie dem Team nichts vom Rausschmiss gesagt? Wo doch Transparenz alles ist?«

»Warum?«, wiederholte Orsolics. »Weil …«

»Weil wir Unruhe vermeiden wollten«, fiel ihm Fischer ins Wort. »Bellini-Klein hatte durch sein einnehmendes Wesen und Äußeres viele Freundinnen und Freunde. Wir hätten Zeit gebraucht, ihnen alles genau zu erklären.«

»Und diese Zeit hat bis jetzt gefehlt, wir haben schließlich Wahlkampf. Wir wollten in der morgigen Wochensitzung, an der alle Mitarbeiter teilnehmen, darüber informieren«, ergänzte Orsolics.

Was für ein Duo. Ich nickte. Auch das hatte etwas für sich. »Und wann haben Sie von Bellini-Kleins Tod erfahren?«

Chloe Fischer zog ihre Augenbrauen hoch. Eisig sah sie mich an. »Wer glauben Sie, dass Sie sind?«

»Nur eine Journalistin.«

»Dann hören Sie zu. Ich habe davon jetzt erfahren. Und ich werde jetzt die Polizei kontaktieren.« Die Andeutung eines Lächelns huschte über ihr Gesicht. »Sie können schreiben, dass wir alle tief bewegt sind, dass er ein guter Mensch und ein engagierter Mitarbeiter war, den wir aber leider in unserer Organisationsstruktur nicht entsprechend einsetzen konnten. Wir tragen mit Schuld an seinem Tod.«

Orsolics sah sie mit ehrlicher Bewunderung an. »Besser hätte ich das nicht sagen können.«

»Hat der Kandidat vom Rausschmiss Bellini-Kleins gewusst?«, fragte ich.

Jetzt klang Chloe Fischers Stimme schneidend. »Natürlich nicht! Personalsachen sind unsere Angelegenheit. Das haben wir von ihm fernzuhalten. Und Sie möchte ich, auch im Namen des armen Toten, bitten, nicht im Dreck zu wühlen. Missbrauchen Sie unsere Gastfreundschaft nicht.«

Wenn kein Dreck da wäre, könnte ich auch nicht darin wühlen, dachte ich und ging. Der grüne Teppich schluckte jeden Schritt.

In den TV-Mittagsnachrichten sah ich einen andächtigen Wolfgang A. Vogl auf dem römischen Petersplatz. Ergriffen starrte er nach oben zum Balkon des gebrechlichen Papstes, neben ihm lächelnde, glattgesichtige Nonnen, die ihm seltsam ähnlich sahen, junge Menschen mit eigenartig glänzenden Augen, Touristen und Straßenarbeiter, die vielleicht auch bloß zufällig hier ihre Pause machten. Vogl schlug gemeinsam mit den vielen Menschen das Kreuzzeichen.

Ein Moderator erzählte etwas über den gläubigen Sozialdemokraten Wolfgang A. Vogl, der auch den Nachmittag in Rom verbringen würde, um den Staatssekretär für äußere Angelegenheiten zu treffen und mit diesem die sicherheitspolitische Lage am Balkan und in Europa zu erörtern. Vogl wolle seine außenpolitischen Fähigkeiten in den Dienst aller Menschen in Europa und im speziellen in den Dienst der Sicherheit der österreichischen Bevölkerung stellen. Das sei ihm wichtiger als der Wahlkampf, habe Vogl bei einem improvisierten Pressegespräch am römischen Flughafen betont.

Aber sicher.

Einige Stunden später traf ich bei der Bundespolizeidirektion ein. Allein der Anblick des Gebäudes löste bei mir Beklemmungen aus. Sofort hatte ich das Gefühl, etwas angestellt zu haben. Meine Entscheidung, hier nach den näheren Umständen des Todes von Bellini-Klein zu forschen, war nicht mit der Redaktion abgesprochen. Kriminalpolizei. Ich landete in einem Sekretariat, über dessen Tür groß »Personenverkehr« stand. »Warten Sie«, rief jemand von drinnen, als ich die Türe einen winzigen Spalt öffnete. Ich wartete zehn Minuten. Dann klopfte ich wieder. Keine Antwort. Ich trat ein. Das Zimmer war menschenleer. Rechts und links Türen. Ich entschied mich für die linke und klopfte. Wieder keine Antwort. Ich trat ein, auch dieses Zimmer war leer. Die nächste Türe. Wieder Klopfen, wieder keine Antwort, wieder ein leeres Zimmer. Diesmal eines mit vielen Grünpflanzen. Es wirkte um nichts vertrauenerweckender. Die Türe, die von diesem Zimmer weiterführte, war offen. Ich sah vorsichtig hinein. Hinter einem großen Schreibtisch saß ein großer Mann mit grauem Vollbart. Von seinem Zimmer aus ging es nicht mehr weiter. Ich klopfte an den Türstock, er blickte ungehalten auf.

»Ich brauche eine Auskunft«, sagte ich mit lauter Stimme.

»Dann gehen Sie ins Sekretariat, wo ›Personenverkehr‹ draufsteht«, erwiderte der Mann.

»Dort ist niemand. In keinem Zimmer ist jemand.«

»Dann müssen Sie warten.«

»Ich bin von der Presse.«

»Dann sind Sie hier ohnehin ganz falsch, dann müssen Sie in die Presseabteilung.«

Ich trat ein und lächelte den Bartträger eisig an. Vielleicht konnte ich von Chloe Fischer doch noch etwas lernen. »Ich bleibe hier, bis ich die nötige Information habe. Wer bearbeitet den Tod von Bellini-Klein?«

Der Mann hinter dem Schreibtisch musterte mich irritiert. »Ich bin nicht vom Sekretariat, ich bin stellvertretender Leiter der Mordkommission.«

»Sie sehen nicht wie ...« Jetzt war auch ich irritiert.

»Wir sehen nie so aus«, antwortete der Mann und schien sehr stolz darauf zu sein.

»Es könnte ein Mord gewesen sein«, sagte ich.

»Sind Sie eine Zeugin?«

»Ich will etwas darüber erfahren, und vielleicht weiß ich auch etwas, was die Polizei nicht weiß.« Schön langsam hatte ich das Gefühl, im Sekretariat mehr zu erreichen als hier. Doch da stand der Typ auf und ging durch die noch immer leeren Räume an mir vorbei ins Sekretariat. Ich folgte ihm. Der Mann von der Mordkommission sah in einem Verzeichnis nach und murmelte: »Wir haben es auch im Computer, aber so geht es schneller.« Ein paar Sekunden später meinte er: »Daniel Bellini-Klein – da haben wir ihn. Der Kollege, der den Fall bearbeitet, ist heute nicht da. Ihre Auskünfte müssen Sie aber ohnehin über die Pressestelle einholen.«

»Und wenn ich eine Aussage zu machen habe?«

»Dann sagen Sie mir, was Sie sagen wollen.«

»Ich will es dem ermittelnden Beamten sagen.«

»Habe ich mich nicht klar ausgedrückt?«

»Wissen Sie, wer schon von Bellini-Kleins Tod informiert wurde?«

»Nein.«

»Wie heißt der ermittelnde Beamte?«

»Erfahren Sie in der Pressestelle – falls Auskünfte gegeben werden.«

»Und wie heißen Sie?«

»Zuckerbrot.«

»Wirklich?«

»Wirklich«, sagte Zuckerbrot und lächelte sogar.

In der Pressestelle teilte man mir mit, dass man nicht wisse, ob Auskünfte erteilt werden dürften, weil der ermittelnde Beamte auf Dienstreise in Salzburg sei und noch keinen Bericht vorgelegt habe. Man könne mir daher nichts weiter sagen, als dass Bellini-Klein tot aufgefunden worden sei. Das wusste ich bereits.

Die Luft vor der Bundespolizeidirektion war stickig. Ozonvorwarnstufe, ich hatte es in den Morgennachrichten gehört. Warum gab es keinen Polizeibeamten, der mir in einem kühlen Gastgarten alles erzählte? In TV-Krimis passierte das andauernd. Ich fragte mich, ob ich schön langsam am Durchdrehen war. Mit Polizeibeamten in kühlen Gastgärten ... Es wäre besser, sich wieder um alternde Sängerinnen und mediengeile Wurstfabrikanten zu kümmern. Politik brachte mich bloß auf seltsame Gedanken.

Stattdessen fuhr ich zu dem Haus, in dem Bellini-Klein gewohnt hatte. In jedem Haus gab es Menschen, die etwas gesehen oder zumindest etwas gehört hatten. Ich entschloss mich, ein Verfahren anzuwenden, dass mir schon einige Male Erfolg gebracht hatte. Nach einigen Minuten im Stiegenhaus würde unweigerlich eine Türe aufgehen. Jemand würde wissen wollen, was ich hier suche. Und dieser Jemand würde auch über die anderen im Haus eine Menge wissen.

Ich betrat das Hochhaus gemeinsam mit zwei Schulmädchen. Ich wollte mit dem Lift nach oben fahren und dann zu Fuß hinuntergehen. Um den Lift zu benutzen, brauchte man jedoch einen Schlüssel.

Ich begann also meinen Aufstieg und hatte Glück. Schon im zweiten Stock kam mir eine ältere Frau entgegen. »Suchen Sie jemanden?«, fragte sie mehr neugierig als hilfsbereit.

»Ich suche Daniel Bellini-Klein. Ich bin seine Cousine.«

Die Frau – ihr Name war Göbel – schlug tatsächlich ein Kreuz und erzählte mir dann, was ich ohnehin schon wusste. Nett sei er gewesen und aus guter Familie. Immer höflich. Obwohl sie so ein Gerücht gehört hätte, dass er im Drogenrausch ... Ob er viel Besuch hatte? Frau Göbel wiegte überlegend den Kopf. Eigentlich nicht, und das sei eher seltsam gewesen. Er sei sehr ruhig gewesen für sein Alter, das sage auch sein Nachbar, Herr Madermichl. Herr Madermichl wisse mehr. Er sei schon in Pension und gehe selten aus. Und er wohne neben Bellini-Klein. Sie erbot sich, mit mir zu Herrn Madermichl zu gehen. Und sie hatte einen Liftschlüssel. Herr Madermichl erzählte aufgeregt, dass er sogar in die Wohnung hätte sehen können, als die Polizei die Spuren sicherte. Allerdings sei ihm nichts Besonderes aufgefallen. Nein, auch wenn er ganz intensiv nachdachte.

Besuch habe Bellini-Klein nur ganz selten gehabt. In den letzten

Wochen sei einige Male eine Frau gekommen, oft sehr spät. Zu einer Zeit, zu der er schon im Bett lag. Woher er dann wisse, dass es eine Frau gewesen sei?

»So etwas merkt man. Und manchmal konnte ich sie auch sehen, wenn sie wieder gegangen ist. Mitten in der Nacht.«

Es ging nichts über aufmerksame Nachbarn.

Daniel Bellini-Klein sei sehr erfolgreich gewesen, fuhr Madermichl fort. Wichtigster Berater von Wolfgang A. Vogl und sein Wahlkampfleiter. Obwohl er noch so jung gewesen sei. Aber immerhin sei sein Onkel Parlamentspräsident gewesen – aber das würde ich ja wissen. Wenn er da an seinen eigenen Sohn denke, der sei seit einem Dreivierteljahr arbeitslos. Ohne Antrieb. Aber irgendetwas könne man doch immer tun, oder? Wolfgang A. Vogl sei seine Sache nicht, damit ich ihn recht verstehe. Er habe mit diesen Sozialisten nie etwas am Hut gehabt. Aber wenn die eigenen niemanden aufstellen, dann werde er ihn doch wählen müssen. Vogl sei noch am wenigsten radikal. Ich versuchte ihn wieder zurück zu Bellini-Klein zu bekommen. Aber Madermichl war in seinem Element. Er ging zu einem Glasschrank und schenkte sich, Frau Göbel und mir Likör ein. »Zur Feier des Tages«, sagte er. Ich fragte mich, was es zu feiern gab. Aus einem anderen Zimmer rief eine Frau: »Was ist denn los?« Madermichl flüsterte: »Das ist meine Frau, sie kann nur mehr schwer gehen.«

Ich fuhr mit der U-Bahn nach Hause. Viel mehr wusste ich jetzt nicht. Der Nachbar hatte Bellini-Klein für einen großen Politstrategen gehalten. Offenbar war der Typ wirklich gut im Übertreiben gewesen. Auch die jungen Leute im Hauptquartier hatten ihn als ziemlich wichtig eingestuft. Und: Bellini-Klein hatte offenbar eine Freundin gehabt. Eine Gruppe Japaner presste sich am Stephansplatz in den Waggon. Nun war ich eingekeilt. Mir brach der Schweiß aus. Ich würde versuchen, die Frau zu finden. Wahrscheinlich war Daniel Bellini-Klein ein Wichtigtuer mit guten Manieren gewesen. Und dass er sich umgebracht hatte, war womöglich auf eine latente Depression, auf latentes Nicht-ernst-genommen-Werden oder vielleicht auch auf den Konsum von Drogen zurückzuführen. Kein Grund, deswegen so viel Aufsehen zu machen. Klar, dass Fischer und Orsolics froh waren, dass er nicht mehr aufgetaucht war.

»Mörder«, hatte Vogls Tochter geschrien. Eine Hysterikerin. Vogl mit all den Sicherheitsleuten in seiner Nähe hätte doch gar keine Chance gehabt, Bellini-Klein umzubringen. Wie hatte Droch gesagt? »Die haben das nicht nötig, die haben andere Methoden.« Ich freute mich auf eine lauwarme Dusche – zu einer kalten kann ich mich auch bei größter Hitze nicht überwinden – und dachte an den schönen Branzino, den ich mir heute zubereiten wollte. Man rühre eine Packung grobes Salz mit etwas Wasser an, bestreiche damit den Fisch, bis ihn die Salzkruste vollständig umschließt, und lasse ihn 20 Minuten lang bei 250 Grad im Rohr garen. Dann die Salzkruste abklopfen, und dazu einen leichten Sauvignon und frisches Weißbrot. Ich versuchte auf die Uhr zu sehen. Vielleicht ging es sich noch vor Geschäftsschluss aus, frisches Weißbrot... Aber mein Arm war eingeklemmt. Ich erntete böse Blicke, als ich ihn mit einem Ruck befreite. Wenn ich zwei Stationen früher ausstieg und zum Bäcker sprintete, würde ich noch zu Weißbrot kommen.

Fünf Minuten später hatte ich mein Weißbrot und ging gemäßigteren Schrittes wieder Richtung U-Bahn-Abgang. Einige Meter vor mir trat Orsolics aus der sozialdemokratischen Parteizentrale. Neben ihm gingen zwei junge Männer, auf die er heftig und ernst einredete. Die beiden nickten synchron. Ich tauchte in die U-Bahnstation ab und nahm mir vor, die nächsten zwei Stunden nur noch an meinen Fisch zu denken.

[4]

Ich kannte solche Briefe. Als Absender stand in verstellter Schrift: »Friedrich Henker, Gerichtsstraße 1, Christkindl.« Wie einfallsreich. Wer über Promis schrieb, musste sich bisweilen mit den eigenartigsten Fans auseinandersetzen. Anonyme Briefe wurden immer häufiger. Offene Bösartigkeit war aus der Mode gekommen.

Ich starrte auf meinen Brief. Er war ganz normal mit der Post versandt worden. Poststempel: 1150 Wien. »Gib Bellini-Klein die ewige Ruhe, oder Du hast sie selber bald. Ein Freund.« Ich war zwar nicht übertrieben mutig, aber der Brief erschien mir eher kindisch. Wer versuchte mich so plump vom Recherchieren abzuhalten? Jedenfalls würde sich der anonyme Drohbrief in der nächsten Ausgabe des »Magazins« gut machen. Für diesmal war es leider schon zu spät. Die Druckmaschinen liefen bereits auf Hochtouren, am Nachmittag würden die ersten Hefte mit der kleinen, aber feinen Wahlkampfgeschichte am Markt sein.

So konnte ich die Story wenigstens weiterziehen. Ich lächelte. Hier hatte ich einen Beweis, dass zumindest irgendjemand, und sei er oder sie auch noch so idiotisch, nicht wollte, dass etwas über Bellini-Kleins Tod an die Öffentlichkeit kam.

Vogls Wahlkampfteam? Jedem von ihnen, Orsolics und die jungen schicken Enthusiasten eingeschlossen, wäre etwas Besseres eingefallen. Ganz abgesehen davon, dass niemand annehmen konnte, dass ich Bellini-Klein wegen eines solchen Briefes vergessen würde. Also jemand, der in Wirklichkeit wollte, dass ich der Sache auf den Grund ging? Aber warum gab man mir dann keine direkten Hinweise und riskierte stattdessen polizeiliche Ermittlungen? Vielleicht jemand, der mit dem Wahlkampf gar nichts zu tun hatte? Madermichl vielleicht?

Sein Sohn? Bellini-Kleins Freundin? Seine Eltern waren gestorben, als er noch ein Kind war, und sein Onkel hatte ihn aufgezogen. Und der war letztes Jahr einem Schlaganfall erlegen. Vielleicht waren doch Drogen im Spiel?

Als zwei Redakteurinnen laut lachend zu meinem Schreibtisch herüberkamen, steckte ich den Brief rasch weg. Ich musste noch darüber nachdenken. Und ich wollte ihn mir für die Redaktionssitzung aufheben. Ein kleiner netter Knalleffekt. Mira Valensky, die etwas lieferte, wenn man sie auf die menschlichen Seiten des Wahlkampfes ansetzte.

Es war keine gute Idee gewesen. Droch rächte sich dafür, dass ich ihm den Brief nicht vorher gezeigt hatte. Nachdem der Zettel in der Redaktionssitzung die Runde gemacht und ich die verschiedenen Möglichkeiten erläutert hatte, sah mich Droch ausdruckslos an. »Sind Sie sicher, dass Sie den Brief nicht selbst geschrieben haben?«

Ich sah ihn fassungslos an.

»Na, immerhin wollen Sie die Geschichte krampfhaft am Kochen halten.«

Ich schüttelte den Kopf und suchte fieberhaft nach einer passenden Antwort. Darauf wäre ich nie gekommen. So ein ...

»Sehen Sie mich nicht so wütend an«, spöttelte Droch, »vielleicht war es ein Spinner. Irgendein Linker, der Vogl nicht mag. Oder ein anderer Verwirrter.«

Ich hatte meine Sprache wiedergefunden. »Warum ein Linker? Woher soll Ihr Linker von meiner Recherche gewusst haben?«

Einige nickten. Der Chefredakteur hatte den Mund leicht geöffnet, aber offenbar nicht, um etwas zu sagen.

»So etwas spricht sich herum«, erwiderte Droch, »vergessen Sie also Ihre Fantastereien über Mord im Wahlkampf. Henker, dass ich nicht lache! Wie peinlich. Das spielt es nicht. Wir haben die Selbstmord-Story. Als einziges Blatt. Aber so, wie es sich gehört: Ein kleiner Mitarbeiter, der Selbstmord begangen hat. Etwas Spekulation darüber, ob der Wahlkampf ein Motiv für seinen Selbstmord sein könnte. Wasser auf die Mühlen des Bündnisses, die können sich bei Ihnen bedanken.«

»Woher wissen Sie mit Sicherheit, dass es Selbstmord war?«

»Mit Sicherheit weiß ich gar nichts, aber die Polizei sagt, es war Selbstmord und hat die Untersuchung abgeschlossen.«

»Woher wissen Sie ...«

»Ich habe recherchiert. So etwas gibt es. Ich kann es Ihnen buchstabieren. Und: Der Akt ist zu.«

»Und man hat Ihnen ...«

»Man hat.«

Ich schüttelte wütend den Kopf. »Ich möchte es wissen, wenn meine Artikel geändert werden.«

»Sie erfahren es jetzt.« Das war der Chefredakteur. »Und außerdem sollten Sie den Drohbrief aufheben, man weiß ja nie ...«

»Nein, das weiß man nicht«, sagte Droch und sah mich spöttisch an.

Die Reportage über Bellini-Kleins Selbstmord war bloß eine Seite lang. Um zwei Uhr waren die ersten Hefte direkt bei der Auslieferung zu haben, ab vier gab es sie im Straßenverkauf. Kurz vor fünf rief mich Valentin Wessely vom Bündnis an. Er bat mich vorbeizukommen. »Wir wollten Sie längst schon einmal einladen, uns zu besuchen. Unser Büro ist zwar nicht so schick ...«

»Als Lifestyle-Reporterin?«

Wessely stutzte. »Aber ... Sie sind doch jetzt mit Wahlkampfthemen ...?«

»Vor einer Stunde ist meine erste Story erschienen.«

»Wie auch immer, hätten Sie nicht Lust vorbeizuschauen?«

Das Wahlbüro des Bündnisses war tatsächlich mit dem von Vogl nicht zu vergleichen. In einem engen Stiegenhaus türmten sich Plakate der Kandidatin. An der Türe des Büros stand groß: »Alle für Johanna.« Das Poster konnte bei weitem nicht alle Stellen, an denen die Farbe abgeblättert war, zudecken.

Valentin Wessely öffnete die Tür. Ich hätte ihn nicht erkannt. Er war einer der Menschen, die ich immer wieder vergessen würde. Braune Haare, mittelgroß, schwarze Jeans, um die 40. Einer, der es nie ganz geschafft hatte. Wessely bat mich einzutreten. »Wir haben dieses Büro von einer Sozialinitiative übernommen, nicht von einer Bank. Aber eines ist gleich: Beiden ist das Geld ausgegangen.«

Überall geschnorrte Möbel, nichts passte zusammen. Luftballons mit dem Spruch: »Damit es anders wird.« Eine Türe ging auf. Dahinter sah ich zwei weitere Stapel mit Plakaten und eine Badewanne. »Da sind wir ungestört«, sagte Wessely. »Wir besprechen vieles im Badezimmer.«

Aus dem Badezimmer kam eine jüngere Frau, die gestresst wirkte. Wessely stellte sie mir als seine Kollegin Irmgard Fink vor.

»Sie wollen mit mir ins Badezimmer?«, fragte ich. Wessely lachte peinlich berührt. »Nein, wir gehen ins Zimmer von Johanna Mahler.«

Jeder Millimeter dieses Wahlbüros wurde genutzt. Gelächelt wurde weniger, aber gegenüber Vogls gestylter Welt erschien mir das Büro als angenehmer Kontrast. Wir gingen in den dritten Raum. Auf dem Schreibtisch stand ein riesiger bunter Blumenstrauß. Die Wände waren mit Plakaten bedeckt. An freien Stellen sah man die angegraute Tapete. Johanna Mahler war nicht da. Dafür ihr Pressesprecher. Zu viert ließen wir uns in der Besprechungsecke nieder. Unterschiedliche Sessel und Fauteuils, manches hätte selbst im Sperrmüll alt ausgesehen.

»Wer sagt, dass es Selbstmord war? Und selbst wenn, dann hat ihn der Wahlkampf in den Selbstmord getrieben. Maximale Offenheit. Neue Breite. Dass ich nicht lache! Das gehört recherchiert. Unmenschlichkeit. ›Sie gehen über Leichen‹, das wäre eine schöne Schlagzeile.« Wessely und Fink sahen ihren Pressesprecher unsicher an.

»Das ist kein Angriff auf Sie«, murmelte Fink in meine Richtung.

Ich hatte es auch nicht so verstanden.

»Wir sind Profis, also reden wir auch wie Profis.« Das war wieder der Pressesprecher.

Profis. Er hatte wohl zu viele Filme gesehen.

»Glauben Sie nicht, dass wir bloß politisches Kapital daraus schlagen wollen«, sagte Wessely. Und ich begann es zu glauben.

»Es ist unsere letzte Chance«, fuhr Valentin Wessely fort, »unsere letzte Chance zu beweisen, dass bei Vogl nicht alles so glatt und sauber läuft.«

»Beweisen Sie es«, sagte ich trocken.

»Wir haben jedenfalls in einer Presseaussendung die volle Aufklärung der Umstände des Todesfalles verlangt. Und angedeutet, dass die Polizei aus Rücksicht auf die Mächtigen des Landes wieder einmal geschwiegen hat. Und …« Der Pressesprecher schien stolz auf seine Arbeit zu sein.

Johanna Mahler kam mit einem »Darf ich?«, herein. Ich hatte sie aus der Entfernung immer ganz gerne gemocht. Auch wenn es mir auf die Nerven ging, wie gewisse Typen in ihr Jeanne d'Arc und Mutter Theresa in einer Person sahen. Sie war schon deutlich über 60, aber ihre Mischung aus gebildeter Zurückhaltung und künstlerischem Flair war irgendwie beeindruckend. Wessely, Fink und einige andere waren stolz, sie zur Kandidatur überredet zu haben. Als Kind Flucht vor den Nazis in die USA, nach ihrer Rückkehr Engagement gegen den Vietnamkrieg und für Menschenrechte. In den letzten Jahren war sie zu einer Leitfigur der Öko- und der Sozialbewegung geworden. Johanna Mahler wurde auch von vielen respektiert, die mit ihren Ideen wenig gemein hatten. Über die Jahrzehnte hatte sie eine Reihe von Büchern verfasst. Romane, aber auch Aufsätze zu aktuellen Themen. Und jetzt hatte sie sich in die Politik begeben. Eine Alternative zu Vogl. Chancenlos.

Fink und Wessely klärten die Kandidatin in groben Zügen auf.

»Ich will mir erst ein Bild machen, bevor ich etwas dazu sage.«

»Wir müssen …«, fiel ihr Wessely ins Wort und verstummte wieder.

»Wir werden«, erwiderte Johanna Mahler.

Und was war mit mir?

Der Pressesprecher und Wessely verließen den Raum. Johanna Mahler erzählte mir eine Menge netter und nichtssagender Geschichten aus dem Wahlkampf. Ich fand sie immer noch sympathisch, aber vielleicht hätte ich im Vergleich zu Vogls Truppe alle sympathisch gefunden. Irmgard Fink telefonierte mit irgendwelchen Unterstützern, die offenbar ganz anderer Meinung waren als die Bündniszentrale. »Die Zentrale ist hier, verdammt noch einmal«, hörte ich sie fluchen. »Ihr könnt kein Geld ausgeben, das wir euch nicht geben. Nein, verdammt. Die Spenden müssen zu uns, und da wird dann entschieden.«

Johanna Mahler seufzte. Das Geld sei ein großes Problem.

Als ich das Bündnisbüro verließ, drückte mir der Pressesprecher die Aussendung über Bellini-Kleins Tod in die Hand. Sie war bereits kurz nach zwei freigegeben worden. Neuigkeiten sprachen sich in der Branche schnell herum.

Ich kaufte beim nächsten Zeitungsverkäufer alle schon verfügbaren Abendausgaben und ging zurück in die Redaktion. Die Selbstmord-Story hatte offenbar nur beim Bündnis eingeschlagen. Das Zeitungsecho war mager. In der auflagenstärksten Zeitung wurde nicht einmal etwas erwähnt. Aber die protegierte ja Vogl. Und Vogl tat, was sie wollte.

In einer anderen Abendzeitung lautete die Headline auf Seite fünf: »Bündnis spekuliert auf Mord. Hat Vogl-Wahlkampf mit Tod von Bellini-Klein zu tun?« Sicherheitshalber hatte der Redakteur auch einen Kommentar zum Thema verfasst, in dem er sich gegen solche Spekulationen verwahrte.

Ich ging ins Kino und sah mir eine alte amerikanische Komödie an. Sie hatte nichts mit Politik zu tun.

Mir war nach frischer Luft und Bewegung. Nach dem Kino beschloss ich, von der Innenstadt zu Fuß heimzugehen. Eine halbe Stunde durch Wien. Noch immer hatte es nicht geregnet. Aber immerhin hatte der Verkehr bereits nachgelassen, und ein leiser Wind wehte die Autoabgase davon. Es war ruhig, als ich durch die Straßen mit den hohen alten Häusern schlenderte. Da und dort führte jemand seinen Hund Gassi. Aus einem Fenster drang Technomusik. Autotüren knallten. Ein höchstens zwölfjähriges dunkeläugiges Kind versuchte mir eine meterlange rote Rose zu verkaufen. Ich gab ihm Geld für drei und ließ ihm die Rosen. Sie würden morgen ohnehin verwelkt sein. Wenigstens das Kind sollte heute einen schönen Abend haben.

Schon als ich in die schmale Gasse, in der ich wohnte, einbog, suchte ich in meiner großen Tasche nach dem Schlüssel. Der Fußmarsch hatte mich beruhigt und getröstet. Ich hätte wissen müssen, was mich erwartete, als ich mich auf die Wahlkampfberichterstattung einließ. Entweder Kaffeeservicemuster, Werbeauftritte und päpstlicher Segen oder … Ich hatte mich – warum auch immer – für das Oder entschieden. Also galt es, sich eine dicke Haut zuzulegen. Ich hatte Droch nichts vorab vom Drohbrief erzählt. Droch hielt es schlecht aus, nicht alles zu wissen. Und er hatte sich gerächt. Das war es, mehr nicht.

Die Gasse war menschenleer. Ich seufzte und zog meinen Schlüssel heraus. Ich ging in den großen, offenen Torbogen. Hinter mir klirrte etwas auf dem Boden. Hoffentlich war Gismo nicht ausgerissen. Das hätte noch gefehlt.

Ich drehte mich um. Für den Bruchteil einer Sekunde blieb mir der Mund offen, dann knallte ein Faustschlag gegen mein Jochbein. Ich riss die Hände hoch. Ich muss mich wehren, dachte ich, wehren. Aber alles ging so schnell. Ich packte den Mann am Handgelenk und bemerkte, dass er nicht allein war. Sein Komplize hieb mir genau in den Magen. Ich wunderte mich, dass das gar nicht so weh tat wie der erste Schlag. Nummer eins hatte sich losgerissen und traf mich mit der Faust am Ohr. Ich konnte nichts mehr hören, rund um mich klingelte es schrill, und ich hatte auf einmal einen roten Vorhang vor den Augen. Blut? Ohnmacht? Ich ließ meine Tasche fallen und schlug wild um mich. Zwei verschwommene Gestalten. Ein merkwürdig dumpfes Geräusch und dann ein Stöhnen. Ich musste den einen getroffen haben. Meine Fingerknöchel taten mir weh. Dann wurden mir die Beine weggetreten. Ich schlug mit dem Kinn hart auf dem Asphalt auf. Blut. Ich sah Beine. Liegend trat ich dagegen. Einer fiel um. War das ein Zahn in meinem Mund? Ich musste aufstehen, sie durften mich nicht weiter in den Bauch treten. Nein. Ich versuchte hochzukommen, aber mein Magen zog sich zusammen. Ich krümmte mich. Ich lag da und tastete den Boden ab. Eine Flüssigkeit. Blut? Öl? Allmählich wurde mir bewusst, dass keine Schläge mehr kamen. Ich war allein. Alles war ruhig. Niemand schien etwas bemerkt zu haben. Ich lag in der Einfahrt, und Wien schlief. Ich spuckte und versuchte mir den Mund abzuwischen. Ich hatte den Geschmack von Straßenstaub, altem Öl und Taubendreck auf der Zunge. Millimeter für Millimeter bewegte ich mich zur Hauswand hin. Vielleicht gelang es mir, an die Wand gestützt aufzustehen. In meinem Ohr summte es – aber das machte die Stille rundum nur noch unerträglicher. Ich wagte es nicht, sie zu durchbrechen. Ich wusste auch nicht, ob ich hätte schreien können. Schon ein Krächzen hätte mir den Rest gegeben. Ich ließ den Mund zu und schob mich zur Wand. An die Wand gelehnt, redete ich mir gut zu: Ruhig durchatmen. Aber es ging nicht. Der Bauch und der Magen taten zu weh. Innere Verletzungen? Rippenbrüche? Am Ohr spürte ich Blut. Nicht viel, es schien schon einzudicken. Das Jochbein pochte. War es gebrochen? Ich hatte jedes Zeitgefühl verloren.

Als ich es schließlich geschafft hatte, mich hochzuziehen und mich Stufe für Stufe die drei Stockwerke nach oben zu meiner Wohnung zu schleppen, war es Mitternacht. Seit dem Überfall war erst eine halbe Stunde vergangen. Vor der Wohnungstür fiel mir auf, dass ich den Schlüssel die ganze Zeit in der Hand gehalten hatte. Ich schloss auf und wollte mich gleich zu Boden sinken lassen. Aber dumpf warnte mich etwas, dass das Aufstehen dann noch mühsamer werden könnte als vorhin auf der Straße.

Ich tastete mich, ohne Licht zu machen, in die Küche. Gewohnheit. Der erste Weg in die Küche. Was sollte ich in der Küche? Ich musste zum Telefon oder besser zuerst ins Badezimmer und dann zum Telefon. Bein hatte ich mir jedenfalls keines gebrochen, wenn auch der linke Knöchel bei jedem Schritt einen spitzen Schmerz in meine Nervenzentren sandte. Ich lehnte mich an den Kühlschrank und versuchte wieder, langsam und ruhig durchzuatmen. Das ging nun schon besser, zumindest etwas. Ich nahm ein Glas und bemerkte, dass mein rechter Ärmel blutig war. Die Hand zitterte so stark, dass ich beide Hände um das Glas schloss. Jetzt konnte ich mich aber nicht mehr fortbewegen, denn ich brauchte eine Hand, um mich abzustützen. Ich hatte einmal gelesen, dass Menschen bei extremen Schmerzen begannen sozusagen neben sich selbst zu stehen und zu agieren. Davon bemerkte ich leider nichts. Ich spürte alles, und das ohne die geringste Distanz. Mit dem Rücken zur Wand tastete ich mich ins Wohnzimmer, stellte das Glas auf den Tisch, nahm mit beiden Händen die Whiskeyflasche vom Regal und schenkte mir ein. Auf den Tropfen Wasser, der zu einem guten irischen Whiskey gehörte, verzichtete ich. Aber ich dachte daran, und das erschien mir als gutes Zeichen.

Ich setzte mich vorsichtig. Der Oberkörper schrie Alarm. Trotzdem nahm ich einen Schluck Whiskey. Das brannte wie Feuer – ich musste mir in die Zunge gebissen haben. Der Whiskey spülte den Dreck aus meinem Mund. Noch einen Schluck. Und noch einen.

Vom Boden erklang ein gurrender, fragender Ton. Gismo. Gismo war also nicht ausgerissen. »Gismo«, sagte ich, und es hörte sich fast normal an. Ich war überrascht. Ich konnte reden. Ich konnte die Polizei und die Rettung anrufen. Ich durfte nicht zu viel trinken. Ich sollte vielleicht zuerst eine Freundin anrufen. Ich nahm noch einen Schluck. Welche Freundin? Keine kam mir geeignet vor. Keine war mit mir in so engem Kontakt, um damit richtig umgehen zu können. Männer? Kollegen? Undenkbar. Meinen letzten Lover? Dann lieber gleich die Polizei. Vesna Krajner? Am liebsten hätte ich meine Putzfrau bei mir gehabt. Sie war so kompetent und tüchtig. Und sie erschien mir verlässlicher als manche Freundin. Kein gutes Zeichen für mein Sozialleben, wenn es einmal dick kam. Aber Vesna Krajner würde mit dem Motorrad herrasen, und sie würde darauf bestehen, dass ich ins Krankenhaus ging. Ich hegte gegen Krankenhäuser eine tiefe Abscheu. Noch nie war ich als Patientin in einem gewesen, und so sollte es auch bleiben.

Zähne zusammenbeißen. Nicht zu viel trinken und dann schauen, ob es wirklich sein musste. Gismo verhielt sich erstaunlich ruhig. Dafür war ich ihr dankbar.

Eigentlich sollte ich Droch anrufen. Doch der war gelähmt und konnte nicht kommen. Aber er sollte erfahren, was mir passiert war. Wer waren die beiden gewesen? Ich dachte an Bellini-Kleins Tod und an den stümperhaften Drohbrief, der umgehend umgesetzt worden war. Heute war das Blatt mit meiner Selbstmord-Story erschienen. Sie hätten wissen müssen, dass der Drohbrief erst einlangen würde, wenn das »Magazin« bereits im Druck war. Aber warum sollten sie etwas vom Zeitungsgeschäft verstehen? Und wer waren »sie«? Ich versuchte mich auf die Gesichter und auf die Statur der Schläger zu konzentrieren. Die Gesichter. Die beiden hatten dünne Strumpfmasken übergezogen gehabt. Also keine Gesichter. Sie waren beide schlank und ziemlich beweglich gewesen. Zu beweglich. Ich konnte mich an eine Hand erinnern, an eine schmale. Geballte Finger, keine Ringe. Ein Finger hatte einen langgezogenen Kratzer. Ich musste ihn verletzt haben. Vielleicht mit dem Schlüssel. Oder war es mein Blut gewesen, das an seinem Finger hinuntergeronnen war? Die Männer waren vielleicht zehn Zentimeter größer als ich gewesen. Alt waren sie nicht gewesen, nicht mit diesen Händen. Turnschuhe hatte ich gesehen, aber heute tragen ja alle Turnschuhe. Dunkle Hosen. Vielleicht schwarze Jeans oder dunkelblaue. In der Einfahrt brannte nur eine schwache Glühbirne. Hausbewohner hatten sich darüber schon öfter beschwert. Mir war das immer übertrieben vorgekommen.

Wo war meine Tasche? Ich stand auf, die Schmerzen waren zwar noch immer da, aber durch den Whiskey angenehm dumpf geworden. Ich knipste erst jetzt Licht an, schloss geblendet die Augen und begann dann zwinkernd nach der Tasche zu suchen. Sie war nicht da. Hatte ich sie unten liegen lassen, oder hatten sie die beiden mitgenommen? Handtaschenräuber? Warum nicht? Aber Wien war doch eine ziemlich sichere Stadt, auch wenn es welche gab, die gerne anderes beschworen. Ich war nicht in der Lage, nach unten zu gehen und nachzusehen. Und mich dann wieder die Stufen nach oben zu kämpfen. Aber ob die Handtasche morgen noch da sein würde? Ob es in der Einfahrt eine Blutlache gab? Mir war der Gedanke daran peinlich, und ich wunderte mich über diese eigenartige Reaktion. Eigentlich wollte ich am liebsten niemandem von dem Vorfall erzählen. Ich würde es überleben. Oder waren die Schmerzen im Magen und entlang des Brustbeins doch Ausdruck innerer Verletzungen?

Ich schleppte mich ins Badezimmer, zog mühsam meine verdreckten Kleider aus und begann mich vorsichtig zu inspizieren. Viel Blut war nicht geflossen, obwohl ich den gegenteiligen Eindruck gehabt hatte. Unter dem Ohr war eine offene Wunde, die schon zu bluten aufgehört hatte. Mein Jochbein schien nicht zertrümmert worden zu sein, und die Haut war auch nicht aufgeplatzt. Es würde allerdings einen lange sichtbaren Bluterguss geben. An drei Stellen begann sich die Haut schon jetzt zu verfärben: einmal am Brustbein, einmal seitlich am Ende der Rippenbögen und einmal an der rechten Hüfte. Hier hatte ich großflächige Abschürfungen. Ich betastete die Rippen. Sehr intensiv war das nicht möglich, dazu waren die Schmerzen zu stark. Aber mit einigem Glück hatte ich mir nichts gebrochen. Auch der Umstand, dass ich wieder tief durchatmen konnte, ließ darauf schließen. Ein Knöchel war leicht angeschwollen, sah aber nicht weiter schlimm aus. Wie vermutet, hatte ich mir in Zunge und Lippe gebissen. Zahn hatte es keinen erwischt. Der Zunge sei Dank. Ich schien überhaupt Glück gehabt zu haben. Das fand auch Gismo. Denn jetzt erhob sie ihr übliches Geschrei nach Nahrung.

Ich tappte nackt in die Küche und gab ihr Dosenfutter.

Dann suchte ich nach dem Fläschchen mit Teebaumöl. Teebaumöl ließ Wunden schneller heilen und wirkte entzündungshemmend. Bisher hatte ich Teebaumöl zwar bloß bei kleinen Küchenverletzungen und Insektenstichen angewandt, aber da hatte es phänomenal geholfen. Ich zuckte zusammen, als ich das Öl auf die aufgeschürfte Hüfte träufelte. Normalerweise brannte es nicht. Hatte wohl auch mit der Art der Verletzung zu tun. Ein Glück, dass etwas Fett auf den Knochen ist, dachte ich fast zufrieden. Ich hatte mir nichts gebrochen. Oder stand ich noch unter Schock? Mir fiel die schaurige Erzählung ein, in der ein Unfallopfer erst nach Stunden, als es sich schneuzen wollte, bemerkte, dass ihm die Nase fehlte. Ich griff mir an die Nase. Sie war noch da. Genau wo sie hingehörte. Meine Nase hatten sie nicht getroffen, sie tat kein bisschen weh. Ich liebte meine Nase wie nie zuvor.

Um mich zu duschen, fühlte ich mich zu wackelig. Ich wickelte mich in meinen Morgenmantel und ging langsam, aber schon viel sicherer zum Wohnzimmertisch zurück und schenkte mir nach. Morgen würden die Schmerzen noch ärger sein, zumindest sagte man so. Außer Aspirin hatte ich kein Medikament im Haus. Aspirin und Whiskey, man würde sehen. Schlimmer, als niedergeschlagen zu werden, konnte das auch nicht sein.

Also drei Aspirin und noch einen Schluck. Die Handtasche ... Es wäre wichtig zu wissen, ob die Schläger es auf die Handtasche abgesehen hatten. Sie könnten sie aber natürlich auch nur zur Tarnung mitgenommen haben. Nein, ich sollte ja merken, dass ich einen Denkzettel verpasst bekommen hatte. Oder war es ein Mordversuch gewesen? Wann waren die beiden geflohen? Niemand hatte sie gestört. Keiner von den beiden hatte ein Messer gehabt. Bei einem Mordversuch hätten sie sicher die Tasche mitgenommen, um es wie einen Raub aussehen zu lassen. Wo war die Tasche? Irgend jemand musste nachsehen, wo die Tasche war. Droch hatte mich verspottet, er hatte mich sogar verdächtigt, den Drohbrief selbst geschrieben zu haben. Dass ich mich selbst zusammengeschlagen hatte, würde er wohl schwer behaupten können.

Droch sollte es tun. Er konnte Auto fahren und sich alleine in den Rollstuhl hieven. Zumindest erzählte man sich das. Gab es zur Einfahrt eine Stufe? Wenn ja, konnte mir Droch nicht helfen. Vorausgesetzt, ich brachte ihn dazu, mir zu glauben. Es war bereits gegen eins. Und was, wenn Droch die Polizei verständigte? Dann war mir diese Entscheidung abgenommen. Droch konnte nicht zu mir herauf, er konnte nicht sehen, wie ich aussah, und ich konnte meine Verletzungen herunterspielen. Ein verstauchter Knöchel reichte, um nicht gehen zu können. Er würde nicht die Rettung rufen.

Ich griff zum Telefon. Ich hatte es gestern auf dem Tisch stehen lassen und beglückwünschte mich dazu. Einmal Aufstehen und einmal Niedersetzen weniger. Wie kam ich zu seiner Telefonnummer? Ich hatte die Wahl: Entweder über die Auskunft, wahrscheinlich musste ich da ewig warten, mir dann die Nummer merken und wählen. Ich konnte mir Telefonnummern kaum merken, auch wenn mir niemand eins über den Schädel gegeben hatte. Oder ich holte das Telefonbuch, in dem auch Privatnummern von Redakteuren eingetragen waren, aus meiner Tasche. Zu blöd, wegen der Tasche wollte ich ja Droch anrufen. Ich schüttelte den Kopf. Das Ohr reagierte darauf mit einem beunruhigenden Klingeln.

Ich stand auf, holte mir Papier und Bleistift und rief den Portier des »Magazins« an. Ich versuchte, möglichst normal zu klingen. Aber was war schon daran normal, wenn eine Mitarbeiterin gegen halb zwei Drochs Telefonnummer haben wollte? Der Portier kannte mich. Er war natürlich erstaunt. Ich bat ihn, »das Redaktionsgeheimnis für sich zu behalten«, und beschloss, ihm morgen – oder übermorgen? – eine Flasche Wein mitzubringen.

Droch legte sofort wieder auf. Ich probierte es noch einmal. Nun war seine Frau dran. Verschlafen sagte sie: »Er möchte nicht gestört werden, von niemandem. Es war ein langer Tag.«

Ich schrie: »Legen Sie nicht auf!«

Offenbar war Drochs Frau Befehle gewöhnt.

»Ich bin überfallen worden. Ich brauche jemanden, der nach meiner Handtasche sucht. Und auch wenn es ihm nicht gefällt, es könnte mit der Bellini-Klein-Sache zusammenhängen.« Ich hörte die beiden tuscheln.

»Droch.«

Nach einer halben Stunde hörte ich Drochs Wagen vorfahren. Ich musste am Tisch eingenickt sein. Ich stand vorsichtig auf und ging zum Fenster. Mir war schwindlig. Droch mühte sich gerade in den Rollstuhl. Warum hatte ich auch ihn ... Ich wusste die Antwort. Ich konnte ihn zwar nicht ausstehen, aber er war verlässlich. Und er konnte nicht zu mir herauf. Und er war ein Zyniker. Und das alles war in diesem Fall gar nicht so schlecht. Droch meldete sich per Handy. Ja, es liege hier eine große schwarze Damentasche. Nein, nicht in der Einfahrt, sondern beim Stiegenaufgang.

»Können Sie sie aufheben?«

»Ich bin zwar ein Krüppel, aber eine Tasche kann ich noch aufheben.«

»Fehlt was?«

»Soll ich etwa in Ihrer Tasche herumsuchen? Das mache ich nicht einmal bei meiner Frau.«

»Ich muss wissen, ob etwas fehlt.« Ich hörte ihn seufzen und das Geräusch des Zipps.

Gemeinsam gingen wir den Inhalt durch. Nichts fehlte. Nicht die Geldbörse, nicht die Ausweise und Kreditkarten, nicht die Blocks, nicht der schöne Kugelschreiber, nicht die billigen Kugelschreiber, weder die paar alten Zeitungsausschnitte über Vogl noch die Taschentücher und die Pfefferminzbonbons, die ich mir am Kiosk gekauft hatte. Vielleicht ein Feuerzeug, aber ich konnte nicht mit Sicherheit sagen, ob es in der Tasche gewesen war. Ich rauchte nicht, hatte aber normalerweise ein altes Plastikfeuerzeug eingesteckt, auf dem »Feuer und Flamme« stand. Ein Relikt aus alten verliebten Tagen. Ich hatte das Feuerzeug schon öfter verlegt und dann wiedergefunden. Mit ausdrucksloser Stimme sagte Droch: »Feuerzeug – nein, nicht da.«

Vor dem Haus hielt ein Auto. Und mit einem Mal wurde mir heiß. Ich vergaß auf meine Blessuren, sprang auf, zuckte vor Schmerz zusammen und hinkte zum Fenster. Mein Brustkorb war eine einzige Wunde. Droch würde sich nicht helfen können. Wie hatte ich ihn ... Aber es war nur ein Taxi. Eine Frau, die ich aus der Entfernung nicht erkennen konnte, stieg aus. Sie verschwand im Hauseingang.

»Für einen Handtaschenräuber bin ich zu langsam«, hörte ich Droch sagen. Die Frau reagierte offenbar nicht darauf. Mir tat alles weh, ich war deprimiert. Droch gehörte an seinen PC, in seine abgehobene Welt der Politik. Er gehörte nicht um zwei Uhr früh in fremde Hauseingänge.

»Leute reagieren so. Ich bin's gewohnt«, sagte Droch ganz beiläufig, und das trug nicht dazu bei, meine Stimmung zu heben. Wir vereinbarten, dass Droch meine Handtasche mitnehmen würde. Morgen würden wir weiterreden. »In der Redaktion«, sagte ich so, als ob ich mir was beweisen wollte. »Danke.«

»Revanche«, erwiderte Droch und unterbrach die Verbindung. Ein wenig später sah ich, wie er sich wieder mühsam in sein Auto hievte. Vielleicht war er doch nicht so übel.

Ich schlief tief. Kein Albtraum plagte mich, keine heraufdämmernden Einzelheiten des Überfalls quälten mich. Als ich aufwachte, waren die Schmerzen nicht ärger, sondern besser geworden. Nur das Kopfweh hatte sich verstärkt. Doch eine Gehirnerschütterung? Doch zum Arzt? Ich beschloss, es einmal bis Mittag bleiben zu lassen. Niemand erwartete mich früher in der Redaktion. In meinem Kopf hämmerte es, und mir war so flau im Magen, dass ich nichts essen mochte. Ein schlechtes Zeichen, dachte ich und machte mir langsam einen Pfefferminztee. Dann wickelte ich in zwei Geschirrtücher Eiswürfel und setzte mich vor den Fernseher. Eine Eispackung legte ich auf den Knöchel, die andere auf das Jochbein, das über Nacht angeschwollen war und sich ähnlich wie die Flecken auf meiner Brust gelb zu verfärben begann. Ich versuchte mich zu konzentrieren. Im ersten Programm lief die Serie »Roseanne«. Die dicke Roseanne, die zwischen Hamburgern, einem noch dickeren Ehemann, Arbeitslosigkeit und drei anstrengenden Kindern ihren Humor behielt.

Vielleicht sollte ich zunehmen. War das der neue Humor? Ich verzichtete auf einen Grinser, den ohnehin niemand gesehen hätte. Die aufgerissene Lippe verlangte nach Ruhe.

Zu Mittag schwand das Kopfweh. Vielleicht hatte ich doch nur zu viel Whiskey gehabt. Ich durfte nicht mehr so viel trinken. Ich war mir nicht sicher, ob ich es die Treppen nach unten schaffen würde. Und ich war mir nicht sicher, ob es mir gelingen würde, so fit zu wirken, dass niemand einen Arzt verständigte. Aber ich wollte mit Droch reden.

[5]

Nach »Roseanne« kamen Nachrichten. Unruhe am Balkan, Börsenkurse in wildem Zickzack, Streit über privaten Waffenbesitz und schon wieder Vogl. Diesmal sah man ihn in Tirol. Vor dem Goldenen Dachl in Innsbruck hatte eine Schützenabordnung in ihrer seltsamen Verkleidung mit den unvermeidlichen Gewehren Aufstellung genommen. Vor den Schützen stand Vogl mit Orsolics, dem Adjutanten und einigen Menschen, die ich dem regionalen Unterstützungskomitee zuordnete. Vor Vogl hatten sich gar nicht wenige Tiroler und Tirolerinnen versammelt. Vogl sprach über die »grünen Talschaften und Hügel unserer Heimat«. Niemand lachte. Zumindest niemand, der im Bild war. Der Reporter kündigte an, dass sich Vogl bei seinem Tirolbesuch besonders mit den Anliegen der Bergbauern beschäftigen werde. Als ob Vogl von Bergbauern eine Ahnung hätte. Aber wahrscheinlich reagierten Bergbauern auf seine Anwesenheit auch nicht anders als die Delegationen in seinem Büro – geschmeichelt, dass er ihnen zuhörte und die Hand schüttelte.

Ich stand auf. Die Blutergüsse machten es fast unmöglich, in die Badewanne zu klettern. Die offenen Wunden brannten. Aber es ging. Ich duschte mich. Der Knöchel war bereits etwas abgeschwollen. Make-up würde helfen, mich zwar ramponiert, aber nicht erschreckend aussehen zu lassen. Zum Glück hatte ich lange, dicke schwarze Haare. Ich hatte mir bereits eine Geschichte ausgedacht: Zwei Männer hatten versucht, mir meine Handtasche zu entreißen. Ich hatte die Tasche festgehalten und war gegen die Hausmauer geknallt. Polizei? Sinnlos.

Ich bestellte ein Taxi und hinkte nach unten. Kein Vergleich zu gestern Nacht.

In der Redaktion begegneten mir verwunderte Gesichter. Der Riss unter dem Ohr war durch Haare verdeckt, aber die mehrfarbige Beule unter meinem Auge konnte niemandem verborgen bleiben. Mein Hinken, aber auch mein übertrieben optimistisches Lächeln trugen offenbar zum Gesamteindruck bei.

»Hast du dich mit Droch angelegt?«, fragte Susi aus der Event-Abteilung. Sehr witzig. »Handtaschenräuber«, knurrte ich und ging zu meinem Schreibtisch. Natürlich war er heute nicht frei. Otmar hatte bereits den besseren Sessel belegt. »Was ist denn dir passiert?«, fragte er. »Handtaschenräuber«, sagte ich. Neugierig drehte sich Otmar ganz zu mir um. Mein Streit mit Droch wegen des anonymen Briefes war ihm noch gut in Erinnerung. »Hast du dich vielleicht selbst verprügelt, um deinem Brief Gewicht zu verleihen?« Er grinste. Idiot.

Droch sah mich zum ersten Mal mit offenem Interesse an. Diesmal musste er mich nicht zum Hinsetzen auffordern. Ich setzte mich vorsichtig auf den unbequemen Sessel. Droch rollte zur Tür und sperrte ab.

»Ein verstauchter Knöchel, was?« Schon war er bei mir und schob die Haare zur Seite. Ich zuckte zurück. »Das ist kein Annäherungsversuch«, meinte er. »Das gehört genäht, Mädchen.« Dann forderte er mich auf, alles zu erzählen. Unter seinem Schreibtisch stand eine Papiertragetasche, in der meine Handtasche steckte. Ich legte los.

Nach meiner Schilderung schwiegen wir und sahen aneinander vorbei. Ich fixierte die Tasche unter dem Tisch, Droch den ausgeschalteten Bildschirm seines PCs.

»Das ist alles kein Beweis«, sagte Droch.

»Ich weiß«, stöhnte ich. Dann schwiegen wir wieder. Ich hatte das irrationale Gefühl, dass der ganze Schrecken und die Schmerzen doch für etwas gut sein mussten. Aber wie konnte ich das Droch sagen? Ausgerechnet Droch ...

»Wenn es eine geplante Aktion war, muss jemand sehr Dummes oder jemand, der sehr viel Angst hat, dahinterstecken.«

Ich nickte. Ich erzählte Droch alle Details, die ich bei meinem Besuch in dem Haus, in dem Bellini-Klein gelebt hatte, in Erfahrung gebracht hatte. Kaum Freunde, seit kurzem eine nächtliche Freundin.

»Rufen Sie diesen Nachbarn an, und fragen Sie ihn, wie die Frau ausgesehen hat.« Daran hatte ich auch schon gedacht. Ich hatte vorgehabt, am Nachmittag noch einmal hinzufahren.

Droch angelte nach meiner Tasche und gab sie mir. Ich zog den Block heraus, auf dem ich die Nummer von Madermichl notiert hatte. Madermichl war gerne bereit, Auskunft zu geben. »Es war eine mittelgroße Frau, so um die 30, würde ich sagen. Schlank. Meiner Meinung nach war sie eine Prostituierte, nicht schlecht angezogen, aber sie wirkte irgendwie billig, wenn Sie verstehen, was ich meine. Sie hatte so einen herausfordernden Gang.«

»Haarfarbe?«

»Blond, sie war blond und hatte aufgesteckte Haare. Aber die wechseln andauernd ihre Haarfarbe, darauf würde ich nichts geben. Und sie trug Sonnenbrillen, dunkle Sonnenbrillen.«

Ob er sie wiedererkennen würde?

Natürlich würde er.

Ob sie an dem Tag, an dem Bellini-Klein aus dem Fenster gestürzt war, gekommen sei?

»Das war viel zu früh für sie, vor elf oder zwölf ist die nie aufgetaucht.«

»Ist sie an diesem Tag gekommen?«

»Nein. Sie hat ihn nicht täglich besucht. Nur alle paar Tage.«

»Sind Sie sicher?«

Madermichl klang beleidigt. Natürlich war er sich sicher.

»Nicht sehr ergiebig«, sagte ich und sah Droch erwartungsvoll an. Es war gut, Entscheidungen abschieben zu können. Vor allem heute.

An der Tür klopfte es. Drochs Sekretärin rief: »Droch, ist Mira Valensky bei Ihnen? Lassen Sie sie raus.« Wir sahen einander irritiert an. Drochs rechter Mundwinkel zog sich nach oben, meine Unterlippe begann zu zittern, und im gleichen Moment begannen wir laut zu lachen. Mir tat das zwar ziemlich weh, aber es erleichterte mich sehr. Droch schien ebenso zu empfinden. »Valensky hat eine Menge Anrufe, und die sind ziemlich dringend.« Uns war klar, dass die laute Stimme der Sekretärin nicht unbeachtet geblieben war. Ich stand auf, hielt mich möglichst gerade, lächelte Droch noch einmal zu und verließ das Zimmer. Die Kommentare waren so anzüglich wie harmlos. Ich marschierte an einer Reihe grinsender Kollegen vorbei und grinste auch. Ich fühlte mich schon viel besser.

Die Sekretärin gab mir eine Telefonliste. Der Bericht über Bellini-Kleins Tod war doch nicht sang- und klanglos untergegangen. 14 Menschen wollten mir dazu etwas sagen. Beschwerdeanrufe – insgesamt 26 – hatte die Sekretärin schon ausgesondert. Ganz oben auf der Liste und dick unterstrichen stand: »Valentin Wessely, Bündnis.« Ich setzte mich so, dass mein Kollege kaum mithören konnte, und begann zu telefonieren.

Ich erfuhr, dass Bellini-Klein vor drei Monaten aus einer Beratungsfirma geflogen war. Er hatte sich als Chef der Firma ausgegeben, eigenmächtig Verträge abgeschlossen und ohne Wissen der beiden Wirtschaftsberater selbst Beratungen durchgeführt. Die Firma hatte dadurch einige gute Kunden verloren, andere gerade noch halten können. »Er war größenwahnsinnig«, lautete das Urteil eines der beiden Wirtschaftsberater. Man habe ihn genommen, weil er ihnen beste Kontakte zur Hochfinanz vorgegaukelt hatte. Darin sei er sehr geschickt gewesen. Davor war Bellini-Klein aus einem Verlag, der ein Autojournal herausbrachte, geflogen, für den er Inserate keilen sollte. Wieder das gleiche Bild: Er hatte sich als Verwaltungschef ausgegeben und so einige nette Autos probegefahren. Als er mit einem Wagen einen Totalschaden gebaut hatte, war alles ans Licht gekommen. »Er glaubte an den Unsinn, den er erzählte«, meinte sein damaliger Kollege. »Abgesehen davon war er ein sehr netter Mensch. Gute Umgangsformen, sonniges Gemüt.«

Ein sonniger Typ. Es schien also mehr oder weniger zu stimmen, was mir Chloe Fischer über Bellini-Klein gesagt hatte. Einmal zu oft gescheitert, abgehoben von der Realität, Selbstmord. Logisch.

Nicht alle Hinweise waren allerdings von dieser Art. Ehemalige Mitarbeiter von Vogl behaupteten, dass Vogl zu allem fähig sei. So sei das schon im Energiekonzern gewesen, den er geleitet hatte. Kalt, ohne Gefühl. Ein Technokrat. Berechnend. Man dürfe sich von seinem oberflächlichen Charme nicht täuschen lassen. Nichts, was nicht nach tiefem Neid und tiefer Ablehnung klang. Männer wie Vogl hatten Neider und Feinde. Diese Kotzbrocken brachten mich nicht weiter.

Wessely war unterwegs, ich versuchte es am Ende meiner Rückrufaktion noch einmal. Diesmal hatte ich ihn gleich in der Leitung. »Endlich«, sagte er. Eine halbe Stunde später saßen wir im Café Landtmann. Hier trafen so viele Journalistinnen und Journalisten Politiker oder Wirtschaftsleute, dass wir nicht auffielen. An diesem öffentlichsten aller Orte konnte man besonders ungestört seinen Geschäften nachgehen.

Wieder fiel es mir schwer, Wessely zu erkennen. Er sprang auf, als er mich sah. Und er versuchte, meine ganze Selbstmordtheorie über den Haufen zu werfen. Er wisse aus verlässlicher Quelle, dass in der Wohnung von Bellini-Klein zwei Gläser gestanden hatten. Eines mit Cola-Resten, eines mit Spuren von Cognac. Beide Gläser seien sorgfältig abgewischt worden. Die Eingangstüre war versperrt gewesen, man habe aber in einer Ecke des Vorzimmers einen einzelnen Türschlüssel gefunden – ohne brauchbare Fingerabdrücke. Er könnte, nachdem der Mörder abgeschlossen hatte, durch den Briefschlitz geworfen worden sein. Wessely war nicht bereit, mir seine Quelle zu nennen. »Jemand, der die polizeilichen Ermittlungen im Detail kennt.« Seine Partei hatte schon einige Male über verschlungene Wege brisante Polizeiakten an die Öffentlichkeit gebracht und so Skandale aufgedeckt. »Auch wir haben Freunde«, sagte Wessely und lächelte.

»Bekomme ich die Unterlagen?«, fragte ich.

»Ich werde sehen. Vielleicht bis zum Abendessen. Haben Sie schon etwas vor?«

Ich hatte vor, mindestens zwei Aspirin zu nehmen und lange zu schlafen.

Selbst überrascht, nahm ich jedoch seine Einladung zum Abendessen an. Langsam stand ich auf.

»Ich wollte Sie schon fragen ...«, sagte Wessely.

»Handtaschenräuber, mitten in Wien. Aber ich habe gewonnen«, erwiderte ich. Und in diesem Moment glaubte ich es auch.

Droch kam zum Erstaunen der Lifestyle-Redaktion zu meinem Schreibtisch, um mir mitzuteilen, dass es ohne handfestes Material keine Fortsetzungsgeschichte geben werde. Ich hatte mir so etwas schon gedacht. Ich bat Droch, ob er dafür sorgen könne, dass ich weiterhin über das Menschliche im Wahlkampf schreiben durfte.

»Das Menschliche?«, fragte Droch. »Sie haben Mut.« Ich erzählte ihm von Wesselys Informationen. Ich würde ihm ab jetzt alles berichten. »Sie haben Mut«, wiederholte Droch. »Oder glauben Sie nicht mehr daran, dass der Überfall etwas mit dem Wahlkampf zu tun hat?«

Ich zuckte die Schultern. Rechts tat das verdammt weh. Keine Ahnung, ich wusste es wirklich nicht. Nicht mehr. »Auf alle Fälle war der Überfall stümperhaft, es braucht mehr, um mich ...«

»Stümperhaft, so, so«, sagte Droch.

Chloe Fischer trommelte mit ihren perfekt lackierten Fingernägeln – in Pink, zum heutigen Chanelkostüm passend – auf die Schreibtischplatte. Sie schien nervös zu sein. Ich saß ihr gegenüber. »Herr Droch ...« Sie stockte. Sie schien sich vor Droch zu fürchten. »Herr Droch hat uns mitgeteilt, dass Sie unseren Wahlkampf weiterhin mitverfolgen sollen. Die menschliche Seite.«

Ich schwieg. Was hätte ich auch sagen sollen?

Chloe Fischer trommelte weiter. »Sie sind uns natürlich herzlich willkommen.«

Es klang gar nicht danach.

»Ich will Ihnen sogar etwas anvertrauen, was die anderen Journalisten nicht von mir erfahren werden.«

Ich bemühte mich, ein interessiertes Gesicht zu machen. Ich konnte Chloe Fischer nicht ausstehen. Ein Gefühl, das offensichtlich auf Gegenseitigkeit beruhte.

»Wir haben Informationen über Bellini-Klein, die wir aus Gründen der Pietät so nicht weitergeben wollten.« Sie beugte sich vor und ließ das Trommeln sein. »Er war in psychiatrischer Behandlung. Offenbar hatten Freunde ihn schon lange dazu gedrängt. Wir haben Kontakt mit seinem Psychiater aufgenommen. Er wollte kein endgültiges Urteil abgeben, sprach aber von manisch-depressivem, sogar von möglicherweise schizoidem Verhalten. Es dürfte sich um Langzeitfolgen handeln. Seine Eltern sind bei einem Flugzeugabsturz ums Leben gekommen, als er sechs war. Und als im vergangenen Jahr auch noch sein Onkel starb ...« Chloe Fischer legte eine kunstvolle Pause ein.
»Und ich kann darüber schreiben?«
»Von mir haben Sie es nicht erfahren.«
So viel zur Pietät. Dass Bellini-Klein ein gestörter Mensch gewesen war, hatte ich schon zuvor gewusst. Aber wenn sich alle Gestörten aus dem Fenster stürzen würden, wären gewisse Gegenden so gut wie ausgestorben. Vor allem Wahlkampfbüros, Parteizentralen, Redaktionen. Oder auch nicht. Es ist eben alles eine Frage der Perspektive. Chloe Fischer lächelte sparsam. Ich stand auf.

Da läutete das Telefon. Chloe Fischer hob ab und warf mir einen Blick zu. Das Mitschneidegerät sprang an. »Ja, sie ist noch hier.« Pause. »Selbstverständlich ist sie gerne bei uns gesehen, bei uns herrscht Offenheit. Das ist Teil der neuen Politik unseres Kandidaten. Transparenz und Offenheit.« Chloe Fischer stockte. Zwischen ihren elegant gezupften Augenbrauen entstand eine senkrechte Falte. »Wir haben bereits besprochen, dass das unmöglich ist.« Die Stimme ihres Gesprächspartners wurde so laut, dass ich sie als die meines Chefredakteurs erkennen konnte. »Darum geht es nicht«, erwiderte Chloe Fischer. »Wir haben eine grundsätzliche Abmachung, dass es keine Konfrontationen zwischen unserem Kandidaten und Frau Mahler geben wird. Vogl diskutiert nicht mit Amateuren.« Und dann, deutlich schärfer: »Nein, das dürfen Sie nicht zitieren.« Danach war Chloe Fischer eine ganze Zeit lang ruhig und lauschte. Sie begann wieder, mit den Fingernägeln auf den Schreibtisch zu trommeln. Wenn sie so weitermachte, würde sie ihn bis zum Wahlabend durchgeklopft haben.

»Ich kann mir nicht vorstellen, dass er seine Meinung ändert«, sagte sie schließlich. »Wenn ja …« – jetzt klang sie verunsichert –, »werde ich Sie es rechtzeitig wissen lassen.«

Chloe Fischer sah mich an. Ich sah Chloe Fischer an. Sie seufzte und spulte das Gerät zurück. »Damit Sie voll im Bilde sind«, sagte sie und drückte auf den Startknopf. Jetzt konnte ich hören, was mein Chefredakteur gesagt hatte. »Der zuständige Redakteur hat Sie bereits zweimal kontaktiert. Wir warten auf eine Antwort. Es geht um eine Konfrontation zwischen Herrn Doktor Vogl und Frau Mahler.«

»Wir haben bereits besprochen, dass das unmöglich ist.«

»Unmöglich ist es nicht. Anscheinend fürchtet sich Ihr Kandidat vor seiner Herausforderin.«

»Darum geht es nicht«, erwiderte Chloe Fischer. »Wir haben eine grundsätzliche Abmachung, dass es keine Konfrontationen zwischen unserem Kandidaten und Frau Mahler geben wird. Vogl diskutiert nicht mit Amateuren.«

»Darf ich das zitieren?«

»Nein, das dürfen Sie nicht zitieren.«

»Wenn Sie mir nicht bis morgen, elf Uhr bestätigen, dass es klappt, werde ich nichts dagegen unternehmen können, dass sich im Unterbewusstsein meiner Redakteure etwas verändert und sich das dann auf die Berichterstattung auswirkt. Da kann ich nichts dagegen tun. Ich hoffe, Sie haben mich verstanden?«

Chloe Fischer stoppte das Band. Mir war die Drohung peinlich.

Klar verweigerte Vogl eine Diskussion mit Mahler, weil er sich fürchtete. Mahler würde ihn freundlich auseinandernehmen. Und wenn er sie hart anfasste, würde er erst recht als Verlierer aussteigen. Die Leute mochten es nicht, wenn man Frauen unhöflich kam. Und schon gar nicht, wenn es sich um angesehene Autorinnen, Naziopfer und Menschenrechtsaktivistinnen über 60 handelte. Mahler war diskussionsgeschult. Vogl war zwar ein guter Darsteller, aber ein Alleindarsteller.

»Also entweder stimmen wir – entgegen allen Abmachungen – einer überflüssigen Konfrontation zu, oder Sie werden gar nicht anders können, als Gift zu spritzen. Fein haben Sie sich das ausgedacht. Zuerst teilt Droch mir mit, dass Sie sich weiter um das Menschliche im Wahlkampf kümmern werden, dann lassen Sie sich von mir das offizielle Okay geben, und schließlich kommt Ihr Chefredakteur mit seiner Drohung.«

Ich schüttelte den Kopf.

Chloe Fischer ließ das Band aus dem Mitschneidegerät springen und gab es in eine Schreibtischlade. »Wir lassen uns nicht einschüchtern.« Sie machte die Schreibtischlade mit einem Knall zu.

Ich hasse solche Szenen. Was hätte ich sagen sollen? Dass ich nichts Böses schreiben würde? Das würde ganz von dem abhängen, was ich herausfand. Aber ab jetzt würde jeder kritische Ton als Racheakt gewertet werden. Dank meines Chefredakteurs.

Wir fuhren zur Donau. Die Sonne stand schon sehr nah über dem Wasser. Es war ein warmer Spätsommertag. Droch fuhr gut. Was hatte ich erwartet? Er benutzte eine Handschaltung, gab Gas und bremste mit einem Hebel. Er parkte vor der Schmalseite eines Restaurants. Ich stieg aus und wusste nicht, was ich tun sollte. Angestrengt und angeblich interessiert beobachtete ich eine Mutter mit ihren zwei kleinen Kindern und einer großen Strandtasche, die gerade den Fußweg heraufkam. Alle drei hatten einen leichten Sonnenbrand im Gesicht. Das größere Kind gähnte. Ein Badetag an der Donau ging zu Ende. Fast konnte ich das Prickeln auf der Haut selbst spüren.

»Sie müssen nicht wegsehen. Ich pinkle nicht, ich hieve mich bloß in den Rollstuhl«, tönte es herüber.

Ich war irritiert und beschloss, es nicht mehr zu sein. »Ich habe nur meine wehen Knochen gezählt.«

»Noch alle da?«

»Und wie.«

Da war er neben mir. Ich ging langsam neben ihm her. Wenn er wollte, dass ich ihn schob, würde er es mir schon sagen.

»Sie werden mit meiner Behinderung schon fertig«, spottete er.

»Ja, ich kann Sie einfach in die Donau rollen.«

Droch lachte. Ich hatte ihn noch nie so gelöst gesehen. »Hier bin ich früher gerne hergekommen. Lange vor Ihrer Zeit. Da gab es bloß ein altes Wirtshaus, aber jede Menge Platz zum Liegen und Schwimmen.«

Ich schwieg. Was hätte ich darauf sagen können? Selbst wenn mir etwas eingefallen wäre, hätte es die neue Vertrautheit mit Droch stören können.

Ein später Nachmittag mit Droch an der Donau. Man kannte ihn in dem Lokal, schob Sessel zur Seite und gab uns einen Tisch direkt am Wasser. Die Donau glitzerte.

»Sie sind hier ...«

»Der Besitzer ist der Sohn des Mannes, dem das alte Wirtshaus gehört hat.«

Wien war doch eine schöne Stadt.

Ein Glas Weißwein später kamen die blauäugige ehemalige Wahlkampfmitarbeiterin und die Frau, die mich in der Bar angeredet hatte. Beinahe ehrfurchtsvoll begrüßten die beiden Droch. »Sie werden sich nicht erinnern, ich war in Ihrer Vorlesung über die Rezeption von Politik in den Massenmedien«, sagte die Blauäugige. Ich sah Droch von der Seite an. Also nicht nur Held, sondern auch Gastprofessor.

Eine halbe Stunde später hatte die Blauäugige alles erzählt, was ich bereits wusste. Orsolics und Fischer hätten Bellini-Klein erledigt – so oder so. Vogl war für sie das Opfer machtgieriger Berater. Immer unterwegs, täglich 18 Stunden für eine neue Politik. Einer, der es endlich anders machen wollte. Droch verzog nur hin und wieder spöttisch die Oberlippe. Das aber bemerkte nur ich.

Das Lokal füllte sich. »Was hat Bellini-Klein konkret gemacht?«, fragte Droch. »Bitte keine Einschätzungen, keine Bewertungen. Schildern Sie mir nur, was Sie wissen. Alle Details.«

Es stellte sich heraus, dass die Blauäugige Bellini-Klein sehr intensiv beobachtet hatte. »Er hat den gesamten Computereingang überwacht. Sämtliche Mails und Disketten gingen über seinen Schreibtisch, bevor sie den einzelnen Arbeitsgruppen zugeteilt wurden.«

»Er hat alles gesehen?«, fragte ich nach.

»Ja ...« Die ehemalige Mitarbeiterin des Hauptquartiers stutzte. »Da fällt mir ein, es gab sogar einmal einen Streit deswegen. Chloe Fischer wollte nicht, dass er auch die elektronische Stabspost in die Hände bekam. Sie wollte ihm den Zugriff auf gewisse Dateien sperren lassen. Aber der Computertechniker, der das checken sollte, kam erst am Abend. Chloe Fischer war mit Vogl unterwegs, und Bellini-Klein verbot dem Techniker, etwas zu ändern. Also hat er nichts geändert. Ich habe noch gearbeitet, und Bellini-Klein hat mir gesagt, dass er es nicht hinnehmen würde, von dieser Frau ausgebootet zu werden. Immerhin sei er der Koordinator und direkt von Vogl eingesetzt. Und ein Koordinator müsse eben den maximalen Informationszugang haben.«

»Und stimmt es, dass Vogl ihn eingesetzt hat?«

Die Frau zuckte mit den Schultern. »Ich habe es ihm geglaubt. Und er kannte sich mit Computern perfekt aus. Er hat sogar etwas installiert, damit Chloe Fischer nicht merkte, dass er ihre Dateien schon gelesen hatte. Zumindest hat sie sich nie mehr beschwert. Aber ich habe gesehen, dass er alles gelesen hat.«

»Nur die Sachen von Fischer oder auch von den anderen?«

»Von allen anderen auch. Deswegen verbrachte er auch die meiste Zeit vor dem Computer.«

»Wer hat noch Zugang zu allen Dateien?«

»Ich weiß nicht ... Vieles ist aufgeteilt. Chloe Fischer und Johannes Orsolics sicher. Der Wahlkampfleiter ist kaum jemals da, und außerdem kennt er sich mit Computern nicht aus.«

Droch nickte, als ob er das gut nachvollziehen könnte.

Die Blauäugige erinnerte sich noch an einige Konflikte, die mir bestätigten, dass Orsolics und Fischer völlig im Recht gewesen waren, als sie sich zum Fernbleiben Bellini-Kleins gratuliert hatten. Er hatte im Namen der Wahlkampfleitung Geschäfte abgeschlossen, die Werbeagentur aufgehalten, sich bei Prominenten als Chef ausgegeben und so weiter. Alles Dinge, die die Blauäugige entschuldigte: Er habe eben dafür sorgen müssen, dass etwas weitergehe.

»Das hat schon Nero behauptet, als er Rom angezündet hat«, murmelte Droch.

»Er wollte nichts Böses«, erwiderte die Informantin.

»Die nicht wissen, was sie tun, sind oft am gefährlichsten.«

»Aber er ist jetzt tot«, sagte sie. Und da war etwas dran.

»Und privat«, sagte ich, »wissen Sie etwas über sein Privatleben?«

Die Blauäugige sah zu Boden. »Privat?«

»Ja, privat.« Das war doch nicht so schwer zu verstehen.

»Wir, eine ganze Runde, waren einige Male essen. Er ist ... er war ein sehr lustiger Mensch. Ich kann gar nicht glauben, dass er tot ist. Das war kein Selbstmörder. Wir waren ...« Sie verstummte.

»Wir waren ...«, wiederholte Droch.

»Wir haben uns gut verstanden, zweimal hat er mich sogar zum Postamt gefahren. Er hat gesagt, dass das nicht die Arbeit ist, die ich eigentlich machen sollte. Weil ich ja immerhin vom Fach bin. Wenn er Zeit hat, wird er mit mir Abendessen gehen, hat er gesagt.«

»Hatte er keine Freundin?«

»Nein«, antwortete die Blauäugige sofort.

»Es gibt eine Frau, die ab und zu in seine Wohnung gekommen ist, immer spät in der Nacht«, sagte ich. Droch runzelte die Stirn.

Das Mädchen blickte unsicher von ihrer Freundin zu Droch, dann zu mir und dann zu Boden.

»Was ist?«, fragte ich.

»Ich habe versprochen, es niemandem zu erzählen.«

Droch seufzte. »Er ist tot.«

»Also gut. Daniel hat mir etwas erzählt. Nur mir, weil er mir vertraut hat. Wer die Frau war, hat er nicht gesagt, nur, dass sie eine wichtige Person sei, die total auf ihn abfahre. Und dass er sich gar nicht hätte wehren können. Und dass es unhöflich gewesen wäre, so jemanden vor den Kopf zu stoßen. Er ist ... er war ... ziemlich attraktiv.«

»Und er hat sich von seiner Gönnerin einiges erhofft, nehme ich an.«

Die Blauäugige sah mich böse an. »So war es nicht.«

Mehr war aus der ehemaligen Wahlkampfmitarbeiterin nicht herauszubekommen.

Ich verfluchte meine Zusage, Wessely zu treffen. Die Schmerzen wurden wieder ärger. Und ich wäre gerne mit Droch noch eine Weile an der Donau geblieben.

Droch setzte mich bei dem vereinbarten Biergarten ab, und ich versprach ihm noch einmal, mit dem Taxi nach Hause zu fahren und den Taxifahrer warten zu lassen, bis ich das Haustor aufgesperrt hatte. Das hätte ich ohnehin getan. Aber seltsamerweise empfand ich seine Fürsorge als wohltuend. Wie alt war Droch eigentlich? Sicher keine 60. Ich betastete mein schmerzendes Jochbein und öffnete lächelnd die Tür zum Lokal. Es war nicht ratsam, zu oft zu lächeln, signalisierte mir der Riss in der Lippe.

Wessely stand auf, als er mich kommen sah. Ich setzte mich vorsichtig. Was war das für ein Treffen? Privat? Dienstlich? Nicht dass es da noch nie fließende Übergänge gegeben hätte, aber in meiner Situation war es gut zu wissen, woran ich war.

»Haben Sie die Akten?«, fragte ich, bevor er etwas sagen konnte, und machte damit den Charakter des Abendessens klar.

Wessely schüttelte den Kopf. An Schriftliches war nicht heranzukommen.

Ich warf einen Blick auf die Speisekarte und beschloss, den Termin kurz zu halten.

»Ihr Zusammenstoß ...«, begann Wessely.

Ich schüttelte den Kopf.

Er ließ sich nicht beirren. »Waren das wirklich Handtaschenräuber? Ich kann mir nicht vorstellen, dass jemand versucht, Ihnen die Handtasche zu klauen. Man merkt doch, dass Sie gewohnt sind zu kämpfen.«

»Bin ich nicht.«

»Ich meine das im übertragenen Sinn. Ich mag starke Frauen.«

Wie ich das satt hatte.

»War es ein Zwischenfall bei einer Recherche? Wollte Ihnen jemand einen Denkzettel verpassen? Vielleicht hatte der Überfall mit Ihrem Wahlkampfartikel zu tun.«

»Sie scheinen das Wort Wahlkampf misszuverstehen.«

»Vielleicht geht bloß meine Fantasie mit mir durch. Bei Ihnen ...«

»Sicher.«

Wessely kicherte. »Vielleicht war es Orsolics. Vielleicht ist es kein Zufall, dass er wie dieser Boxer heißt.«

Hans Orsolics war Ende der sechziger Jahre zweimal Profi-Europameister gewesen, danach aber sehr schnell im Eck gelandet. Ich hatte ihn vor einigen Jahren bei einem seiner Comeback-Versuche gesehen. Er war Gastwirt geworden, und eine Schar von Promis hatte seinen Sekt getrunken und sich damit gebrüstet, dem alten Boxer wieder auf die Füße zu helfen. Lange hatte es das Lokal nicht gegeben. Orsolics, der PR-Chef, hatte bisher jede Verwandtschaft mit Orsolics, dem Exboxer, bestritten.

»Aber andererseits wäre dann wohl Orsolics blau und grün im Gesicht und nicht Sie, liebe Mira. Sie sehen nicht nur stark aus ... im übertragenen Sinn.«

»Meine blauen Flecken sind ganz real.«

»Da haben Sie recht.«

Ich widmete mich der Speisekarte. Je schneller ich bestellte, desto schneller würde ich wieder draußen sein. Gebackene Leber? Oder besser Ziegenkäse auf Blattsalat?

»Sie sind dynamisch. Und das brauchen wir.«

Ich klappte die Speisekarte zu. »Wer wir? Ihr Bündnis? Ich bin nicht bei Ihrem Bündnis, und ich werde auch nicht für Ihr Bündnis arbeiten.«

Wessely war irritiert und wechselte das Thema. Wir sprachen über Lieblingslokale und kamen da schon eher auf einen gemeinsamen Nenner. Wir entdeckten, dass wir beide in Wien Jus studiert hatten, und das bloß um zwei Jahre zeitversetzt.

»Sie wären mir aufgefallen, auch vor 18 oder 20 Jahren, da bin ich mir sicher. Sie haben wirklich Jus studiert?«

»Ich habe sogar meinen Doktor gemacht«, erzählte ich. Ich konnte mich an meine Zeit als Juristin schon kaum noch erinnern. Und den Doktortitel verwendete ich schon lange nicht mehr.

Toll, fand Wessely, der vor dem Namen immer »Mag.« stehen hatte. Wahrscheinlich hatte er Autoritätsprobleme.

Ich aß meine gebackene Leber, vorsichtig, wie es die geschwollene Zunge und die aufgeplatzte Lippe verlangten. Aber ich spürte, dass der Appetit wiederkam. Dabei war die Leber gar nicht so gut. Wenn ich da an das Gasthaus Sommer im Weinviertel dachte ...

Der Abend plätscherte dahin, der Gastgarten war gesteckt voll. Es gibt in Wien nicht mehr viele Gastgärten mit alten Kastanienbäumen. Parkplätze bringen mehr Geld.

Einfach den Tag ausklingen lassen. Wessely ließ das dumme Geschwätz von starken Frauen, und wir entdeckten noch andere Gemeinsamkeiten. Wir sahen gerne alte Hollywood-Komödien. Und wir liebten italienisches Essen. Und New York. Ich dachte zurück. New York, italienisches Essen. Mit Unterbrechungen hatte ich drei Jahre in Manhattan gelebt. Mit ein Grund, warum es bei mir nie zu einem fixen Dienstvertrag als Journalistin gereicht hatte. »Ciao Bella«, das Lokal in der Upper Eastside, und Giorgio. Eine schöne Sache, jetzt im nachhinein. Giorgio hatte mir viel über gutes Essen beigebracht, und ich hatte mich um die Werbung für sein Lokal gekümmert. Viel Glas und Chrom, keine Pizzeria, sondern ein Restaurant mit süditalienischer Küche vom Feinsten. Es war vorbei. Und das war auch gut so. Irritiert nahm ich wahr, dass ich Wessely gegenübersaß. Er erzählte über irgendwelche politischen Pläne und hatte offenbar nicht bemerkt, dass ich mit meinen Gedanken ganz woanders war. Wessely mit seinem faden braunen Haar, seinem Durchschnittsgesicht ohne eine Kante und seinem viel zu knalligen T-Shirt. »We are coming!«, stand in Pink auf Rot auf seiner Brust. Was immer das bedeuten sollte. Droch hatte ein ausdrucksstarkes Gesicht. Er konnte einem in die Augen sehen. Es reichte, wenn er einen Mundwinkel spöttisch verzog. Wessely versuchte lebhaft sein ganzes Gesicht in Bewegung zu halten, und trotzdem tat sich nichts.

Es wäre besser, wenn ich meine Ansprüche in puncto Männer auf ein realistisches Maß reduzierte. Manchmal wäre es schön und auch praktisch, einen Gefährten zu haben. Mit Wessely würde es nichts werden. Und außerdem würde sich diese Stimmung wieder legen. Ich lebte gerne allein. Eigentlich. Und im Endeffekt war es auch bequemer – ich hatte aus der Vergangenheit gelernt.

Als ich mich von Wessely verabschiedete, war es erst kurz nach zehn. Ich nahm, wie versprochen, ein Taxi, stieg langsam die Treppen zu meiner Wohnung hinauf. Ich konnte mir kaum noch vorstellen, wie ich sie mir gestern Stufe um Stufe erkämpft hatte. Auf diesem Stiegenabsatz war ich gestürzt. Ein massives, dreckiges Bündel, hilflos. Hatte ich geweint? Mir kam es nun vor, als wäre mein Gesicht nass gewesen. Ich ging weiter. Die Verletzungen waren halb so arg, wie sie sich gestern angefühlt hatten. Unwahrscheinlich, dass man mich hatte töten wollen. Vielleicht war ein Fenster aufgegangen und – nachdem die beiden abgezogen waren – wieder geschlossen worden. Man kannte das ja. Goldene Wiener Herzen. Nur kein Aufsehen. Vielleicht war ich in der Einfahrt auch gar nicht zu sehen gewesen. Seltsam, dass Droch meine Tasche direkt vor der Haustüre gefunden hatte und nicht in der Einfahrt. Ich war gut drei Meter davon entfernt zusammengeschlagen worden.

Ich wunderte mich, dass ich nicht mehr Angst empfand. Vielleicht sollte ich meinen Vater anrufen und über Vogl ausfragen. Er kannte den politischen Tratsch und Hintergrundgeschichten, die in keiner Zeitung auftauchten. Mein Vater war nicht von Vogls Partei, das würde die Sache erleichtern. Er stand seiner Kandidatur neutral gegenüber. Das war auch die offizielle Linie seiner Partei.

Inoffiziell ... Ich stutzte. Vielleicht war inoffiziell alles anders, und sie waren es, die Vogl mit Bellini-Kleins Tod, mit Drohbriefen und vielleicht auch mit Handgreiflichkeiten gegenüber einer Journalistin schaden wollten. Eine absurde Idee, aber was war in der Politik nicht absurd?

Mein Vater zeigte sich erfreut, dass ich mich für Politik zu interessieren begann. Er nahm sich für mich Zeit und erzählte mir ausführlich über Wolfgang A. Vogl und dessen Vorgänger, den verstorbenen Präsidenten. Ich schrieb das Wichtigste mit. Mir war klar, dass ich viele der Informationen filtern musste. Auch wenn es für mich schwer war, zwischen den beiden großen Parteien Unterschiede zu erkennen. Und je geringer die Unterschiede, desto weniger schienen sich die beiden Gruppen zu mögen.

Vogl, so erfuhr ich, hatte es nicht ganz leicht, in die Fußstapfen seines Vorgängers zu treten. Der war neun Jahre Präsident gewesen, bevor er im Schlaf friedlich gestorben war. Der alte Mann, jenseits von Gut und Böse – und jenseits seiner eigenen Vergangenheit. Vogl sei ehrgeizig und eigentlich schon immer bei der Partei gewesen, auch wenn man nun so tue, als komme er aus der Wirtschaft. Das sei modern, heutzutage. Bevor Vogl Manager des Energiekonzerns geworden sei, habe er als Sekretär des vorvorigen Kanzlers gearbeitet, sehr jung damals noch. Und jung sei er auch noch gewesen, als er von dort in die Wirtschaft habe wandern dürfen. Mir sei doch klar, dass der Energiekonzern zum Großteil dem Staat gehöre? Ja, das war mir klar. Und dann: EU-Minister seiner Partei, auch wenn er seinerzeit außenpolitisch keinerlei Erfahrung gehabt habe. Doch als EU-Minister – so das damalige Argument – habe er ohnehin in erster Linie Österreichs Interessen in der EU zu vertreten gehabt. Jetzt würden dieselben Leute seine außenpolitische Erfahrung als EU-Minister hervorheben. Dabei hätte Hofer viel mehr an Erfahrung mitgebracht. Und an politischem Rückgrat. Aber die Parteiräson ... Armer Hofer. Vogl habe ihn nicht eben gut behandelt, Hofer. Ich überlegte. Hofer von den Konservativen hatte antreten wollen. Er hatte sein Ministeramt zurückgelegt. Mein Vater erzählte unterdessen weiter: »Wie Vogl ihm spöttisch einen schönen Ruhestand gewünscht und gesagt hat, dass es jetzt Zeit für einen Generationswechsel sei, das war hart. Hofer ist ganz blass geworden, und ...«

»Aber es war deine Partei, die Hofer, ihren eigenen Mann, nicht aufgestellt hat.«

»Parteiräson, davon verstehst du nichts. Hofer ist wirklich nicht mehr der Frischeste. Aber wie Vogl ihm dann auch noch sein Polizeibefugnisgesetz ...«

Ich unterbrach ihn. »Und wie ist Vogl als Mensch?«

»Als Mensch?«, fragte mein Vater, als ob er auf einen derartigen Gedanken noch nie gekommen wäre. »Ehrgeizig, das habe ich schon gesagt. Obwohl er es sehr geschickt verbergen kann. Geschickt ist er, das muss man ihm lassen. Als sie damals die Pensionsreform ...«

»Mehr privat«, sagte ich.

»Mehr privat ... Seine Frau ist gestorben, und seine Tochter vertritt sie.« Mein Vater kicherte auf eine Art, die ich an ihm noch nie bewusst wahrgenommen hatte. »Seine Berater sind ganz froh darüber, dass er keine Frau hat, das kann in einem Wahlkampf zu Komplikationen führen. Entweder hat sie einen Liebhaber, oder sie säuft, oder er hat eine Freundin oder mehrere. Der alte – ich meine der alte Präsident – zum Beispiel hat seine Finger nie von Frauen lassen können. Wen der alles angetatscht hat! In den letzten Jahren hat er es offenbar nicht einmal mehr gemerkt. Wir machten uns sogar Sorgen, dass er selbst die amerikanische Außenministerin ... Aber vor dem Treffen ist er ja zum Glück gestorben. Ich sage immer: Frauen müssen sich wehren, und das sofort. Weil später jammern nützt nichts. Dann war es ihnen offenbar gar nicht so unangenehm ...«

Ich hatte keine Lust, mit ihm zu streiten, schon lange nicht mehr. »Papa«, sagte ich beschwichtigend, »Vogl.«

»Also, was ich damit sagen wollte ... So wichtig ein gutes Familienleben im Wahlkampf ist, eine tote Frau ist eine gute Frau ... Entschuldige. Und natürlich Zurückhaltung.« Interessante Aspekte seines Weltbildes kamen da zutage.

»Seine Tochter spielt die Rolle der Gastgeberin gut. Und dass er keine Frau hat, regt die Fantasie vieler allein lebender Frauen und vieler Frauen mit Töchtern im längst heiratsfähigen Alter an. Allerdings ...«

»Allerdings?«, fragte ich.

»Allerdings finden seine Berater inzwischen, dass er Frauen gegenüber fast zu distanziert auftritt. Ein kleines Gerücht, noch dazu bei einem Witwer in den Fünfzigern, hat noch nie jemandem geschadet. Immerhin muss ein Politiker Potenz ausstrahlen, politische Potenz, damit du mich richtig verstehst.«

»Vielleicht ist er schwul«, meinte ich.

»Nein.«

»Nein?«

»Das wüssten wir.« Mein Vater kam wieder auf Vogls politische Stärken und Schwächen zurück.

Ich notierte nur ein paar Stichworte und vergaß den Rest sofort wieder.

Vogl sei schlau. Nicht besonders intelligent. Machtbewusst. Medienerfahren. Er habe ein phänomenales Gedächtnis, sei distanziert charmant, wirke glaubwürdig. Katholisch. Um katholisch malte ich ein paar Kringel. War katholisch eine politische Stärke oder eine Schwäche? Eine Stärke, meinte mein Vater. Auf die Frage, ob Vogl fähig sei, ein Verbrechen zu begehen, antwortete mein Vater, ohne eine Sekunde zu zögern: »Das hat er schon oft getan. Politische Verbrechen. Und moralische.«

»Und strafrechtliche?«

»Woran denkst du?«, fragte mein Vater. Da er meine Frage nicht mit dem Tod von Bellini-Klein zu verbinden schien, wollte ich es dabei belassen. Von dem Zwischenfall mit den Schlägern erzählte ich ihm nichts. So nahe standen wir einander nicht. »Grüß Mutti von mir.«

»Servus, Maria.«

Mein Vater hatte nie aufgehört, mich Maria zu nennen. Maria war der Name, mit dem ich als Kind gerufen wurde. Irgendwann einmal hatte ich in meiner Taufurkunde nachgesehen, und da stand Mira. Ein Versehen, hatten meine Eltern gesagt, der Pfarrer sei nicht mehr so gut beisammen gewesen. Ein Versehen? Ich hatte mir damals mit meinen 12, 13 Jahren alle möglichen romantischen Geschichten ausgedacht, warum das kein Versehen war. War ich adoptiert worden, und war dieser Name der letzte Wunsch einer verzweifelten Schauspielerin (Prinzessin war mir zu abgeschmackt) gewesen? Waren meine Eltern früher ganz anders gewesen, und hatten sie mich – ein Mirakel, ein Wunder im Sinn – Mira genannt? Ich war allerdings dahintergekommen, dass auch hier die einfachste Erklärung die richtige war:

Der Pfarrer hatte sich verschrieben. Er war über 80 und dem Alkohol nicht abgeneigt gewesen. Und meinen Eltern – was meinen Vater wohl noch lange geärgert hat – war der Fehler nicht aufgefallen. Jedenfalls habe ich mich seit dieser Entdeckung Mira genannt. Ich bin dem Pfarrer noch heute dankbar.

Ich hatte gar nicht bemerkt, dass Vesna Krajner gekommen war. Ich wusste, dass ich ihr nicht so leicht etwas vormachen konnte. Das Jochbein leuchtete heute grün und blau. Vesna sah mir aufmerksam ins Gesicht und sagte: »Schlägerei.« Ich schwieg.

»Mein Mann einmal hat auch so ausgesehen. Mein richtiger.« Ihr richtiger Mann war tot. »Was war?«, fragte Vesna und setzte sich zu mir an den Tisch. Ich erzählte ihr alles, und es schien mir, als hätte ich die Geschichte schon zu häufig erzählt, zu häufig durchgedacht. Sie wurde langsam unwirklich. Vesnas Kommentar: »Natürlich kann es politisch sein.« Gut, sie war aus Bosnien, sie hatte andere Verhältnisse erlebt.

»Es waren Wahlen, es ist schon Jahre her. Unser Chef wollte wieder Bürgermeister werden. Aber die anderen wollten einen anderen. Dann ist einer gestorben. Erschossen. Seine Frau man hat eingesperrt, weil da eine Freundin war und sie es gewusst hat. Rache. Das haben alle erzählt. Aber die Wirklichkeit war anders. Der Mörder war ein Freund von einem Freund vom Chef im Dorf. Und der Tote war ein Spion der anderen. Und auch Überfälle hat es gegeben. Und Drohungen. Der Chef ist es wieder geworden bei den Wahlen. Und niemand weiß, was er von der Mordsache gewusst hat. Ich sage: Er hat alles gewusst, aber andere haben es getan. Das ist möglich.«

Absurd, das auf unsere Präsidentenwahlen umzulegen. Mir ging zum ersten Mal auf, wie absurd auch meine Kollegen meine Mutmaßungen gefunden haben mussten. »Das war in Bosnien«, sagte ich.

»Und du glaubst, Politik ist da ganz anders?«

»Ihr hattet Krieg.«

»Das war vor dem Krieg. Als niemand daran gedacht hat.«

»Aber ...«

»Das ist Politik«, sagte Vesna mit fester Stimme. »Es gibt solche und solche. Die es gut machen wollen. Und Mörder und Prügler wegen der Macht. Daheim und da.«

»Bei uns sind nicht alle Politiker gut, aber sie haben andere Mittel«, erwiderte ich, wie ich es von Droch gehört hatte.

»Bei uns auch«, sagte Vesna. »Ich werde auf dich aufpassen, Mira Valensky.«

Dann war es allerdings ich, die ihr zu Hilfe eilen musste. Ich hatte mich gerade zur Wahlkampfzentrale aufmachen wollen, um Menschliches über das junge Hauptquartierteam zu sammeln, als mich Vesna Krajner in der Redaktion anrief. Sie hatten sie auf ihrem Motorrad geschnappt. Jetzt saß sie auf der Polizeiwachstube, und wenn nicht schnell etwas passierte, ging alles an die Fremdenpolizei, und dann …

Ich schoss zu Droch hinüber, der wieder deutlich mehr Distanz wahrte. Aber so war er eben. Er murmelte etwas von: »Papiere müssen eben in Ordnung sein. Was haben wir sonst? Anarchie. Das wäre Ihnen wohl gerade so recht.«

Ich grinste. »Klar, spielt jetzt aber keine Rolle. Ich muss meine Putzfrau rausreißen und melde mich eine halbe Stunde später als ausgemacht.«

»Wohin fahren Sie?«

»Penzing, Polizeiwachstube.«

Während ich den Taxifahrer antrieb, dachte ich mir eine Geschichte aus. Vesna war für mich unterwegs gewesen. Das Motorrad hatte ich bei der Polizei schon einmal als meines ausgegeben. Ob dieser Fall irgendwo gespeichert war? Ich hatte Strafrecht während meines Studiums ebenso langweilig gefunden wie Verkehrsrecht. Eigentlich hatte ich nur zu Ende studiert, weil ich damals mit einem aufstrebenden Universitätsprofessor verheiratet war. Das konnte ich mir kaum noch vorstellen. Jeden Abend, punkt acht, ein mehrgängiges Essen auf dem Tisch – oft mit Freunden, denen ich die perfekte, wenn auch noch etwas junge Frau vorspielte, die auch noch studierte. Kochen und studieren. Ein intelligentes und praktisches Mädchen. Ob schlimmstenfalls er Vesna heraushauen konnte? Wir hatten uns zum letzten Mal vor einigen Monaten zufällig getroffen. Mittlerweile war er Dekan, und seine jetzige Frau erzählte ihren Freundinnen noch immer gerne, wie sehr er darunter gelitten habe, dass ich ihn Hals über Kopf im Stich gelassen hatte und nach Amerika gegangen war. Zu einem italienischen Wirt.

Ich legte mein ganzes dramatisches Talent in den Auftritt. In meiner Schulzeit war ich im Schauspielen ganz gut gewesen. Ich schimpfte Vesna Krajner aus, dass sie, statt meinen Brief zu überbringen, lauter Dummheiten im Kopf habe. Den bereits leicht irritierten Inspektor verwirrte ich durch mein hohes Sprechtempo noch mehr. Ein wichtiger Brief, eine journalistisch hochbrisante Sache, ich sei nämlich Redakteurin. Und stattdessen ... Dabei hatte ich ihr sogar das Motorrad geborgt. Vesna habe einen Führerschein, das wisse ich ganz genau, sonst hätte ich ja nie ... Es sei eben ein Problem mit den Mitarbeitern, aber es sei sonst niemand greifbar gewesen, und da ... Ich unterbrach meinen Redefluss und fragte streng: »Was ist eigentlich passiert?«

»Ich dachte, Frau Krajner hat Ihnen das schon erzählt, sie hat Sie doch angerufen, hat sie gesagt, und wir lassen das auch zu, wir sind nicht ...«

»Ich verstehe kein Wort, wenn sie aufgeregt ist«, behauptete ich. Besser, Vesna stand etwas blöde da, als dass sie Schwierigkeiten mit ihrer Aufenthaltsgenehmigung bekam. Der Polizist schilderte, dass sie zu schnell gefahren sei und keine Fahrzeugpapiere habe vorweisen können. Das Motorrad könnte ja auch gestohlen sein, und so habe man sie auf die Wachstube mitgenommen.

»Gestohlen«, knurrte Vesna. Ich deutete ihr, ruhig zu sein.

»Sie sind geschlagen worden«, sagte der Polizist und zeigte auf mein Gesicht. Auch das noch. Ich schwieg einen Augenblick zu lange.

»Wir haben eine eigens geschulte Kollegin für solche Fälle. Wenn Sie mit ihr sprechen wollen, können Sie Hilfe bekommen. Gewalt in der Familie ...«

»Keine Gewalt in der Familie«, bremste ich den Polizisten ein. »Gewalt einer Stiege, über die ich gefallen bin.«

»Sie können auch später wiederkommen, wann immer Sie wollen. Ihr Mann ...«

»Kein Mann.«

Und ob ich wollte oder nicht, der Beamte drückte mir eine Notrufnummer in die Hand. Eigentlich ganz nett. »Also, das Motorrad gehört mir. Vesna Krajner ist zu schnell gefahren. Wie viel macht das? Sie hat meinen Auftrag nicht erledigt, wir müssen weiter. Es geht um viel. Wie viel muss sie zahlen?«

Organmandate wurden nicht gespeichert. Zahle gleich und scheine nirgendwo auf, war das Motto. Das wären 500 Schilling, erklärte der Polizist. Vesna Krajner zückte mit einem übertriebenen Seufzer ihre Geldtasche, stand auf, zahlte, und wir waren schon auf dem Weg nach draußen.

»Der Zulassungsschein!«, rief der Polizist.

»Das Motorrad gehört mir, glauben Sie mir«, erwiderte ich. »Wer sollte diesen Schrotthaufen schon stehlen?«

»Und die Papiere?«

»Sind bei meinem Bruder in Oberösterreich, ich hab' sie dort vergessen und schicke sie Ihnen – wenn nötig.« Er war hartnäckiger, als ich gedacht hatte. Schließlich hinterließ ich meine Adresse und hatte zumindest Zeit gewonnen. Hauptsache, Vesna war aus der Geschichte draußen.

Vesna schob das Motorrad neben mir her. Ich weigerte mich, auf diesem Ding mitzufahren, und selbst hätte ich es nicht fahren können. Glücklicherweise hatte der Polizist nicht nach meinem Motorradführerschein gefragt.

»Warum bist du überhaupt in dieser Gegend?« Vesna lebte am anderen Ende der Stadt. Ihre »Kunden«, wie Vesna ihre Auftraggeberinnen nannte, waren alle in den Innenstadtbezirken.

»Na wegen deinem Toten. Ich kenne Branka Cibic. Kollegin«, antwortete Vesna. »Brankas Mann ist Hausmeister in diesem Bezirk. Und sie und er kennen wieder andere Hausmeister. Branka ist eine Cousine von meinem Mann, dem bei der Hochzeit vom Sohn ...«

Ich kannte Vesnas Verwandtschaftsschilderungen. »Und Brankas Mann ist Hausmeister im Haus von Bellini-Klein?«

»Nein, aber Kollegin von Branka, Terezija Weiß. Habe ich erfahren. Ihr Mann ist Hausmeister, aber sie auch. Er ist Österreicher.«

Na fein. »Gehen wir hin, wenn wir schon da sind.«

Terezija Weiß war schon vorinformiert. Ich forderte die beiden Frauen auf, ruhig serbokroatisch miteinander zu reden. Sie wiesen das zurück. Man könne Deutsch. Terezija machte klar, dass sie sogar Österreicherin sei. Ihr Mann lag im Unterhemd vor dem Fernseher, die Bierflasche neben sich, und tat, als gebe es nur ihn auf der Welt. Auch ein Österreicher. Schon seit seiner Geburt. Wir gingen in die Küche. Terezija hatte den Schlüssel zu Bellini-Kleins Wohnung. Sie sollte wieder vermietet werden, aber für diesen Monat war es bereits zu spät. Die Polizei habe alles durchsucht. Und dann habe sie, Terezija, zusammengeräumt. Meine gute Laune schwand. »Es ist also nichts mehr so, wie es war, als er aus dem Fenster gestürzt ist?« Terezija schüttelte den Kopf. Es sei aber auch nicht viel anders gewesen als sonst. Bellini-Klein sei sauber gewesen, sie habe ihm die Wäsche gemacht und hin und wieder Staub gesaugt. Ein netter Mensch.

»Bitte versuchen Sie sich zu erinnern: Standen in der Küche zwei Gläser?« Terezija schüttelte den Kopf. Nein, da sei sie ganz sicher. Hatte Wessely sich das nur ausgedacht, um Vogl zu schaden? Warum sollte seine Partei besser sein? Beinahe hätte ich Terezijas nächsten Satz überhört, ich musste mich besser konzentrieren. »Im Wohnzimmer waren zwei Gläser, auf dem Tisch. Aus dem Wohnzimmerfenster ist er gefallen.« Also doch zwei Gläser. Das konnte auch Zufall sein. Die konnten auch die Polizeibeamten dorthin gestellt haben. »Und am zweiten Tag haben sie mir gesagt, dass sie schon behandelt sind und ich sie wegtun kann.« Es hatte die Gläser also wirklich gegeben.

»In einem war Cola und im anderen Cognac.«

Woher sie das wisse? Also bitte, das rieche man doch. Zwei Gläser. Wessely hatte nicht gelogen. Ob sie etwas gehört habe, was die Beamten gesprochen hätten? Es sei wie in einem Krimi gewesen, nur habe alles viel länger gedauert. Sie hätten Fingerabdrücke abgenommen und sich die Wohnung angeschaut. Und am nächsten Tag seien sie noch einmal gekommen. Und sie habe dann zugesperrt. Eigentlich hätte ihr Mann als Vertretung der Hausverwaltung dabei sein sollen, aber der wollte nicht. Und so sei sie eben dabei gewesen. Unterschrieben habe dann ihr Mann, einen Zettel, was, wisse sie auch nicht.

Ob man sich die Wohnung ansehen könne?

»Der Herr wird es sehen«, gab Terezija Weiß zu bedenken und meinte damit keine göttliche Instanz, sondern Herrn Madermichl, »der sieht alles.«

Na und? Sollte er darüber reden, wenn es jemanden gab, mit dem er reden konnte. Außerdem konnte ich Madermichl auf diese Weise noch einmal nach der unbekannten Frau fragen.

Wir fuhren mit dem Lift nach oben und öffneten möglichst leise und rasch die Wohnungstüre. Ich sah mich um. Helle Möbel, nichts Kostspieliges, Selbstbauregale, Schafwollteppiche, ein hübscher Holzofen mit blitzblauer Verkleidung. Eine freundliche Zweizimmerwohnung mit schönem Ausblick über einen Großteil von Wien. Ich durchstöberte seinen Schreibtisch. Entweder hatte die Polizei seine Unterlagen beschlagnahmt, oder Bellini-Klein hatte nie Arbeit mit nach Hause genommen. Außer einigen Werbebroschüren aus dem Wahlkampf, einem Ordner mit Rechnungen und der Präsentationsmappe einer Beratungsfirma – offenbar der Firma, bei der er gearbeitet hatte – fand sich nichts. Eher planlos durchforsteten wir den Schrank und die Regale. Bellini-Klein schien viel gelesen zu haben. Fast alle Wände waren voller Bücherregale. Das Spektrum reichte von den großen Philosophen bis zur deutschsprachigen Literatur des 20. Jahrhunderts. »Die Bücher hat er von seinem Onkel geerbt«, wusste Terezija Weiß. »Hat er erzählt. Er hat gefragt, ob sie jemand kaufen will. Ich weiß so was nicht. Er hat nie Geld gehabt. Aber man hat bei ihm gewartet.«

In der untersten Lade fand ich einen Fotorahmen ohne Foto. Terezija meinte, sie habe den Rahmen noch nie gesehen.

»Der Computer«, sagte Vesna. Ich genierte mich. Ich war wohl wirklich noch nicht ganz auf der Höhe. Da durchsuchte ich mit den beiden die Wohnung und vergaß auf das Wichtigste. Bellini-Klein hatte Zugang zu allen Dateien gehabt. Er hätte sie in seinem Computer speichern können. Fehlanzeige: Ich fand nur ein paar völlig belanglose Dateien. Als hätte jemand alles Wichtige gelöscht. Ein Dokument barg seinen Lebenslauf. Sieh an, auch da hatte er geschickt hochgestapelt. Ich öffnete ein Adressenverzeichnis von Prominenten, in dem ich viele aus dem Komitee von Vogl entdeckte. Sicher nicht ganz legal. Zwei Briefe an die Nachlassverwaltung seines Onkels waren ebenfalls abgespeichert. Offenbar hatte Bellini-Klein noch etwas Geld zu erwarten gehabt. Lag vielleicht hier das eigentliche Mordmotiv? Geld war immer ein Motiv, ich hatte genug Krimis gelesen. Sehr glaubwürdig. Ich schrieb mir die Adresse des Nachlassverwalters auf. Wenn das stimmte, was hier stand, war Geld allerdings als Motiv auszuschließen. Wegen 60.000 Schilling beging doch niemand einen so komplizierten Mord. Aber sein Onkel war Parlamentspräsident gewesen. Vielleicht war mehr da als nur Geld.

Und wieder half mir Vesna. Als ich den Computer abdrehte und langsam – die Blutergüsse würde ich noch lange spüren – aufstand, drückte Vesna auf die Auswurftaste des Diskettenlaufwerks. Eine Diskette ohne Beschriftung sprang heraus, und Vesna drückte sie mir wortlos in die Hand. Ich steckte sie, ebenfalls ohne etwas zu sagen, ein.

Am Gang begegnete uns Madermichl, der ganz zufällig den Abfall hinuntertragen wollte. »Ich weiß nicht, ob es gestattet ist, die Wohnung zu betreten.«

»Sie wird wieder vermietet«, sagte Terezija Weiß und versuchte, wie eine Respektsperson zu sprechen. Das gelang ihr ganz gut.

»Vielleicht miete ich sie«, meinte ich und lächelte falsch. »Mir gefällt die Hausgemeinschaft, und die Anlage der Wohnung ist auch sehr in Ordnung. Ich wollte immer schon in Penzing wohnen, und nette Nachbarn sind mir wichtig. Ich bin da ganz altmodisch.«

»Aha«, sagte Madermichl, und das klang eher erfreut als skeptisch, aber was wusste man schon. »Was ist denn Ihnen passiert?«, fragte er, als ich ihm freundlich die Hand hinhielt.

»Handtaschenräuber.«

»Lauter Gesindel, was jetzt da ist«, empörte sich Madermichl und wollte mitsamt dem Müll wieder in seine Wohnung verschwinden.

»Stopp«, rief ich. Madermichl blieb stehen. »Nur eine kleine Frage zur Frau, die Bellini-Klein besucht hat. Hat sich die Polizei um die Frau gar nicht gekümmert?« Ich konnte mir nicht vorstellen, dass Madermichl der Polizei etwas verschwiegen hatte. Madermichl nickte eifrig. »Doch, natürlich. Sie haben mir ein Bild gezeigt, und ich habe sie erkannt. Sie haben sie offenbar in ihrer Kartei gehabt.«

»Sie haben Verbrecherfotos durchgesehen?«

»Nein, sie haben mir ein Foto von einer Frau gezeigt, und das war sie.«

»Wer war sie?«

»Das haben sie mir nicht gesagt. Ein ... so ein Flittchen eben.«

»Und danach wurden Sie nichts mehr gefragt?«

»Ich habe erzählt, was ich wusste.«

Es konnte das Foto aus dem Rahmen gewesen sein. Aber auch Madermichl hatte auf Bellini-Kleins Schreibtisch nie ein Foto stehen sehen. Eine geheime Liebschaft also. Die Blauäugige hatte von einer »hochgestellten Persönlichkeit« gesprochen. Aber Bellini-Klein hatte ja immer übertrieben. Und die Polizei hatte die Ermittlungen eingestellt, obwohl sie von der Frau wusste. Kein Zusammenhang mit Bellini-Kleins Tod. Da waren die beiden Gläser ... An Madermichl kam man schwer vorbei. Wenn er sagte, dass die Frau am Abend nicht zu Bellini-Klein gekommen war, stimmte das wohl. Aber wie passte das mit den beiden Gläsern zusammen? Hatte Madermichl doch jemanden übersehen?

»Sie wollten den Müll hinuntertragen«, sagte ich zu Madermichl, der mich daraufhin irritiert ansah.

»Ja dann ...«, sagte Vesna, als wir wieder auf der Straße standen, und ging auf ihre nicht zugelassene Mischmaschine zu.

»Nein«, sagte ich.

»Wir schieben zwei Stunden«, erwiderte Vesna. Wir waren wirklich ein ganz schönes Stück vom Zentrum Wiens entfernt.

»Okay, viel Glück«, sagte ich.

»Ich nehme Nebenstraßen.« Vesna setzte sich ihren orangefarbenen Helm auf, startete und fuhr unter gewaltiger Rauch- und Lärmentwicklung ab. Sie war dauernd damit unterwegs, es würde schon gut gehen.

Auf dem Weg zur U-Bahn kam ich an einem Zeitungskiosk vorbei. Eines unserer Konkurrenzblätter hatte auf der Titelseite ein großes Foto von Vogl, seiner Tochter und seiner Enkeltochter. Alle drei strahlten um die Wette. Irgendwie wurde mir in letzter Zeit in der Politik zu viel gelächelt. »Familie 2000«, lautete die Headline. Schwachsinn. Ich ging weiter. Dann drehte ich jedoch um, kaufte das Blatt und läutete ein paar Minuten später bei Madermichl.

»Ja?«

»Mira Valensky, entschuldigen Sie, ich habe etwas vergessen.«

»Was denn?«

»Können Sie mich mit dem Lift holen? Es dauert nur ein paar Minuten.«

Madermichl war zu neugierig, um abzulehnen. Ich faltete das Titelblatt so, dass nur mehr Vogls Tochter zu sehen war. Über ihrem Bauch stand »00«. Madermichl lehnte in seinen ledernen Hausschuhen im Lift und sah mich fragend an. Oben, deutete ich ihm. Wir blieben im Gang stehen. Offenbar hatte bei Madermichl das Misstrauen wieder Oberhand. Ich streckte ihm das Foto entgegen. »Ist sie das?«

Er betrachtete es nur für einen Augenblick. »Das ist sie«, sagte er. »Woher haben Sie …«

»Und Sie sind sich ganz sicher?«

»Warum fragen Sie mich das immer? Natürlich bin ich mir sicher, auch wenn sie auf diesem Foto viel besser angezogen ist. Ist das aus so einer Pornozeitschrift?«

»Dazu hat sie wohl zu viel an.«

»Ja.«

Ich bedankte mich und ging. Bellini-Kleins Freundin war Vogls Tochter. »Mörder«, hatte sie gerufen, nachdem Bellini-Klein tot aufgefunden worden war. Alles nur Zufall? Ich musste mit ihr reden, ohne dass Vogl oder Orsolics oder einer der Leibwächter dabei waren. Und ich musste Droch davon erzählen. Schon aus Sicherheitsgründen. »Mörder« hatte sie ihrem Vater an den Kopf geworfen. Aber Vogl war rund um die Uhr bewacht. Ein staatlich bewachter Mörder, war das möglich? Ich erinnerte mich an den Einbruch ins Haus des Innenministers. Auch sein Haus wurde bewacht, und dennoch war es den Dieben gelungen, unbemerkt alles mögliche fortzuschaffen. Der Innenminister und seine Sicherheitsbeamten waren wochenlang das Gespött des Landes gewesen.

Vogl wirkte nicht wie ein Mörder. Mörder sahen zwar nicht wie Mörder aus, aber er war einfach zu vorsichtig. Und: Es waren zwei Männer gewesen, die mich niedergeschlagen hatten. Wie sollte ich an die Tochter von Vogl herankommen? Kein Wunder, dass die Polizei den Fall so schnell abgeschlossen hatte. Vogls Tochter als mögliche Verdächtige im Todesfall Bellini-Klein. Vogls Tochter als heimliche Geliebte eines Wahlkampfmitarbeiters. Diesmal hatte Bellini-Klein kaum übertrieben. Es ging um die Tochter einer hochgestellten Persönlichkeit. Hatte er deswegen sterben müssen?

Ich ließ mich von einem Taxi zu meinem Auto bringen und fuhr zu Vogls Villa. Kein Wagen konnte hier unbeobachtet stehenbleiben. Verdammt. Ich fuhr zur Redaktion. Droch spitzte amüsiert die Lippen. »Schau, schau, der hübsche Bellini-Klein.«

In der Wahlkampfzentrale ging es hoch her. Berge von Plakaten lagen im Foyer des Hauptquartiers, selbst im Gang zu den holzgetäfelten Räumen. Mitarbeiter liefen kreuz und quer, rollten Plakate, druckten Listen aus. Allem Anschein nach war etwas schiefgelaufen. Und ich gebe zu, das gefiel mir. Ohne von jemandem begrüßt zu werden, blieb ich im Eingangsbereich stehen. »Diesem Mann können Sie vertrauen«, stand auf den Plakaten. »Mörder«, hatte Vogls Tochter geschrien.

Chloe Fischer ruderte mit beiden Armen durch die Luft und bat um Ruhe. »Also noch einmal«, sagte sie mit lauter Stimme. »Wir werden das Beste daraus machen. Wir werden daraus einen Vorteil ziehen. Die kleineren Plakatchargen werden von hier aus ausgeliefert. Prioritär. Alles andere kann warten. Wir werden schneller sein als die Druckerei. Und wir werden die Schuldigen finden, die dieses Chaos angerichtet haben. Hat jeder seine Liste?«

Murmeln, Nicken. »Jeder, der Probleme hat, wendet sich an Nolte.« Nolte musste der junge Mann sein, der neben Fischer stand und übers ganze Gesicht strahlte. »Wir müssen das Chaos als Chance begreifen«, rief er. Vielleicht war er Philosophiestudent. Vielleicht hatte er auch bloß Parteierfahrung. Alle begannen wieder durcheinanderzulaufen, Plakate zu rollen, Listen auszudrucken.

Eine der Empfangsfrauen hatte mich inzwischen entdeckt. »Die Druckerei hat die Plakate hierher geliefert, statt sie an die vorgegebenen Adressen zu versenden«, erklärte sie mir. »Aber wir werden auch damit fertig.«

»Wie konnte das passieren?«, fragte ich.

»Angeblich war es Bellini-Klein, der das angeordnet hat. Zumindest geht das Gerücht um.«

Armer Bellini-Klein, schuld an allem. Aber jetzt war er schon mehr als eine Woche tot, irgendwann würde sich auch das legen. Die Empfangsfrau verschwand, als sie Chloe Fischer auf mich zukommen sah. »Ein ungünstiger Zeitpunkt«, sagte Fischer mit ihrem professionellen Lächeln. »Pannen verlangen nach Krisenmanagement.«

»Ich setze mich ganz still in eine Ecke und sehe zu«, sagte ich und lächelte zurück. »Mein Fotograf muss gleich kommen.« Chloe Fischer runzelte nachdenklich die Stirn. Viele junge, hart arbeitende Menschen im Bild. Action. Das schien ihr zu gefallen. Sie nickte und drehte geschäftig in Richtung des teppichgedämpften Ganges ab.

Ich ließ mich in der Medienecke in einen Polstersessel fallen. Ein junger Wichtigtuer eilte herbei und erklärte mir, was hier ablief. »Teamarbeit, flexible Teamarbeit. Wir packen überall an.« Er würde es noch weit bringen. Die T-Shirts der meisten Frauen und Männer waren bereits durchgeschwitzt, seines nicht.

Aus den Stabsräumen kam ein dicker Mann mit einem zu gut sitzenden Seidenanzug.

»Wer ist das?«, fragte ich.

»Den kennen Sie nicht? Das ist Schmidt, der Medienguru aus Hamburg. Der, der schon alle gecoacht hat. Alle.«

»Vogl ist aber nicht da.«

»Er wird Vorbereitungen getroffen haben: Analysen erstellt und Strategien aufbereitet haben. Mediencoaching ist ein breites Feld. Ich selbst werde ...«

Schmidt schien aufgeregt zu sein. Aber vielleicht erweckte auch nur das viele Fett in Bewegung diesen Eindruck. Er steuerte direkt auf mich zu. Der strebsame junge Mann tat so, als kenne er ihn ausgesprochen gut. »Wer sind Sie?«, bellte Schmidt. Der junge Mann verschwand. Er würde an seiner Technik noch etwas feilen müssen. »Sie sind die Journalistin von neulich«, sagte er zu mir, und es klang eher wie eine Anklage. »Ich will mit Ihnen reden, aber nicht hier.«

Ich mochte ihn nicht. Aufgeblasener Typ, Guru hin oder her.

Er bemerkte mein Zögern. »Es geht um eine Story. Eine gute Story. Aber nicht hier. Sie sind ja sonst auch nicht zimperlich. Sie haben doch die Bellini-Klein-Sache geschrieben, oder?« Seine Augen traten etwas aus den Höhlen. Er konnte jeden Moment einen Herzanfall bekommen.

»Ich lasse mich nicht instrumentalisieren.«

»Darum geht es nicht. Ich muss jetzt los. Eine gute Story, heute, Sacher, 20 Uhr.« Der Mann war es gewohnt, dass seine Anweisungen widerspruchslos befolgt wurden.

»Worum geht es?«, fragte ich.

»Das werden Sie dann erfahren.« Er hatte sich bereits zum Gehen gewandt.

»Geht es um Bellini-Klein?«

»Was? Unsinn. Es geht um eine Story, um eine gute Story.«

»Morgen«, sagte ich, »morgen um 20 Uhr, von mir aus im Sacher.«

»Heute geht es nicht?« Da war ein neuer Tonfall, den ich weder zuordnen konnte noch mochte.

»Nein, heute geht es nicht.«

Schmidt verließ das Hauptquartier. Unter dem Arm trug er eine schwere Aktentasche. Sie war so voll, dass sie sich nicht mehr schließen ließ. Schmidts Gang hatte etwas Gehetztes, was bei diesem glänzenden Anzug und seiner Körperfülle absurd wirkte.

Mein Fotograf schoss viele Fotos vielbeschäftigter junger Menschen. Ich versuchte unterdessen, mehr über Vogls Tochter herauszubekommen. Sie war geschieden. Ihr Mann war schuld. Sie war in Karenz. Sie lebte bei ihrem Vater. Sie sprang bei Repräsentationsaufgaben ein. Sie trug dekorative Kostüme. Man sprach von einem innigen Vater-Tochter-Verhältnis. »Mörder!«, hatte sie gerufen, und ihr Liebhaber war tot. In Vogls Villa waren Leibwächter. Und die Tochter würde nicht mit mir reden wollen. Zumindest nicht ohne Pressesekretär, ohne Orsolics oder Fischer. Ich hatte mich in den letzten Tagen nicht gerade beliebt gemacht. Und: Sie hatte allen Grund, von mir nicht über gewisse Lebensumstände befragt werden zu wollen. Wie kam ich bloß an die Frau heran?

Fitnessklub? Vergiss es. Dort würde ich auffallen. Irgendwelche Damenkränzchen? Ich kannte keine Damen, die zu Damenkränzchen luden. Zumindest nicht privat. Freundinnen, die klatschten? Ich hatte Vogls Tochter nie bei irgendwelchen Society-Events gesehen. Zumindest nicht bei der Art von Society-Events, die ich für das »Magazin« beschrieb. Vesnas Putzfrauen-Connections? Vielleicht kannte sie eine Putzfrau einer Freundin, die ... Viel zu kompliziert. Was machte die Tochter des Präsidentschaftskandidaten und Exministers den ganzen Tag? Immerhin war es ihr gelungen, unbemerkt Bellini-Klein zu besuchen.

Ich könnte sie beim Spazierengehen mit ihrem Vorzeigekind überraschen. Hinter einer Parkbank hervorspringen oder so. Peinlich.

Eine Stunde später hatte ich mein Auto vor einem Einkaufszentrum in der Nähe der Vogl-Villa geparkt. Selbstverständlich handelte es sich um ein Einkaufszentrum für ein gehobenes Publikum. Mein Parkplatz war strategisch gut gewählt. Ich hatte den Eingang im Blickfeld. Natürlich war es nicht sicher, ob die Tochter selbst einkaufen gehen würde. Aber ich ging davon aus, dass sie irgend etwas tun musste, um sich abzulenken. Warum also nicht einkaufen? Bis Geschäftsschluss waren es noch drei Stunden. Ich saß im Auto, ein leichter Nieselregen erschwerte mir die Sicht. Total eintönig, immer auf die Eingangstüre des Einkaufszentrums zu starren. Ohne den Blick abzuwenden, suchte ich nach etwas zu essen. Möglich, dass im Handschuhfach noch Schokoriegel waren. Ich tastete danach und griff in eine braune Masse. Der Mist war geschmolzen – auch das noch. Mit einem Taschentuch versuchte ich meine rechte Hand wieder sauberzubekommen und machte mir dadurch auch die linke schmutzig. Na toll. Und was, wenn sie gar nicht auftauchte? Und was, wenn ich Glück hatte?

Ich drehte das Radio an. Ein Doktor erklärte etwas über eingeschlafene Füße und darüber, welche Krankheiten sich dahinter verbergen konnten. Zum Beispiel ein Gehirntumor. Ich spürte, wie mein linkes Bein langsam zu kribbeln begann. Ich wechselte den Sender. Ein Moderator kreischte irgendetwas über ein affengeiles Spiel, das ich entweder nicht verstand oder schon halb verpasst hatte. Im nächsten Programm sang Pat Boone »April Love«. Ich sang mit. Ich gähnte und versuchte mich zu strecken. Eine idiotische Idee. Wahrscheinlich hatte die Tochter eine Haushälterin, die einkaufen ging. Unmöglich, dass erst eine Stunde vergangen war. Ich würde jetzt selbst etwas einkaufen und danach entscheiden, ob ich weiterwarten wollte. Ich hatte schon meine Hand am Türgriff, als ich das Auto bemerkte. Der schwarze Golf fuhr direkt an mir vorbei. Am Steuer saß ein breitschultriger Mann, auf dem Nebensitz die Vogl-Tochter. Abwarten, ob der Bodyguard ihr auch den Einkaufswagen schieben würde. Das Kind hatte sie jedenfalls nicht mit. Dafür gab es sicher ein Kindermädchen.

Sie stieg aus, nahm einen großen Einkaufskorb von der Rückbank des Autos und ging alleine auf das Einkaufszentrum zu. Ich war so nahe, dass ich die rot-weiß-roten Karos des Innenfutters ihres Einkaufskorbes sehen konnte. Der Leibwächter starrte ihr nach und begann dann in der Nase zu bohren. Hektisch durchwühlte ich die Sachen, die am Boden meines Wagens lagen. Irgendwann musste ich da Ordnung schaffen. Zwischen Wurstsemmelpapier, Plastiksäcken und benutzten Taschentüchern fand ich meinen alten Schlapphut. Es regnete noch immer leicht. Ich zog mir die lila Kopfbedeckung tief in die Stirn und hastete zum Einkaufszentrum.

Ich entdeckte sie im Supermarkt in der Abteilung für Frischfleisch. Sie griff unsicher nach einer großen Packung Rindfleisch und ließ sie wieder fallen. Die Kühltruhe war sehr lang, sie konnte also noch viel Fleisch ansehen und wieder fallen lassen. Ich trat hinter sie, griff mir ein totes Huhn, hielt es ihr vor die Nase und sagte: »Abgestürzt.«

Sie zuckte zusammen. Erst im zweiten Augenblick erkannte sie mich. »Lassen Sie mich in Ruhe!«, zischte sie und ging mit raschen Schritten Richtung Toilettenartikel. Ich hinter ihr her.

»Wollen Sie Aufsehen erregen? Ihr Bild ist auf der Titelseite.«

Das war nicht fein, aber wirkungsvoll. Die Tochter blieb stehen.

»Was wollen Sie?«

»Sie waren die Geliebte von Bellini-Klein.«

»Nein.«

»Ich weiß es vom Nachbarn. Der sieht alles.«

»Wir haben uns bloß getroffen.«

»Ach.«

»Lassen Sie mich in Ruhe. Wenn Sie das schreiben, deckt Sie mein Vater mit Klagen ein.«

»Ihr Vater, den Sie als Mörder bezeichnet haben?«

Jetzt waren ihre Augen ganz leer. Der Mund klappte etwas nach unten.

»Ich habe es gehört. Mörder. Erzählen Sie.«

»Ich werde kein Wort sagen. Und ich habe nie ›Mörder‹ gesagt.«

»Mein Fotograf hat es auch gehört.«

»Sie werden mich nicht fertigmachen. Sie sind von den anderen, mein Vater hat es gleich gesagt. Sie wollen uns vernichten. Aber so einfach geht das nicht.«

»Ich will nur wissen, was passiert ist.«

»Was kümmert Sie schon Daniel?«

Das klang ziemlich verzweifelt.

Ich zuckte die Schultern. »Ich weiß, dass sich sonst niemand mehr um seinen Tod kümmern wird.«

Unvermittelt begann Vogls Tochter zu weinen. Es machte sie nicht schöner. Ich sah mich genervt um. Aufsehen zu erregen war das Letzte, was ich jetzt wollte.

»Ich kann Ihnen nicht trauen«, schluchzte sie.

Ich gab ihr ein Taschentuch. »Und Chloe Fischer schon? Und Orsolics auch?« Ich vermied es, ihren Vater zu erwähnen. »Sie können mir alles erzählen und es nachher abstreiten. Man wird Ihnen glauben.«

Sie sah mich an und putzte sich die Nase. »Draußen wartet ein Leibwächter.«

»Dann stellen wir uns zur Babynahrung und reden.«

»Es gibt beim Ausgang ein kleines Café.«

Sie schob ihren Einkaufswagen, in dem sich neben ihrem rot-weiß-rot gefütterten Korb erst ein Bündel Bananen befand, neben mir her. Ich schwieg. Besser nichts sagen, was sie ihre Entscheidung überdenken ließ.

Wir setzten uns an einen Plastiktisch, und ich holte zwei Verlängerte und bekam dazu Plastiklöffel. Vogls Tochter gab Milch und Zucker in ihren Kaffee und rührte lange um. Ich ließ den dünnen Kaffee, wie er war. Er roch nach altem Abwaschwasser. Aber deswegen war ich nicht da.

Wir schwiegen uns eine Weile an. Sie nahm einen Schluck. »Ich weiß nicht, warum ich Ihnen das erzähle«, sagte sie, bevor sie loslegte. »Ich habe Daniel bei einem Empfang kennengelernt. Er hat einige Gäste miteinander bekannt gemacht. Mein Vater hat mit allen möglichen Menschen geredet, und Daniel hat als Einziger bemerkt, dass ich wie ein Möbelstück hinter ihm stand. Er war so charmant. Er hat mir so viel erzählt, und er hat so viel über mich und über den Wahlkampf gewusst. Ich fühle mich oft wie ein Ausstellungsstück, verstehen Sie? Ich weiß so wenig und werde einfach für das und jenes eingeteilt. Und das ist es. Ich habe zu lächeln und Konversation zu betreiben. Und immer gut angezogen zu sein. Und mein Kind hat immer zu funktionieren, wenn es mit dabei ist. Er hat mir vieles erzählt, was mir mein Vater nie gesagt hat. Er hat auch keine Zeit dafür. Wie wichtig ich für die Strategie des Wahlkampfes bin, was ich als Person repräsentiere. Er hat mir Komplimente gemacht. Er war wirklich charmant und aufmerksam. Ich war endlich kein Möbel mehr. Und so habe ich ihn ab und zu etwas gefragt, und ab und zu hat er mich angerufen. Und er hat mich auf dem Laufenden gehalten. Daniel hat es im Leben nicht leicht gehabt. Ich habe ihm zugehört, und er hat mir zugehört. Und so hat sich alles entwickelt.«

Ich sah sie fragend an und hatte Angst, ihren Redefluss durch eine dumme Bemerkung zum Versiegen zu bringen.

»Ich habe mit niemandem darüber reden können. Er hat mich geliebt, wirklich. Aber wir haben es niemandem sagen können. Also habe ich mich am Abend ab und zu losgeeist und bin zu ihm gefahren. Manchmal bin ich früher weg von einer Party, einmal bin ich sogar durch die Garage an den Bodyguards vorbei entwischt, weil ich es nicht mehr ausgehalten habe. Er war etwas jünger ...« Sie begann wieder leise zu weinen. Ich sah mich besorgt um und reichte ihr noch ein Taschentuch. Es war mein letztes.

»Und dann ... Er war so voller Pläne, er kann nicht tot sein. Ich ...«

»Wie haben Sie es erfahren?«

Sie schüttelte den Kopf.

»Ich versuche seinen Tod aufzuklären.«

Sie schüttelte wieder den Kopf, aber sie begann langsam und abgehackt zu sprechen. Als ob sie jedes Wort vorher noch einmal kauen müsste. »Ich war daheim. Es war spät. Mein Vater saß vor dem Fernseher. So gegen Mitternacht. Ich war oben, als es an der Tür klingelte. Es war Orsolics. Ungewöhnlich. Ich weiß noch, dass ich mich geärgert habe. Der Wahlkampf ufert aus, habe ich mir gedacht. Ufert aus.« Sie kicherte. Es klang nicht fröhlich. »Mein Vater und Orsolics zogen sich ins Arbeitszimmer zurück. Ich ging nach unten. Vielleicht hatte ich eine Ahnung. In letzter Zeit glaube ich an Ahnungen.

Ich wollte ihnen etwas zu trinken anbieten, unser Hausmädchen ist nur tagsüber da. Ich wollte gerade die Türe aufmachen, als ich hörte, wie mein Vater sagte: ›Bellini-Klein ist tot.‹ Ich blieb vor der Türe stehen. Niemand wusste von uns, auch nicht mein Vater. Er hätte es nicht haben wollen im Wahlkampf, das hat auch Daniel gesagt. Orsolics berichtete meinem Vater. Die Polizei habe sich bei ihm gemeldet. Daniel sei aus dem Fenster seiner Wohnung gestürzt. Mein Foto sei gefunden und mitgenommen worden. Man wolle mich befragen. Selbstmord sei aber so gut wie sicher. Orsolics hat damit geprahlt, wie er der Polizei eingeschärft hat, dass man die Privatsphäre des Toten achten müsse. Daher keine Presseerklärung. Selbstmord.« Sie sah mich an. Jetzt waren ihre Augen trocken.

»Mein Vater ist nicht unmenschlich, es ist der Wahlkampf. Sie haben beschlossen, alles zu vertuschen. ›Die Sache muss unter den Teppich gekehrt werden‹, hat mein Vater gesagt. Die Sache ... Da habe ich es nicht länger ausgehalten und bin ins Zimmer gestürzt.«

Ich nickte. »Aber ›Mörder‹ haben Sie zwei Tage später geschrien.«

Sie nickte. »Orsolics war bei uns, weil Sie ja zum Frühstück kommen sollten. Vorbesprechung, auch für den restlichen Tag. Und da hat er erzählt, dass es zwei Gläser ohne Fingerabdrücke gibt. Und mein Vater hat gesagt: ›Was spielt das für eine Rolle? Der arme Bellini-Klein ist tot. Lassen wir es dabei.‹ Orsolics war sich nicht sicher, ob die Polizei mitspielen würde. ›Sorgen Sie dafür‹, hat mein Vater gesagt, und da habe ich die Nerven verloren und ›Mörder‹ geschrien. Es ist mir vorgekommen, als ob er ihn damit selbst ermordet hätte.«

Das klang glaubwürdig. »Und gehen Sie davon aus, dass Bellini-Klein ermordet wurde?«

Vogls Tochter schüttelte zweifelnd den Kopf. »Ich kann mir aber auch nicht vorstellen, dass er sich umgebracht hat. Er war so voller Pläne. Sie haben ihn nicht gut behandelt. Aber es wäre alles in Ordnung gekommen. Wir wussten auch schon, wie. Ich wollte ...«

»Ja?«

»Ich wollte meinem Vater in einer ruhigen Stunde klarmachen, was er an Daniel hatte. Abgesehen davon: Er hatte andere Angebote. Er und ich ... Ich kann mir das nicht vorstellen.«

»Und wer soll ihn umgebracht haben?«

Wieder Kopfschütteln. »Ich kann mir niemanden vorstellen. Niemanden. Alle haben ihn gemocht.«

»Alle außer Chloe Fischer, Orsolics, dem restlichen Wahlkampfstab und offenbar auch Ihrem Vater.«

»Meinem Vater war er ... egal. Und die anderen waren neidisch. Das ist kein Mordmotiv.«

Damit hatte sie recht. Zumindest unter normalen Umständen. Aber was war in einem Wahlkampf schon normal?

»Wenn Sie das veröffentlichen, werde ich alles abstreiten«, sagte sie, sah dabei aber nicht sehr kämpferisch aus.

»Ich denke, es ist gut, dass Sie es jemandem erzählt haben«, erwiderte ich.

Sie nickte langsam. »Mein Vater hat übrigens ein Alibi.«

»Sie haben es auch nicht leicht«, sagte ich, tätschelte ihre Hand und ging.

[6]

Es war schon zu spät, um noch mit Droch über Vogls Tochter zu reden. Ich war müde und dachte an Väter, Töchter und Karrieren. Vogl konnte es nicht gewesen sein. Zumindest ging seine Tochter davon aus. Aber die hatte auch an Bellini-Kleins Liebe geglaubt. Ein hübscher Hochstapler. Sie musste einsam gewesen sein.

Andererseits: Es hatte Fälle gegeben, in denen ich mich bei Männern gründlich geirrt hatte. Über Beispiele wollte ich lieber nicht so genau nachdenken. Da war dieser Düsseldorfer gewesen, der ununterbrochen Wagner gehört, Bier getrunken und nach unserer ersten Liebesnacht gesagt hatte: »Jetzt habe ich dich wohl für alle anderen verdorben, Baby.« Er hatte nicht. Ich war vorzeitig mit einem verdorbenen Magen abgereist.

Ich hackte Gismo einen großen Teller voller Hühnerrücken. Sie fraß schnurrend. Ich schlüpfte in bequeme Jeans, schnitt mir gegen den ersten Hunger ein dickes Stück Salami ab, legte einige Oliven auf den Teller, setzte mich vor den Fernseher und kam gerade rechtzeitig zu den Hauptnachrichten.

Die Aktienkurse spielten Jo-Jo. Das war mir ziemlich egal, ich besaß keine Aktien, und um Menschen, die Aktien besaßen, war ich nicht besorgt. In Russland gab es eine Krise, die Parteien stritten über Familienpolitik, eine Schauspielerin war 80 geworden, und in den USA ermittelte wieder einmal jemand wegen einer Sexaffäre eines politischen Gegners. Unsere Politiker schienen mir im Vergleich dazu reichlich lustlos. Entweder hatten sie mehr zu tun oder einen anderen Zugang zur Macht. Ersetzte Macht Sex? Machte Macht geil? Machtstreben als Ersatz bei Impotenz? Eine nette Idee. Darüber sollte ich schreiben. Kein Gift, hatte ich dem Chefredakteur versprochen. Okay.

Das Wetter würde regnerisch und trüb bleiben. Ich stand auf und ging in die Küche. Groß aufzukochen hatte ich keine Lust. Gismo begleitete mich erwartungsvoll. Sie war eben mit ihrer Riesenportion Huhn fertig geworden und schleckte sich das Maul. »Du wirst fett«, sagte ich zu ihr. Sie sah mich verständnislos an. Ich nahm Garnelen aus dem Gefrierschrank. Dann schnitt ich drei Knoblauchzehen feinblättrig, zerhackte einen scharfen getrockneten Peperoncino und schwitzte beides in gutem Olivenöl an. Nun die gefrorenen Garnelen dazu. Vogls Tochter tat mir immer mehr leid. Ihr Liebhaber tot, und ihr Vater derjenige, der alles vertuschte und bloß an den Wahlkampf dachte. Lebendig gemacht hätte es Bellini-Klein allerdings auch nicht, wenn die Ermittlungen weitergegangen wären. Warum hatte er sterben müssen? Vielleicht würde mir dieser Medienguru etwas darüber erzählen können. Allerdings schien es ihm um etwas anderes zu gehen. Vielleicht ein Mediengag. Vielleicht war er auf mich angesetzt, um mich in die Irre zu führen. Seltsame Leute, mit denen ich nun zu tun hatte. Ich würde vorsichtig sein. Unsympathisch war der fette Deutsche jedenfalls.

Ich schnitt zwei dicke Scheiben Weißbrot ab, röstete sie in einer zweiten Pfanne mit einem Hauch Olivenöl und legte sie über die Garnelen. Seufzend öffnete ich eine Flasche trocken-fruchtigen Rheinriesling aus dem Weinviertel und trug alles zu meinem Fernsehplatz. Ich schob einen Hocker unter meine Füße und begann zu essen. In irgendeinem kalten und weit entfernten Meer schwammen Wale. Ich kannte niemanden, der Wale nicht mochte, und ich sah ihnen eine Stunde lang zu. Ihr Leben schien wenige Varianten zu kennen. Meine Blessuren erinnerten mich daran, dass ein ruhiges Leben Vorteile hatte. Abendessen vor dem Fernseher. Die Garnelen waren knackig, die Knoblauch-Peperoncino-Mischung gab ihnen Temperament. Gismo legte sich auf meinen Bauch. Sie mochte keinen Knoblauch, so waren mir die Garnelen sicher.

Irgendwann muss ich eingeschlafen sein. Ich erwachte von der Signation der Spätnachrichten. Anscheinend war ich auf das politische Zeug schon konditioniert. Höchste Zeit, dass der Wahlkampf vorbeiging. Wieder Berichte über turbulente Börsenkurse, Sex und amerikanische Politiker und über einen heimischen Streit in Sachen Landwirtschaft. Dann flimmerte es über den Bildschirm: ein Foto von Georg Schmidt, wieder in einem seidenglänzenden Anzug, neben Vogl. »Georg Schmidt, einer der renommiertesten Politikberater im deutschsprachigen Raum, ist, wie soeben gemeldet wurde, heute Abend tot aufgefunden worden. Er hatte unter anderem bei Präsidentschaftskandidat Wolfgang Vogl unter Vertrag gestanden. Er coachte auch den letzten Präsidenten sowie zahlreiche Spitzenpolitiker im europäischen Raum. Seine Methode des ...«

In dieser Sekunde schrillte das Telefon. Es war Droch.

Eine Viertelstunde später saß ich in Drochs Auto. »Wenn Sie schon mitkommen müssen: Sie bleiben im Auto, das sage ich Ihnen.« Nette Begrüßung.

»Alleine? Ohne Ihren Schutz?«

»Hören Sie schon auf.«

»Ich werde verdammt noch einmal dabei sein.«

»Der Prater ist nichts für Sie.«

»Weil ich noch nie eine Hure gesehen habe? Weil ich in Ohnmacht fallen könnte? Wie gut kennen Sie den Prater eigentlich?«

»Ich weiß, wo wir hin müssen.«

»Wer ...«

»Er hat mir jedenfalls gesagt, wo Schmidt gefunden wurde. Und ich habe ihm versprochen, einen kurzen Blick auf ihn zu werfen und nichts darüber zu schreiben. Gar nichts. Keine Fotografen, keine Kollegen. Hintergrundinformation, nicht mehr.«

Droch hielt in einer verlassenen Seitenstraße. Einige Bars waren noch beleuchtet, aber keine sah einladend aus. Das viele Rot wirkte traurig und ohne Versprechen auf Lust oder Laster. Last, das schon eher. Die ewige Last langer Nächte. Den Eindruck machte auch die alte Hure, die an der Ecke stand. Hätte sie an einem Pullover gestrickt, hätte mich das nicht gewundert.

Droch wuchtete sich in seinen Rollstuhl und fluchte. Straßenkante.

Ich katapultierte ihn auf den Gehsteig. So schnell, dass ich kaum mitkonnte, rollte er voran. Links um eine Ecke, dann in eine Gasse an einem kleinen Park. Droch hielt an.

Zehn Meter von uns entfernt beugten sich einige Männer über etwas am Boden. Es war ein unscheinbarer Tatort. Zwei Streifenwagen, ein weißer Peugeot, keine Blaulichter, lediglich ein kurzes Absperrungsband, und auch das wäre nicht nötig gewesen. Es gab keine Schaulustigen. In dieser Gegend wollte man lieber nicht wissen, was passiert war. Und man wollte schon gar nicht darüber erzählen. Kein einziger Pressefotograf hatte von der Sache Wind bekommen. So etwas war selten. »Sie bleiben hier«, befahl Droch. Ich holte Luft, um zu widersprechen.

Einer der Männer ging zu einem Streifenwagen, und nun war im Licht einer Straßenlaterne der Mensch am Boden deutlich zu sehen. Droch fuhr, von niemandem gehindert, hin. Zwei junge Typen in billigen Lederjacken machten ihm Platz. Schmidt lag auf dem Rücken, die Beine wie im Schlaf angezogen. Der Kopf war nach hinten geneigt, der Mund stand offen. Da kaum Passanten zu erwarten waren, hatte man ihn nicht zugedeckt. Über seiner Brust blinkte es. Ein Messer? Droch war bei der Leiche angelangt und starrte sie an.

»Wer sind Sie? Gehen Sie weiter«, herrschte ihn ein Polizist in Uniform an. Droch sah zu ihm auf und knurrte: »Schwer möglich.« Dann rollte er wieder zu mir.

»Ein Messer in der Brust«, sagte er. »Es ist ganz aus Edelstahl, auch der Griff. Schmidts rechte Hand liegt auf seiner Brust, nur einige Zentimeter vom Messergriff entfernt. Als ob er noch versucht hätte, sich das Messer herauszuziehen. Nur wenig Blut.«

»Sie hätten nicht ...«

»Ein Mann im Rollstuhl fällt nicht auf. So jemanden will niemand sehen.«

Wir gingen in die nächste Bar, und wie nicht anders zu erwarten, wussten dort bereits alle von dem Mord. Droch und ich waren ein eigenartiges Paar. Aber hier war man wohl allerhand gewöhnt. Jedenfalls versuchte man, Droch ein Mädchen auf den Schoß zu setzen. Die junge Frau war unerwartet schüchtern und kam ihm gar nicht grob, als er sie fortschickte. Manchmal hatte seine körperliche Einschränkung eben auch Vorteile. Ich grinste.

Wir saßen an einem erstaunlich sauberen Tisch. »Seien Sie still«, sagte Droch und rief den Ober. Ja, der Mann war bei ihnen bekannt gewesen. Ein Deutscher, wahrscheinlich ein Vertreter. Na, weil er sehr lange nicht gekommen sei und dann wieder eine Zeit lang täglich. Und überhaupt. Ja, für Mädchen hätte er etwas übrig gehabt, aber jetzt müsse er weitermachen, er sei nicht da, um zu plaudern. Droch bestellte zwei Mädchen zum Tisch und bezahlte ihnen absurd teure Drinks. Ich hielt den Mund. Was hätte ich auch sagen sollen? Die Mädchen saßen manierlich auf zwei Sesseln neben ihm. Sie wussten nicht so recht, was von ihnen erwartet wurde. Die eine, wahrscheinlich eine Thailänderin, konnte kaum Deutsch. Die andere war aus Ungarn und wusste von nichts.

Ein größerer Geldschein und unendlich viel Geduld brachten den Kellner dazu, uns zu erzählen, dass der Deutsche im Stoß-Lokal gewesen war. Nachdem er es verlassen hatte, war es dann passiert.

»Hat er gewonnen oder verloren?«

Der Kellner zuckte die Schultern.

»Dann eben nicht, Geld gibt es keines mehr.«

»Er hat verloren. Aber es gab keinen Streit.«

»Kommt hier auch nie vor«, sagte Droch.

Der Kellner fragte gar nicht, warum er das alles wissen wolle. Dass er nicht von der Polizei war, sah er. Und sonst wurde geliefert, wenn dafür bezahlt wurde. Falls es nicht zu gefährlich war. Offenkundig war es das nicht. Ich ging auf die Toilette. Hier konnte mich Droch nicht kontrollieren. Vielleicht brachte uns ein Gespräch unter Mädchen weiter. Ich trödelte im Vorraum herum. Meine Jeans ließen mich nicht eben wie eine von der Konkurrenz aussehen. Vielleicht besser so. Eine Rothaarige kam herein. »Was ist denn mit dir?«, fragte sie. Ich zuckte die Schultern. »Ist auch nicht das Gelbe vom Ei, dein Typ«, sagte sie und zog sich die Lippen nach. »Oder suchst du hier eine, die es ihm ...«

»Nein, wir sind bloß so unterwegs. Und da haben wir von dem Mord gehört.«

»Ich nicht.«

»Da bist du aber die Einzige.«

»Ich bin auch die Einzige, die nicht dumm ist.«

»Hast du ihn gekannt?«

»Wen?«

»Vergiss es.«

»Hab' ich ja schon.«

»Scheiße.«

»Du bist kein Bulle, oder ich bin doch dumm. Vielleicht weiß die Würstelfrau was. Das ist mein Tipp, weil er mir leid tut, der Typ.«

Droch wollte es zuerst noch in einem Automatensalon vis-à-vis probieren, aber auch dort schien niemand etwas gesehen zu haben. Die Burschen, die in einer Ecke mithilfe eines Simulators durch den Sternenhimmel düsten, waren erschreckend jung. Sechzehn, siebzehn. Das Mädchen, das neben ihnen stand, wirkte durch seine Schminke älter.

Nächste Station: Würstelstand. Zwei Betrunkene hielten sich aneinander fest und pöbelten uns an. »Na, Opa, leihst du uns deine Krankenschwester?« Sie fanden sich unglaublich komisch. Die Würstelbudenbesitzerin beschimpfte die beiden und befahl ihnen, die »Kunden« in Ruhe zu lassen. Die beiden steckten die Köpfe zusammen, lallten vor sich hin und kicherten. Mütterlich beugte sich die Würstelfrau zu Droch. »Was darf es denn sein? Ein Langes? Ein Hot dog? Käseleberkäse?«

»Eine Burenwurst. Mit scharfem«, verlangte Droch.

»Der Herr weiß noch, was ein Würstelstand einmal war«, sagte sie leutselig. »Mir auch eine Burenwurst«, rief ich. Sie redete jedoch einfach weiter. »Nicht dass Sie noch überall eine Burenwurst bekommen. Und meine ist besonders gut. Nicht das Zeug aus dem Supermarkt.«

Inzwischen wurde es langsam hell. Im Tageslicht sah man, wie heruntergekommen die Gegend war: abgewohnte Häuser, schmutzige

Gehsteige und ausgebleichte, einstmals grell gefärbte Reklametafeln an den Stripteaselokalen. Der große Abfallcontainer des Würstelstandes quoll vor Dosen und Papptellern über. Die beiden Betrunkenen machten sich aus dem Staub.

»Haben Sie durchgehend offen?«, fragte Droch die Frau.

»Ja, es ist immer etwas los. Während der Ballsaison kommen auch die ganzen feinen Leute hierher, weil es wenige Würstelstände gibt, die durchgehend offen haben und einen nicht vergiften. Meistens bin ich in der Nacht da, weil ich seit dem Tod von meinem Mann sowieso nicht gut schlafen kann. Tagsüber kommt dann mein Sohn, und dann haben wir noch einen Mitarbeiter, wenn wir beide nicht können. Aber nur stundenweise.«

»Waren Sie heute die ganze Nacht da?«

Die Würstelfrau nickte. Natürlich habe sie von dem Mord etwas mitbekommen. Die Polizei habe ja sogar bei ihr Essen geholt. Drei Langos und zwei Hot dogs. »Polizei halt«, sagte sie. Wie klug von uns, Burenwurst zu wollen.

Ob ihr etwas aufgefallen sei?

Das sei sie von der Polizei auch schon gefragt worden. Aber sie könne nicht sehen und auch nicht viel von dem hören, was hinter der Straßenecke vorging. Am Nachmittag müsse sie sich auf der Polizei Fotos anschauen, erzählte sie. Aber das werde nicht viel bringen. In dieser Gegend gebe es einige, die schon zugestochen hätten. So sei das eben. »Mensch ist Mensch«, meinte sie tiefsinnig.

Wir hinterfragten diese Bemerkung nicht. Ob sie den Toten gekannt habe? Ja, das habe sie. Er sei ihr aufgefallen.

»Es gibt solche, die ganz häufig kommen. Und es gibt solche, die ganz selten kommen. Und wann, weiß man nie. Er aber hat einen ganz fixen Stundenplan gehabt. Wenn er gekommen ist, dann hat er zuerst bei mir eine Burenwurst gegessen, wie Sie, aber mit süßem Senf. Das war fast immer so um zehn am Abend. Dann ist er auf ein paar Spiele zum Poldi gegangen, das weiß ich von Bekannten. Aber nie länger als eine Stunde. Nach einer Stunde ist er entweder in die Pipsi-Bar oder ins Suhaela gegangen, und die kann ich ja beide sehen.

Und von dort ist er nach zwei Stunden gegangen. Und jetzt ist er tot.«

Droch pries ihre Burenwurst und versprach, bald wieder vorbeizukommen. Sie fragte nicht, warum wir das alles von ihr wissen wollten.

An der Wohnungstür traf ich auf Vesna Krajner und stutzte. »Was machst denn du hier? Und noch dazu so früh?«

»Ich höre Nachrichten. Wieder ein Toter und wieder Wahlkampf. Ich passe auf dich auf, Mira Valensky.«

»Okay. Ich muss mich duschen und dann sofort in die Redaktion.«

»Noch ein Toter.«

Ich sah sie an. Meine Putzfrau war wirklich besorgt.

»Woher kommst du überhaupt, Mira Valensky?«

»Vom Prater. Tatort.«

»Mira Valensky, das ist ...«

»Ich war nicht allein. Und du hast anderes zu tun. Ich ruf dich an.«

»Ich begleite dich, Mira Valensky, und ich hole dich wieder ab. Bodyguard. Ich bin schlau.«

Ich war übermüdet, mir ging das Herz über, ich umarmte Vesna, küsste sie auf die Wange und begann mich dann zu fürchten. Die Szenerie im Prater war zu unwirklich gewesen. Und Droch war da gewesen. Als ob er mir hätte helfen können. Aber bisher hatte ich gar nicht daran gedacht. Der Mord an Schmidt vergrößerte die Wahrscheinlichkeit, dass auch ich in Gefahr war. Da war ein Verrückter am Werk. Oder jemand mit einem Plan. Ich wusste nicht, was ich schlimmer finden sollte.

Nach einer halben Stunde war ich geduscht, hatte mir den Geschmack der Burenwurst aus dem Mund gespült, etwas Whiskey nachgegossen und war mit Vesna aufgebrochen. Gemeinsam, und ohne ein Wort zu reden, fuhren wir mit der U-Bahn die drei Stationen und gingen bis zu dem Haus, in dem die Redaktion untergebracht war. Vor dem Eingang sah ich meine Putzfrau an. Eine unauffällige Frau. Braune Stoffhosen, ein rotes Männerhemd, eher klein als groß, vielleicht so alt wie ich, vielleicht ein paar Jahre älter. Seltsam, ich hatte Vesna nie danach gefragt. Vesna, die Putzfrau, Vesna, die Mutter, Vesna, der Flüchtling.

»Warum tust du das?«, fragte ich.

»Abenteuer«, grinste Vesna. »Zu ruhig hier.«

Kluge Vesna. Jetzt grinste auch ich. Das Ganze war ein Spiel, nicht mehr, nur ein Spiel.

In der Redaktion wurde mir gesagt, dass ich in zehn Minuten zum Chefredakteur kommen sollte. Wieder einmal. Ich bemerkte, dass mich mein Tischkollege Otmar eher feindselig betrachtete. »Was ist?«, fragte ich herausfordernd.

»Das hast du geschickt eingefädelt.« Er lehnte sich gegen den Schreibtisch und ließ seine rechte Ferse immer wieder gegen das Tischbein schlagen.

»Was?«

»Schmeichelt sich ein bei Droch, und schon ist sie Sonderreporterin. Lifestyle ist der Dame offensichtlich zu minder. Mehr am Karrieretrip, oder?«

»Du spinnst.«

»Bei der Frühsitzung hat es der Chefredakteur gesagt. Du kümmerst dich um die Mordsachen im Wahlkampf. Als ob wir keine Gerichtsreporter hätten. Und keine Lokalreporter, die sich auskennen. Mira, die Tochter, ausgerechnet.«

An der Frühsitzung nahm ich nie teil. Das tat nur, wer musste oder tatsächlich am Karrieretrip war. Das war keine Zeit für Journalisten, schon gar nicht für solche mit Abendterminen. Aber unser Chefredakteur war Frühaufsteher. Er musste damit irgendetwas beweisen. Was auch immer. Otmar wartete schon lange auf eine Versetzung. Er wollte zur Politik, lieber aber noch zur Chronik. Das entsprach seinem Hang zu Action. Oder zu dem, was er darunter verstand.

»Und du tust immer so, als würde dich Politik nicht interessieren.«

»Interessiert mich auch nicht.«

Er drehte sich um und ging. Die meisten Schreibtische waren noch leer. Aber einige spöttische Blicke trafen mich dennoch. Auch das noch. Ich wünschte, Susanne wäre schon aus dem Urlaub zurück. Susanne war die Kollegin, mit der ich mich am besten verstand. Aber Susanne war noch zwei Wochen auf Mauritius.

Ich sollte mich damit nicht aufhalten. Ich setzte mich vor den Computer und überflog die Agenturmeldungen. Wenige Details. Schmidt war um 23 Uhr im Prater tot aufgefunden worden. Das Messer steckte noch, es hatte ihn genau ins Herz getroffen. Wusste ich schon. Eine Profiarbeit, vermutete die Polizei. Im Prater. Prater, das bedeutete harmlose Vergnügungen. Prater, das bedeutete aber auch illegales Glücksspiel, Zuhältermilieu, Strip-Bars, viel und schlechten Alkohol. Mir wurde schon in der Geisterbahn übel. Im Hotel Sacher hatte er mich treffen wollen. Der Prater und das Hotel Sacher. Seltsame Gegensätze. Ich musste alles über Schmidt herausfinden, was zu erfahren war – noch bevor da einiges geschönt und geglättet wurde.

Die Wahlkampfleitung von Vogl war schon aktiv geworden. In einer langen Presseaussendung gab sie bekannt, dass sie sich schon vor einer Woche von Schmidt getrennt habe. »Unüberbrückbare Gegensätze in der Anschauung«, hieß es. Das klang mehr nach Sekte als nach Politik. Schon wieder einer, der zuerst geschasst und dann tot aufgefunden wurde. Aber etwas war anders als bei Bellini-Klein. Ich hatte Schmidt gesehen, ich hatte mit ihm gesprochen. Und zwar fast eine Woche nachdem er angeblich aus dem Wahlkampfgeschäft gewesen war. Hatte er Angst gehabt, als er mich um das Treffen gebeten hatte? Wenn ja, war es ein Fehler gewesen, seine Angst hinter diesem Befehlston zu verbergen. Vielleicht würde er noch leben, wenn ich mich mit ihm getroffen hätte. Oder auch nicht. Ich empfand keine Schuld, sondern eine Mischung aus Angst und dem Drang zu erfahren, was da im Gange war. Ich wusste nicht, was von beidem überwog.

Der Taxifahrer erzählte mir etwas über steigende Zigarettenpreise. Schmidts Ermordung war nicht für alle Thema Nummer eins. Kaum steckte man in einer Geschichte, nahm man rundum schon nichts mehr wahr. In Vogls Wahlkampfzentrale steuerte ich zielsicher auf Orsolics' Zimmer zu. Im Hauptquartier war alles unverändert und so munter-geschäftig wie immer. Ich klopfte an Orsolics' Tür und drückte im selben Moment die Klinke. Das Zimmer war abgesperrt. Mein Plan war damit zunichte. Irritiert stand ich vor der Tür. Also dann zu Chloe Fischer. Es wäre einfacher gewesen, Orsolics zu überrumpeln. An der Tür von Chloe Fischers Büro noch einmal das gleiche: klopfen und Klinke drücken. Die Polstertür ließ sich öffnen. Wie erstarrt sah mich die im Zimmer versammelte Gruppe an. Chloe Fischer, aufrecht hinter ihrem Schreibtisch stehend, beide Hände auf den Tisch gestützt. Vor ihr – ebenfalls stehend – Orsolics, der ehemalige Nationalbankpräsident und jetzige formelle Wahlkampfleiter, Vogl und der Pressesprecher.

»Was machen Sie hier?«, fragte Chloe Fischer nach einer langen Sekunde des Schweigens mit eisiger Stimme.

»Ich suche nach Informationen.«

»Lassen Sie sich einen Termin geben. Auf Wiedersehen.«

»Schmidt wollte sich mit mir treffen. Aber es kam nicht mehr dazu. Davor wurde er ermordet.«

Schweigen. Vogl drehte sich zu mir um. Zum ersten Mal gelang es ihm nicht, kompetente Zufriedenheit auszustrahlen. Vielleicht hing es damit zusammen, dass ihm kein passendes Lächeln einfiel. »Was wollte Schmidt von Ihnen?«

Ich zuckte mit den Schultern und überlegte fieberhaft. Ich hatte völlig unüberlegt drauflosgeredet, improvisiert. Blödsinn. Wenn jemand in diesem Raum mit den Todesfällen zu tun hatte, dann war ich dabei, mir selbst eine Grube zu graben. »Ich weiß es nicht. Er wollte mit mir reden.«

»Und warum?« Das war Orsolics, der sich auch zu mir umgedreht hatte.

»Ich weiß es nicht. Er wollte es mir nicht sagen. Jedenfalls war er gestern hier. Und das, obwohl Sie angeblich schon vor einer Woche die Beziehungen abgebrochen haben. Eigenartig, finden Sie nicht auch?«

Chloe Fischer stand noch immer an ihrem Schreibtisch, die Hände aufgestützt. Ihre Halsschlagader pulsierte unter der weißen Haut. »Er hat sich seine Unterlagen abgeholt. Ich müsste Ihnen das nicht erzählen, ich sehe auch keinen Grund, warum wir gerade mit Ihnen zusammenarbeiten sollten.«

»Vielleicht, weil ich mehr weiß. Und weil ich darüber schreiben werde.«

Vogl trat zwei Schritte auf mich zu. Jetzt war ihm wieder ein Lächeln eingefallen. Er lächelte verzeihend und etwas müde. »Dann sollen Sie die ganze Wahrheit erfahren. Die ganze Wahrheit, wir werden sie auch in einer Pressekonferenz sagen.«

Nun kam auch Orsolics auf mich zu, legte mir einen Arm um die Schulter und führte mich zum Schreibtisch. »Wir haben gerade über das traurige Ereignis geredet.«

Mein »Tatsächlich?«, behielt ich für mich.

Vogl nickte Chloe Fischer zu. »Erzählen Sie bitte noch einmal. Und beginnen Sie von vorne.«

Fischer referierte beherrscht. »Die Gründe für die Trennung von Georg Schmidt liegen auf der Hand. Er war zu keiner Zusammenarbeit mit unserem Team bereit, er war nicht bereit, sein Konzept auf unsere Werbelinie abzustimmen, und er hielt Coachingtermine nicht ein. Abgesehen davon war er auch unserem Kandidaten gegenüber von einer unerträglichen Überheblichkeit.«

Es klang, als würde sie über Schmidt zu Gericht sitzen. Die Geschworenen befanden ihn alle für schuldig, bloß war er schon tot.

»Georg Schmidt war gestern – ohne mich oder sonst jemanden darüber zu informieren – noch einmal im Wahlkampfbüro und hat Unterlagen mitgenommen. Nach einer ersten Überprüfung fehlt nichts, es dürfte sich um seine eigenen Unterlagen gehandelt haben, die er laut Auskunft von Frau Müller in einem Aktenschrank aufbewahrt hatte. Schautafeln, Ordner und so.« Chloe Fischer stand noch immer kerzengerade da und hatte beide Hände auf die Tischplatte gelegt. Mir fiel das kleine Zittern in ihrer Stimme auf, wenn sie einen Satz beendete. Wut? Angst?

Man teilte mir mit, dass es noch vor den Mittagssendungen eine Presseerklärung geben werde.

Orsolics scharrte mit seinem braunen Wildlederschuh auf dem dicken Teppich und sagte dann: »Ich möchte etwas hinzufügen, was wir in der Pressekonferenz so nicht sagen werden. Aus Pietätsgründen. Aber Sie werden es ohnehin herausfinden. Wir wissen, dass er oft in zwielichtiger Gesellschaft verkehrte, dass er gerne über den Durst trank und dass er es bisweilen« – Orsolics hüstelte – »mit Huren trieb. Auch das war mit ein Grund, warum wir uns von ihm getrennt haben. Das passte nicht zum Charakter unserer Wahlbewegung.«

»Ein Sicherheitsrisiko«, erwiderte ich.

»Moralisch nicht zumutbar.«

Chloe Fischer fuhr sich durch ihre sorgsam frisierten Haare. »Ich habe noch heute Nacht, als mich die Polizei bei einer Party bei Freunden erreichte, einige Kontakte aktiviert, um nähere Erkundigungen einzuziehen.«

»Kontakte zum Rotlichtmilieu?«, witzelte Orsolics.

Er erntete einen eisigen Blick. »Wir müssen die Polizei zu schnellsten Ermittlungen antreiben«, setzte Fischer fort. »Es ist naheliegend, dass er von irgendeinem Unterweltler ermordet wurde.«

Dem stimmten alle zu.

Auf die Idee, dass Schmidt und Bellini-Klein wegen ein und derselben Sache gestorben sein könnten, schien hier niemand zu kommen.

»Was soll es da für eine Verbindung geben? Bellini-Klein hat, das ist amtlich erwiesen, Selbstmord begangen. Und das ist bei seiner Vorgeschichte nachzuvollziehen«, sagte Chloe Fischer.

Alle nickten. Besonders heftig nickte Vogl.

»Sie müssen uns jetzt entschuldigen«, sagte Chloe Fischer, gab dem Wahlkampfleiter und dem Pressesprecher ein Zeichen, und die beiden folgten ihr.

»Sie muss den alten Mann entsprechend vorbereiten. So eine Presseerklärung ist eine heikle Sache, aber er war ja immerhin zwölf Jahre Minister, bevor er in der Nationalbank ... Da wird hoffentlich etwas haften geblieben sein. Aber Sie wissen ja schon alles. Und mehr. Sie waren schneller. Gratulation.« Orsolics sprach mir direkt ins Ohr. Ich wollte von Politik nichts mehr hören.

Wolfgang A. Vogl nickte mir zu, schüttelte mir reflexartig die Hand und ging an mir vorbei in sein Zimmer.

»Schlimm, diese Sache«, sagte ich zu Orsolics, um ihn zu weiteren Erklärungen zu animieren.

»Dabei kommt jetzt ein japanisches Fernsehteam.«

Er irrte sich. Das Team war schon da und filmte im Hauptquartier die geschäftigen schönen jungen Menschen in ihren Vogl-T-Shirts. Es schien den drei Japanern zu gefallen, was sie sahen. Ich trödelte herum und wurde Zeugin eines Interviews, das ganz und gar nichts mit der Ermordung Schmidts zu tun hatte. Man hatte Vogl und den Reporter vor der Kulisse der aktiven Wahlkampfmitarbeiter aufgebaut.

»Schade, dass Ihr Fotograf heute nicht mit ist«, raunte mir Orsolics zu.

Das japanische Fernsehteam wollte mehr über Wien und die Stadt Salzburg, über Geschichte und Musik wissen als über Politik. Als der Reporter Vogl in gutem Deutsch fragte, ob es denn wahr sei, dass er mit dem zweiten Namen Amadeus heiße, erschien mir die Szenerie so irreal wie nie zuvor.

Inzwischen steckten zwei junge Männer mit blonden langen Koteletten die Köpfe mit Orsolics zusammen. Zweimal sahen sie dabei in meine Richtung. Zwei junge Männer ... Ich überlegte. Unsinn. Der eine war über einen Meter neunzig. Und es war vielleicht doch etwas weit hergeholt, dass sich das Wahlkampfbüro eine eigene Schlägertruppe hielt. Orsolics kam mit den beiden zu mir herüber. »Das sind zwei Mitarbeiter von der Gruppe Gegnerbeobachtung.«

Gegnertruppe, nicht Schlägertruppe. Ich sah den Langen aufmerksam an. »Johanna Mahler will diese Sache politisch ausschlachten. Das Bündnis hat heute früh eine Krisensitzung gehabt«, erzählte er.

Vielleicht ihre letzte Chance. »Und?«

Der Lange sah mich mit leerem Blick an. Orsolics assistierte. »Das passt wohl nicht ganz zu ihrem humanen Image, dass sie einen Mord zum Vorwand für eine Attacke nimmt, oder?«

Ich zuckte die Schultern. Vielleicht sollte ich im Büro der anderen vorbeischauen. Schlechtestenfalls eine Abrundung der Story für nächste Woche. Bestenfalls irgendwelche Informationen, die mit dem Mord zusammenhingen. Ich hatte immer mehr den Eindruck, dass ich erst dann Ruhe haben würde, wenn ich wusste, was geschehen war.

Zu Johanna Mahler vorzudringen war nicht weiter schwierig. Wessely war unterwegs, eine Mitarbeiterin klopfte an ihre Tür. Frau Mahler rief: »Ja!« Und ich trat ein. Sie saß vor einem Buch und hielt einen Kugelschreiber in der Hand. »Störe ich?«, fragte ich.

Sie seufzte. »Nein, ich habe gerade einige Notizen nachgetragen. Eine Art politisches Tagebuch. Ich habe mir gedacht, es könnte interessant sein, meinen Ausflug in die Politik festzuhalten und vielleicht ein Buch daraus zu machen. Inzwischen bin ich mir da nicht mehr so sicher. Denn Seelenstriptease will ich keinen machen. Und an meinem Stundenplan werden wohl wenige Interesse haben. Eine ähnliche Tour wie der Regierungskandidat mit einem Zehntel des offiziellen Budgets und mit keinerlei Unterstützung durch öffentliche Stellen oder große Wirtschaftsunternehmen. Aber ich will nicht klagen. Deswegen sind Sie nicht gekommen.«

»Der Mord an Schmidt.«

»Ich werde eine Presseerklärung abgeben. Ehrlich gestanden muss ich mir erst überlegen, was ich sagen soll.« Mahler wirkte müde.

»Es vergrößert ihre Chancen.«

»Meinen Sie?« Johanna Mahler lächelte. »Wenn Vogl es nicht selbst war ...« Sie zuckte zusammen. »Vergessen Sie das, ich bitte Sie, vergessen Sie das auf der Stelle. Man redet manchmal dummes Zeug, und wenn das dann irgendwo steht ...«

»Ich vergesse es. Halten Sie es für möglich?«

»Nein.«

»Warum?«

»Er hat andere Methoden. Aber vergessen Sie auch das.«

Gleichklang zwischen Droch und Mahler. Das würde Droch nicht gefallen, er mochte Mahler nicht. »Kannten Sie Schmidt?«

»Wir konnten uns ein solches Kaliber nicht leisten. Ich habe ihn einmal kennengelernt, bei einer Talkshow. Es ging um die Aufarbeitung des Holocaust und um die Frage, ob das Marketing der jüdischen Organisationen richtig ist. Ich kann mich nicht mehr daran erinnern, was er gesagt hat.«

»Und in letzter Zeit?«

»Er hat für Vogl gearbeitet. Er war immer um ihn herum. In den wenigen Fällen, in denen wir uns begegnet sind, ist er immer um Vogl herumgetanzt. Er war ein Selbstdarsteller. Im Eigenmarketing jedenfalls war er gut. Aber ich habe nie mit ihm geredet.«

»Hat er viel gewusst?«

»Das müssen Sie die Vogl-Leute fragen. Aber ich würde annehmen ... Er war der Typ, der seine Nase in fremde Angelegenheiten steckte. Er hatte null Respekt, er hatte überall seine Finger drin. Aber das dürfen Sie natürlich auch nicht zitieren.«

Ich nickte. Sie schien nichts zu wissen. Dass Schmidt ein aufdringlicher Kerl gewesen war, hatte ich selbst festgestellt.

»Ich muss mich noch auf die Presseerklärung vorbereiten«, sagte Johanna Mahler entschuldigend, »gleich wird mein Pressesprecher kommen und mit mir darüber reden wollen.«

»Sie meinen, er wird versuchen, Ihnen irgendwelche Texte aufs Aug' zu drücken«, meinte ich lächelnd.

Johanna Mahler erwiderte mein Lächeln müde. »Ich lasse mir nichts aufs Aug' drücken.«

Aber ja doch.

»Ich bin die politische Alternative zu Vogl, und das hat auch mit einem anderen Stil zu tun. Obwohl ich mich manchmal frage, wie viel anderen Stil die Politik verträgt. Nein, wie viel anderen Stil die Politiker und die Politikjournalisten vertragen. Aber wenn es um Vermittlung geht, ist das ein und dasselbe. Vergessen Sie das. Ich bin zu früh aufgestanden. Sie haben mich in der Nacht geweckt, als die Schmidt-Sache bekannt wurde. Ich bin keine Frühaufsteherin.«

Die Frau wurde mir zunehmend sympathisch.

»Ich stehe nicht sonderlich auf Politik, ich bin da bloß hineingerutscht.«

Sie sah mich groß und ernst an. »Politik gestaltet unser aller Zusammenleben. Politik ist enorm wichtig.«

Es wirkte nicht einmal wie auswendig gelernt. Sendungsbewusstsein ging mir trotzdem auf die Nerven. Sympathie konnte eine Sache von Sekunden sein.

»Wie stehe ich zum Prater, zu Huren und zu Glücksspielen? Wissen Sie, dass ich mir darüber noch nie Gedanken gemacht habe? Der Wahlkampf zwingt mich zu neuen Gedanken, das ist wahrscheinlich das Beste daran.«

Ich hörte ihr zu, obwohl es sich eher um einen Monolog zu handeln schien.

»Das moralische Getue, das mir umgehängt wird, geht mir auf die Nerven. Ich habe etwas gegen Zuhälter, nicht gegen Huren. Und Glücksspiel? Die staatlichen Kasinos machen deutlich mehr Umsatz als die Strizzis im Prater. Der Finanzminister nimmt das Kasinogeld gerne. Das werde ich sagen oder zumindest so etwas Ähnliches. Der Mord soll im Rotlichtmilieu begangen worden sein. Mord kann jedoch in jedem Milieu vorkommen. – Mord kann in jedem Milieu vorkommen. – Das ist gut.« Sie lächelte und straffte sich. Jetzt wirkte sie wie eine Politikerin.

Zurück zur Redaktion. Ich bezog ein eigenes Zimmer, zwei Türen von Droch entfernt. Bloß für die Dauer der Ermittlungen, und bloß weil der Chefreporter ohnehin vier Wochen in China unterwegs war. »Optimale Nutzung«, nannte das der Chefredakteur. Kein Wunder, dass meine Kollegen sauer waren. Privilegien bei anderen hatte man nicht so gerne. Sollen sie sauer sein, dachte ich. Ein eigener Schreibtisch. Vielleicht lohnte es sich doch, nach mehr zu streben. Eigentlich seltsam, Politik war meinem Blatt gar nicht so wichtig. Aber die meisten Einzelzimmer gab es für Redakteure des Politikressorts. Ich sollte eng mit Droch zusammenarbeiten, hatte mir der Chefredakteur eingeschärft.

Droch war noch immer nicht im Haus. Offenbar hatte er sich einige Stunden schlafen gelegt. Oder konnte es sein, dass er ohne mich weiterzurecherchieren versuchte? Ob ich ihn daheim anrufen sollte? Es war lächerlich, sich Sorgen zu machen. Droch war seit Jahrzehnten im Geschäft. Ich war der Politikneuling. Es war helllichter Tag, was sollte ihm zustoßen? Warum sollte ihm überhaupt etwas zustoßen? Bei mir konnten es Handtaschenräuber gewesen sein. Bellini-Klein hatte Selbstmord begangen. Und Schmidt war ermordet worden. Ein Mord im Prater, nur einige Schritte von einem berüchtigten Lokal entfernt, in dem Stoß gespielt wurde. Wie dieses Spiel ging, wusste ich nicht, es war jedenfalls ein verbotenes Kartenspiel, über das irgendein Exstrizzi sogar ein Buch geschrieben hatte. Ich war damals bei der Präsentation gewesen. Amüsant, wie Wiens bessere Gesellschaft plötzlich die Unterwelt als letzten Schrei entdeckt hatte. Offenbar war den Schickimickis langweilig, ich konnte es ihnen nicht verdenken. Ob es Strizzis und deren Frauen lustiger hatten? Das war zu bezweifeln.

Wo steckte Droch?

Elf Uhr. Improvisierte Pressekonferenz im Wahlbüro des Bündnisses. Zwei Fernsehteams, eine Radioreporterin und eine Hand voll Journalisten und Fotografen warteten auf Johanna Mahler. Ich stand an die Wand gelehnt und beobachtete. Mahlers Pressesprecher sah nervös auf die Uhr. Da betrat die Kandidatin mit ernstem Gesicht den Raum. »Fangen Sie an, oder sollen wir Sie etwas fragen?«, fragte ein sehr junger Fernsehreporter, den ich nicht kannte.

»Sie wollten etwas von mir wissen«, antwortete Johanna Mahler ruhig. Sie hatte sich umgezogen und trug eines ihrer weichen Leinenkostüme. Leger und telegen.

»Was sagen Sie zum Tod von Georg Schmidt? Wird der Vorfall Auswirkungen auf Ihren Wahlkampf haben?«

»Auf meinen sicher nicht, denn er war nicht mein Berater.«

Einige lachten. »In einer Presseaussendung Ihres Büros wird auch der Selbstmord von Bellini-Klein erwähnt. Sehen Sie da einen Zusammenhang? Glauben Sie, dass die Mordspur ins Wahlbüro Ihres Gegners führt?«

Johanna Mahler hob den Kopf ein wenig. »Ich fordere die Polizei auf, möglichst rasch und ohne Vorurteile zu ermitteln.«

»Auch gegen Vogl und sein Team?«

»Das habe ich nicht gesagt. In alle Richtungen, in denen die Polizei Verdachtsmomente ortet. Mir wäre es zu kurz gegriffen, das Rotlichtmilieu für den Mord verantwortlich zu machen. In jedem Milieu kann ein Mord geschehen.«

»Auch im Wahlkampfmilieu?«

»Ich rede davon, dass auch für die Menschen im Rotlichtmilieu Wiens die Unschuldsvermutung gelten muss. Ebenso wie für mich – oder für Wolfgang Vogl.«

»Aber warum versuchen Sie dann, Vogl in die Nähe eines Mordes zu rücken?« Diese Frage kam von einem jungen Mann, den ich kannte: Er war über einen Meter neunzig und hatte supermodische Koteletten.

»Ich versuche keinesfalls, Wolfgang Vogl oder sein Team in die Nähe eines Mordes zu rücken«, sagte sie geduldig. »Was ich möchte, ist, dass die Unschuldsvermutung für alle gilt.«

»Glauben Sie, dass Ihre Chancen im Wahlkampf durch den Mord an Georg Schmidt gestiegen sind?«

»Ich werde weitermachen wie bisher. Mir geht es um einen neuen Stil in der Politik. Um Chancen für alle Menschen. Um ein wirksames Korrektiv …« Die Kamerateams schalteten ihren Scheinwerfer aus. Johanna Mahler sprach über ihr Wahlprogramm, über den Vorrang des Menschen vor der Maschine und über Sozialpakete. Ein wenig später packten auch die letzten Journalisten zusammen. Die TV-Teams rasten davon. Um zwölf Uhr musste gesendet werden. Die meisten Redakteure hetzten zu Vogls Wahlkampfzentrale.

Zwölf Uhr. Improvisierte Pressekonferenz in Vogls Wahlkampfbüro. Vor einem Plakat, auf dem Vogl mit optimistischen Menschen über eine Wiese schritt, standen der Wahlkampfleiter, der Pressesprecher und – mehr im Abseits als üblich – Chloe Fischer. Fernsehteams, einige Hörfunkredakteurinnen, ein Pulk von Printjournalisten und Fotografen kämpften um die besten Plätze. Ich entdeckte zum Glück eine Kiste und kletterte hinauf. Nun war ich hoch genug, um auch von weiter hinten einen guten Überblick zu haben. TV 1 würde live auf Sendung gehen. Alle warteten auf das Handzeichen des Regisseurs – still und angespannt. Das Zeichen kam, Rotlicht, der Redakteur begann zu sprechen: »Wir stehen hier in der Wahlkampfzentrale von Wolfgang A. Vogl. Der Kandidat selbst ist zu keiner Stellungnahme über den Mord an seinem ehemaligen Medientrainer bereit. Warum, frage ich seinen Wahlkampfleiter.«

Das vorbereitete Programm wurde abgespult. Die Zusammenarbeit mit Schmidt sei beendet worden. Danach einige Sätze über Schmidts Kontakte zur Unterwelt und zu den Ermittlungen der Polizei. Man wisse, dass Schmidt in einem Lokal war, das für verbotene Glücksspiele berüchtigt sei. Die Polizei wurde aufgefordert, rasch weiterzuermitteln. Der alte Wahlkampfleiter machte seine Sache gut. Das fand auch Chloe Fischer. Sie lächelte im Schatten der Scheinwerfer, nahe genug, um jederzeit eingreifen zu können.

Dann wieder der Redakteur: »Auch Johanna Mahler hat die Polizei aufgefordert, rasch zu handeln. Ich bitte die Regie, uns den kurzen Beitrag einzuspielen.«

Auf einem Monitor konnten wir den Bericht mitverfolgen. Er zeigte Johanna Mahler mit ernstem Gesicht. »Glauben Sie, dass die Mordspur ins Wahlbüro Ihres Gegners führt?«

Johanna Mahlers Antwort: »In jedem Milieu kann ein Mord geschehen.«

Frage aus dem Hintergrund: »Aber warum versuchen Sie dann, Vogl in die Nähe eines Mordes zu rücken?«

»Ich versuche keinesfalls, Wolfgang Vogl oder sein Team in die Nähe eines Mordes zu rücken.«

Danach der Text eines Redakteurs, während die Bilder von der Pressekonferenz Johanna Mahlers weiterliefen. »Sie wird es nicht leicht haben, das zu leugnen. Es könnte auch die letzte Chance für das Bündnis sein. Jüngsten Umfragen zufolge liegt Mahler bei maximal 18 Prozent der Stimmen. Wolfgang A. Vogl kann über 60 Prozent der Stimmen für sich verbuchen. Aber noch hat das Wahlvolk nicht gesprochen. Und damit wieder zurück ins Wahlkampfquartier von Wolfgang A. Vogl.«

Das Rotlicht der Kamera flammte erneut auf, und Vogls Wahlkampfleiter tat das, was Chloe Fischer mit ihm ganz sicher trainiert hatte. Er setzte ein empörtes Gesicht auf und sagte: »Das disqualifiziert sich von selbst. Es muss unserer Mitbewerberin sehr schlecht gehen, wenn sie einen Mord benützen muss, um Wolfgang A. Vogl in den Dreck zu ziehen. Dass ihre politischen Argumente keine Kraft haben, zeigen die Umfragen zur Genüge. Ich frage Sie« – ein theatralischer Blick in die Runde –, »wem mit diesem Mord geschadet werden soll? Wolfgang A. Vogl. Und wem nützt der Mord? Seinen Gegnern. Das sollte man nicht vergessen, wenn in allen Milieus« – er spuckte das Wort förmlich aus – »ermittelt werden soll.« Beeindruckend. Wie im Fernsehen.

Nach der nächsten Frage fuhr der alte Profi wesentlich ruhiger fort. »Was es jetzt zu tun gibt, ist einfach. Die Polizei muss wie in jedem Fall allen Spuren rasch und sorgfältig nachgehen. Erste Ermittlungen lassen den Schluss zu, dass sich Schmidt leider weit mehr im Rotlichtmilieu bewegt hat als in Parteizentralen.«

Einige Journalisten lachten leise.

Johanna Mahlers Aussagen bei der Pressekonferenz waren brutal zusammengeschnitten worden. Nun wirkte es so, als hätte sie Vogl und seine Leute mehr oder weniger direkt des Mordes bezichtigt. Am Argument des Wahlkampfleiters war etwas dran. Vogl lag haushoch in Führung. Ihm konnte der Mord nur schaden. Mahler galt als chancenlos. Der Mord und das bloße Gerücht, Vogl sei darin verwickelt, konnten das ändern. Vielleicht. Aber die Idee, das Bündnis könnte eine Reihe von Vogl-Mitarbeitern um die Ecke bringen, bloß um Mahlers Wahlchancen zu erhöhen, war schon sehr absurd.

Die Pressekonferenz war zu Ende. Chloe Fischer hatte sich heute vornehm zurückgehalten. Normalerweise war sie gerne mit im Bild. Aber als Werbefrau wusste sie wohl, dass es besser war, im Zusammenhang mit gewissen Themen erst gar nicht aufzutauchen.

Versuche, im Gespräch mit einigen Wahlkampfmitarbeiterinnen noch irgendwelche Details über den Mord und die politischen Folgen herauszubekommen, verliefen im Sand. Die jungen Frauen waren über Johanna Mahler hellauf empört. »Jetzt hat sie sich enttarnt«, sagte eine, »der glaubt man ihre Menschenfreundlichkeit nicht mehr so schnell.«

Am frühen Nachmittag erhielten einige Medien Dossiers über Schmidt zugespielt. In meiner Redaktion war es direkt an den Chefredakteur gegangen. Er rief Droch und mich zu sich und nannte so lange Details aus dem Privatleben Schmidts, bis Droch sagte: »Wer hat Ihnen das gegeben?«

Der Chefredakteur, 20 Jahre jünger als Droch, wusste nie so recht, wie er mit ihm umgehen sollte. Er antwortete wichtig: »Niemand gibt seine Informanten preis.«

»Wollen Sie die Story schreiben?«

»Natürlich nicht.«

»Dann geben Sie uns die Unterlagen. Oder wollen Sie es sich leisten, dass wir hinter den anderen nachhinken? Wir müssen allen Informationen nachgehen und weiterrecherchieren.«

Das war der Ton, der zog. »Streng vertraulich«, sagte der Chefredakteur feierlich und übergab Droch eine unauffällige Mappe, die mit zwei roten Klammern zusammengehalten wurde.

»Von wem ist sie?«

»Ich habe eben auch meine Quellen.«

Kommentarlos rollte Droch mit der Mappe auf seinem Schoß hinaus.

»Ja dann ...«, sagte ich.

»Ich will über alles informiert werden. Ständig«, forderte der Chefredakteur.

»Natürlich«, sagte ich und folgte Droch.

In Drochs Zimmer platzte ich heraus: »Ich weiß, woher die Mappe ist.« Droch sah mich an. »Sie kommt direkt aus Vogls Wahlzentrale. Die roten Klammern. Es war eine Aktion der linken Gewerkschafter. Der Wahlkampfstab sollte rote Klammern verwenden – als Erinnerung an die Klammern der Vergangenheit und so ...«

Droch nickte und erzählte mir von seinem vormittäglichen Besuch. Doch seine Recherchen in der Polizeidirektion hatten nichts erbracht, was wir nicht schon wussten. Einige Zeugen konnten präzisieren, wann Schmidt das Stoßlokal verlassen hatte. Es war ein paar Minuten nach elf gewesen. Und man hatte zwei Huren vernommen, die mit Schmidt in den letzten Monaten intim gewesen waren. Immer abwechselnd, offenbar hatte Schmidt mehr Wert auf Methode als auf Stimmungen gelegt.

»Warum haben Sie mich nicht angerufen?«

»Wollen Sie mit mir Händchen halten?«

»Ein Mann im Rollstuhl ...«

»Spielen Sie ja nicht die Krankenschwester! Es ist nicht mein Gehirn, das gelähmt ist.«

»Ich möchte es beim nächsten Mal wenigstens wissen. Ich erzähle Ihnen ja auch, was ich in der Sache unternehme.«

»Mira«, sagte Droch erstaunlich mild, »ich bin seit mehr als 35 Jahren Reporter. Und ich bin einiges gewohnt.«

»Ich weiß, Sie sind ein Held. Kriegsberichterstatter und all das. Und ein fast tödlicher Unfall mitten im Krieg. Aber das ist 30 Jahre her.« Ich hatte viel zu viel Gefühl in meine Stimme gelegt. Ich wusste, dass Droch das nicht mochte. Ich mochte es eigentlich auch nicht. Offenbar zerrten der Mord und die Nacht im Prater an meinen Nerven. Spöttisch fuhr ich fort: »Sie sind schließlich nicht mehr der Jüngste.«

Droch schüttelte den Kopf. »Helden gibt es nicht. Und fangen Sie mir jetzt nicht mit Mutter Theresa an.«

Ich grinste. Die Situation war gerettet.

Gemeinsam gingen wir das Dossier über Schmidt durch. Die Würstelfrau hatte sich nicht geirrt. Schmidt hatte fixe Gewohnheiten. Jemand aus dem Wahlbüro musste ihn verfolgt haben. Denn nicht alle Details fanden sich in den bisherigen Polizeiberichten.

Am Abend wurde ein gewisser Franz K. festgenommen. Er stand unter Verdacht, Georg Schmidt erstochen zu haben. Franz K. hatte ein langes Vorstrafenregister. Messerstechereien spielten darin eine ebenso prominente Rolle wie Zuhälterei und unerlaubtes Glücksspiel. Ein anonymer Hinweis hatte zu Franz K. geführt, der vor einigen Tagen einen heftigen Streit mit Georg Schmidt gehabt hatte. Es war um komplizierte Geldgeschäfte gegangen. Franz K. hatte die Bezahlung einer Hure eingefordert. Schmidt hingegen hatte behauptet, Spielschulden von Franz K. gegenverrechnet zu haben. Der Streit war auch politisch eskaliert. Franz K. habe Schmidt als politischen Hurenbock bezeichnet, was darauf schließen ließ, dass einige sehr wohl über Schmidts anderes Leben Bescheid gewusst hatten. Schmidt hatte damit gedroht, dass er Franz K. jederzeit vernichten könnte. Ein Anruf, und … »Ich mach' dich kalt, du Drecksack!«, hatte Franz K. gebrüllt. So jedenfalls stand es im Polizeiprotokoll. Franz K. hatte für die Tatzeit kein Alibi. Mehr noch, er war in der Nähe des Tatorts gesehen worden. Allerdings konnte man ihn fast jeden Abend in dieser Gegend sehen. Das Messer war ein schön gearbeitetes Filetiermesser amerikanischer Herkunft. Es wurde in Österreich nicht verkauft, sehr wohl aber in mehreren europäischen Städten. Auf dem Messer hatte man bloß Schmidts Fingerabdrücke gefunden. Und die waren ganz verwischt. Er hatte offenbar versucht, sich das Messer aus der Brust zu ziehen. Ich erfuhr davon von

Droch, als ich gerade mit einem Bündel Abendzeitungen zu meinem Schreibtisch kam. Droch hatte es von seinem Informanten bei der Polizei.

Der Zeitpunkt der Festnahme war für die meisten Tageszeitungen zu spät gewesen. Ihre Stories beschäftigten sich mit der zwiespältigen Biografie von Schmidt und mit der Tatsache, dass er Vogl gecoacht hatte. In einigen Artikeln wurde darauf hingewiesen, dass Schmidt freilich auch andere beraten habe: etwa den Aufsichtsratsvorsitzenden eines großen Möbelkonzerns, zwei, drei andere Politiker, einen Versicherungsdirektor mit unbestimmten Ambitionen und einen Wurstfabrikanten, der in die Politik einsteigen wollte. Einiger Raum wurde den Angriffen von Johanna Mahler eingeräumt, mehr noch der empörten Replik von Vogls Wahlkampfleiter.

In den Kommentaren wurde in erster Linie gefordert, sich endlich mit Sachpolitik und weniger mit obskuren Vorwürfen zu beschäftigen. Zwei oder drei Kolumnisten aus der rechten Boulevardecke bezeichneten alle Politiker als Gauner und fragten, was Schmidt denn Vogl hätte beibringen sollen.

Vogl konnte zufrieden sein. Die Dossiers hatten voll eingeschlagen. Geschichten über Promis und das Rotlichtmilieu wurden gerne gelesen und dementsprechend gerne geschrieben. Der saubere, offen lächelnde Wolfgang A. Vogl aber war vom Rotlichtmilieu so weit entfernt, dass nicht einmal die größten Schmutzfinken unter den Journalisten einen direkten Zusammenhang herstellen wollten.

Ich wartete die Fernsehnachrichten ab. Die Verhaftung von Franz K. war die erste Meldung. Danach kam ein Bericht über die Auseinandersetzung zwischen Vogl und Mahler. Mahler wurde als Angreiferin präsentiert, Vogls Wahlkampfchef entrüstete sich über solche Schmutzkübelkampagnen und plädierte für einen anderen Stil in der Politik.

Als die Werbung lief, rief Wessely an. »Mafia pur«, sagte er, »ist das nicht ein Wahnsinn, wie das Fernsehen für Vogl arbeitet?«

»Sie hat das alles gesagt«, erwiderte ich.

»Sie ist nicht eben sehr geschickt, das gebe ich schon zu. Sie ist eben keine Politikerin. Und Profitum ...«

»Ich dachte, ihr wolltet das so?«

»Das ist etwas anderes. Ich stehe zu ihr, hundertprozentig, auch wenn sie es uns nicht immer leicht macht.«

»Ich dachte, es war die Fernsehstation?«

»Natürlich ist es nicht ...«

»Ich fand es auch nicht in Ordnung.«

»Ich habe herumtelefoniert, man hat so seine Kontakte, und ...«

»Offenbar nutzen sie nicht viel«, unterbrach ich ihn.

»Und wissen Sie, was ich erfahren habe? Dass der Fernsehredakteur privat den Ideen von Johanna Mahler sehr aufgeschlossen gegenüberstehe.«

»Privat ...«

»Und dass man eben auf Objektivität achten müsse, denn privat seien die meisten für Johanna Mahler.«

»Aha.«

»Aha? Werden wenigstens Sie weitermachen?«

»Ich mache, was ich mache.«

»Was?«

»Gute Nacht.« Ich legte auf. Wessely konnte einen dazu bringen, Vogl und seinen Wahlkampf einfach aus der netten menschlichen Perspektive zu betrachten. Der Mord? Geklärt. Bellini-Klein? Selbstmord, arme Vogl-Tochter. Der Überfall? Handtaschenräuber. Vogl? Ein Politiker eben. Erfolgreich. Mahler? Keine Politikerin. Andere wollten, sie wäre erfolgreich.

Zeit heimzugehen. Ich hatte viel Schlaf nachzuholen.

[7]

Ich lag in meiner Hängematte auf dem Balkon, schwebte mehr oder weniger über Wien und dachte nach. Die Sonne schien mir ins Gesicht, es war Nachmittag. Ich hatte bis Mittag geschlafen und war dann in Ruhe einkaufen gegangen. Nach einem Telefonat mit Droch wusste ich, dass es nichts Neues gab.

Theorien ließen sich eine Menge finden. Fakten aber gab es wenige. Und einige der Fakten würde ich nicht schreiben. Was sollte es, wenn ich publik machte, dass Schmidt sich gerne mit mir getroffen hätte? Mir würde es nur eine Menge Schwierigkeiten bringen. Mit dem Chefredakteur – »Aber da hätten Sie doch sofort merken müssen ...« – und mit der Polizei. Und vielleicht auch noch mit anderen. Aber es war nicht die Angst, die mich davon abhielt, oder doch? Die Vogl-Leute wussten ohnehin schon davon.

Ich schloss die Augen. Ich hatte so gut wie nichts in der Hand. Einige Details, die Droch und ich in der Mordnacht und danach recherchiert hatten. Aber das meiste stand bereits in dem Dossier. Ich war sicher, dass dieses Dossier nicht an einem Tag zusammengetragen worden war. Und schon gar nicht an dem Tag, an dem die Polizei hinter jeder einzelnen Information im Rotlichtmilieu her war. Das bedeutete, dass Orsolics oder Chloe Fischer oder beide Schmidt schon vorher nachspioniert hatten. Um eine Begründung für den Rausschmiss zu finden, hätte es jedoch längst nicht aller Details bedurft. Hatte man Schmidt mit diesen Unterlagen erpressen wollen? Wenn ja, hatte die Erpressung stattgefunden? Aber normalerweise starb nicht das Opfer einer Erpressung, sondern der Erpresser. Es wäre gut, das mit Droch durchzusprechen. Aber der hatte anderes zu tun. Und ich wollte auch nicht den Eindruck vertiefen, dass ich bloß von Drochs Gnaden mit der Story betraut worden war. Meine Geschichte musste gut werden, aber noch hatte ich nicht viel mehr als die Tageszeitungen. Nicht einmal die Würstelfrau hatte einem Interview zugestimmt.

Ich schaukelte vorsichtig hin und her. Wahrscheinlich wäre es besser, heute Abend an etwas anderes zu denken. An ... Aber eines war schon unbegreiflich: Kaum einer der Journalisten oder Journalistinnen hatte den Mord an Schmidt mit dem Tod von Bellini-Klein in Verbindung gebracht. Und auch mein Chefredakteur reagierte auf diese Vermutung allergisch. Zumindest solange es keine Fakten gab. Fakten ... Aber welche? Schmidt hatte sich mit mir treffen wollen. Es musste um eine Sache gegangen sein, die mit dem Wahlkampf zusammenhing. Aber als ich ihn nach Bellini-Klein gefragt hatte, hatte er das als Unsinn abgetan. Von einer »guten Story« hatte er geredet. Wenn ich mich bloß an den Wortlaut erinnern könnte. Allerdings hätte er im Wahlkampfbüro den Zusammenhang mit der Bellini-Klein-Sache auch aus Sicherheitsgründen leugnen können.

Wer hatte gesehen und gehört, dass er mit mir gesprochen hatte? War das der Auslöser für den Mord gewesen? Viele der jungen Mitarbeiter waren im Hauptquartier gewesen. Der Wichtigtuer, der von Schmidt verscheucht worden war, wusste von unserem Gespräch. Solche Typen schieden wohl aus. Chloe Fischer war im Büro, aber nicht zu sehen gewesen. Schmidt hatte aufgeregt ausgesehen, als er aus den hinteren Räumen gekommen war. Hatte es einen Streit gegeben? Orsolics war mit dem Pressesprecher und dem Adjutanten gemeinsam mit Vogl außer Haus gewesen. Oder war es Schmidt um eine ganz andere Story gegangen? Aber warum war er dann so rot im Gesicht gewesen?

Ich sah, wie in den Wohnungen rundum die Lichter angingen. Ich hätte mich gerne mit Droch getroffen. Aber es wäre mir peinlich gewesen, wenn er abgesagt hätte. Ich hätte gerne für ihn gekocht. Aber daraus würde wohl nie etwas werden. Wie sollte man Droch die drei Stockwerke heraufbringen?

Vielleicht würde ich doch mein Gespräch mit Schmidt beschreiben und sehen, was dann passieren würde. Vielleicht brauchte es eine Provokation, damit die Sache in Bewegung kam.

Das Telefon läutete. Ich ließ es läuten. Als es zum fünften Mal im Abstand von zehn Minuten läutete, wuchtete ich mich aus der Hängematte. Mir war ohnehin kalt geworden. Es war Wessely. Der Mann ging mir auf die Nerven. »Wir haben herausgefunden, dass der junge Mann, der aus dem Hintergrund diese bösartige Frage gestellt hat, dem Vogl-Büro angehört. Ist das nicht unglaublich?«

»Ja«, erwiderte ich. Warum sollte ich ihm erzählen, dass er in der Gruppe »Gegnerbeobachtung« arbeitete? Ich war keine von ihnen. Ich war Redakteurin. Objektiv, sozusagen. Wessely bot an, mir die Langfassung der Presseerklärung von Johanna Mahler und die im Fernsehen gesendete Version zu schicken. Der Vergleich sei eindrucksvoll. Glatte Manipulation. Ich erinnerte ihn daran, dass ich die Pressekonferenz miterlebt hatte, und lehnte ab.

»Es war Manipulation«, wiederholte Wessely, »wir werden beim Rundfunkrat klagen.«

»Es ist eben ein Insiderspiel«, sagte ich, und mir kam vor, als sei ich schon seit Jahrzehnten in diesem Geschäft. Zu lange jedenfalls.

In den Abendzeitungen, verkündete Wessely dumpf, sei der Mord an Schmidt schon vom Politikteil in die Chronik gewandert. Nur zwei politische Kommentare gebe es. Und beide von reaktionären Blättern, die sich über die Schmutzkübelkampagne des Bündnisses gegen Wolfgang A. Vogl erregten. In einem lobe man sogar ausdrücklich das Krisenmanagement von Chloe Fischer. Ein politisch-strategisches Talent. Ich überlegte, was Droch schreiben würde. Die Bündnisleute gingen ihm auf die Nerven. Und nicht nur ihm. Dabei …

Ich brauchte Kraft und Inspiration für den nächsten Tag. Ich ging zum Gefrierschrank und überlegte. Schließlich holte ich eine Entenbrust heraus und taute sie in der Mikrowelle auf. Backrohr auf 200 Grad. Man müsste herausfinden, wer das Dossier über Schmidt angelegt hatte. Ich nahm die Entenbrust, rieb sie mit Salz und grobem Pfeffer ein und briet sie in einer Mischung aus Butter und Olivenöl scharf an. Die Leute müssten im Umfeld von Chloe Fischer und Orsolics zu finden sein. Denn ohne die beiden ging nichts. Aber ob die eine immer wusste, was der andere tat?

Ich goss mit Cointreau auf, ließ die Flüssigkeit etwas einkochen und legte die Entenbrust in eine Tonschüssel. Das Dossier war ein Angelpunkt. Ein anderer konnten die Kontakte von Schmidt sein. Vielleicht hatte er jemandem von der guten Story erzählt, die er mir bieten wollte? Ich bezweifelte das zwar, aber ... Seine Frau jedenfalls schien nichts zu wissen. Sie saß in Hamburg, und ihr Anwalt hatte alle Journalisten abgewimmelt. Ich drückte zwei Orangen aus, gab den Saft in die Sauce, ließ sie einmal aufwallen und rieb noch etwas Pfeffer darüber. Dann goss ich sie über die Entenbrust und schob die Schüssel für zehn Minuten ins Rohr. So blieb die Entenbrust innen noch schön rosa.

Ich schnitt Weißbrot auf. Es musste – wie überall – einige unzufriedene Mitarbeiter in Vogls Wahlbüro geben. Aber das Problem war, dass diese von nichts wussten, was wichtig war. Sie waren nett anzusehen, führten Befehle aus und erledigten den Kleinkram. Die Entscheidungen fielen in den holzgetäfelten Zimmern. Und ob ich dort jemand Unzufriedenen oder gar jemanden finden würde, der vermutete, dass da nicht alles mit rechten Dingen zuging ... Vielleicht eine Sekretärin. Ich nahm das Brot, eine Flasche Rosato, ein passendes Glas und trug alles zum Tisch.

Und wie kam man an so jemanden heran? Offenheit, Transparenz. Eine Farce. Vorne, wo nichts entschieden wurde, war alles für alle offen. Ob die Polizei die Alibis des Wahlkampfstabes für die Mordnacht überprüft hatte? Danach würde ich Droch mit seinen guten Kontakten fragen. Vielleicht sollte ich mir selbst Kontakte zur Polizeidirektion aufbauen.

Ich legte die Entenbrust auf einen Teller, garnierte sie liebevoll mit zwei Orangenscheiben und gab mich jetzt ganz dem Essen hin. Lippe und Zunge waren weitgehend verheilt. Gismo hatte die Ente gerochen, starrte mich gelbäugig an, wusste, dass Betteln zwecklos war, sprang auf ein Bücherregal und warf eine gläserne Eule hinunter. Ich aß weiter. Ich hatte die Eule ohnehin nicht gemocht.

In den nächsten Tagen wurde mit wenig Appetit im politischen Brei gerührt. Die meisten wollten es nicht so genau wissen, und in den täglichen Statements, Darstellungen und Inszenierungen war der Mord an Schmidt nur ein Detail. Der Verdächtige hatte noch nicht gestanden. Man würde weiter berichten.

Meine Story fand in der Redaktion Anerkennung. Ich hatte vorsichtig, aber doch Verbindungslinien zum Tod von Bellini-Klein gezogen, über die beiden Gläser ohne Fingerabdrücke berichtet und mein Gespräch mit Schmidt zum Kernpunkt der Reportage gemacht. Vogls Tochter ließ ich wie versprochen draußen. Höhere Töchter waren nicht mein Fall, aber vielleicht konnte sie mir so noch nützlicher sein. Außerdem hätte sie ohnehin alles abgestritten. In einem Nebensatz wurde ich sogar in den TV-Nachrichten zitiert.

Droch hatte in seinem Kommentar wider Erwarten für Johanna Mahler Partei ergriffen und schrieb, wie sehr sie damit recht hatte, dass Mord in jedem Milieu vorkommen könne. Er frage sich nur, warum Mord in der Politik nicht viel häufiger vorkomme, zumal die meisten der Akteure sachlichen oder gar vernunftbetonten Argumenten nicht zugänglich seien. Vogl, so seine Analyse, werde an der ganzen Affäre nicht Schaden nehmen. Er sei der Liebling der Mütter, der Schwarm in die Jahre gekommener Töchter und der Traum enttäuschter Väter. Und warum? Wegen seiner Politik etwa? Wegen seines Lächelns und einer – zugegebenermaßen guten – Inszenierung. Verkauf ohne Inhalt. Der Präsident als Mogelpackung mit großer Masche.

Schlau, dachte ich. Sollte sich herausstellen, dass die Todesfälle mit dem Wahlkampf zu tun hatten, dann hatte Droch es schon immer gesagt. Ich wusste nicht, was ich geschrieben hätte.

Die ersten Tage nach Erscheinen meiner Story hatte ich darauf geachtet, nie alleine unterwegs zu sein. Wenn niemand anderer da war, begleitete mich Vesna Krajner. Bloß ein Kriminalbeamter schien sich für meine Recherchen zu interessieren, allerdings auch nicht übermäßig. Ich machte meine Aussage. Das dauerte fünf Minuten. Mehr war nicht. Ich hatte gehofft, im Gegenzug von ihm etwas zu erfahren. Er war jedoch total korrekt und hundertprozentig verschlossen.

Weder Droch noch mir oder Wessely gelang es, etwas Neues ans Tageslicht zu bringen. Und langsam fragte ich mich, ob ich nicht der allgemeinen Aufgeregtheit der Wahlkampfmaschinerie auf den Leim gegangen war. Zufälle gab es eben. Und das mindeste, was auf meine letzte Story hätte folgen müssen, wäre ein Drohbrief gewesen. Aber es kam keiner.

Ich würde mich weiter um die menschlichen Seiten des Wahlkampfes kümmern. Die Idee, den vielen freiwilligen Helfern und kleinen Mitarbeiterinnen des Vogl-Wahlkampfes näherzukommen, hatte ich noch nicht aufgegeben. Vielleicht würde ich im Zuge meiner Bemühungen mit der einen oder anderen Sekretärin aus der Massivholzabteilung reden können.

Vogl war offensichtlich froh, dass die Wahlkampfroutine wieder ihren Lauf nahm. Dieses Geschäft kannte er. Lächelnd stand er am offenen Kamin eines Wiener Stadtpalais. »Kamingespräche mit Freunden«, hieß es auf der Einladung. Ein Gutteil der Mitglieder seines Prominentenkomitees hatte sich eingefunden. Im Hintergrund wartete ein Büffet – qualitätvoll, aber nicht übertrieben aufwändig: Brötchen mit Prosciutto und Lachs, Jourgebäck und pikant gefüllte Blätterteigstücke. Und natürlich waren auch einige auserwählte Medienleute anwesend. Zum größten Teil Chefredakteure und einige, mit denen Vogl schon seit Jahren gut zusammenarbeitete. Und ich. Offenbar ging man davon aus, es sei strategisch besser, mich zu den Freunden zu zählen. Ob ich dadurch zur Freundin wurde?

Die Idee der Inszenierung war, dass keine Reden gehalten, keine Diskussionen im großen Rahmen geführt wurden. Es ging um den persönlichen Kontakt. Chefredakteure konnten menschlich daran Anteil nehmen, wenn Vogl mit dem Finanzdirektor der Beste-Bank über die Leitzinsen und das Guggenheim-Museum plauderte. Und sie durften natürlich darüber berichten. Offenheit auch hier. Selbstverständlich. Unter Freunden.

Adjutant Miller stand mit zwei kleinen weißhaarigen Männern zusammen. Der eine war ein Versicherungsdirektor, den ich von diversen Ereignissen der sogenannten Gesellschaft kannte. Der andere, so flüsterte mir Orsolics zu, war ein pensionierter Verfassungsrichter. Ich stand etwas abseits und lauschte ihrem Gespräch. Eine Zeit lang war mir nicht klar, ob sich ihr Gespräch auf den Wahlkampf und die Abwehr von Gegnern oder auf Militärisches bezog. Da beugte sich Adjutant Miller interessiert zu den beiden hinunter, und sie versicherten ihm temperamentvoll, wie wichtig die Abschreckung durch Nuklearwaffen sei. Also doch nichts, was unmittelbar mit dem Wahlkampf zu tun zu haben schien. Ich wechselte meinen Standort und lehnte mich an eine klassizistische Säule.

Ein Publizistikprofessor – überall anzutreffen, wo es auch Journalisten gab – tuschelte mit der Inhaberin eines noblen Trachtenmodengeschäftes über das Gerücht, Adjutant Miller sei von der CIA. Sein Name sei echt, man habe ihn nämlich zu ändern vergessen. Die CIA sei eben auch nicht mehr das, was sie einmal war. »Er hat eine gute Uniformfigur, aber er ist langweilig«, konstatierte die Ladenbesitzerin. »Das ist vielleicht Absicht«, erwiderte der Publizistikprofessor.

Menschliches im Wahlkampf – also näher hin zum Kandidaten. Nordenberg, der alternde, aber beliebte Schauspieler, der nicht nur auf der Bühne so maßlos outrierte, dass er für eine Persönlichkeit gehalten wurde, fragte Vogl nach einer Reihe von politischen Entscheidungen, von denen dieser keine Ahnung zu haben schien. Nordenberg war der Sprecher von Vogls Prominentenkomitee und hatte seine Entscheidung, sich aktiv für die Wahl Vogls einzusetzen, damit begründet, dass es sich um »nichts Politisches, sondern um etwas Persönliches« handle. Das war mir selbst damals in meiner Lifestye-Welt amüsant erschienen. Jetzt aber wollte Nordenberg über Politik reden, während Vogl ihm geschickt auswich. Wie sollte er auch im Wahlkampf Zeit für Details haben? Die meisten Gäste vermittelten den Eindruck, dass sie glaubten, jede Entscheidung und jedes Wort im Wahlkampf würde vom Kandidaten selbst kommen. Als sei alles von ihm erdacht. Vogl schien das zu gefallen.

Ein netter Abend mit Vogl im Mittelpunkt. Was waren schon Inhalte, was waren schon ausgetüftelte Reden zu irgendwelchen Themen der Wahlbewegung? Vogl. Vogl, der Mann für das nächste Jahrtausend.

Der Kandidat winkte seinen Pressesprecher zu sich. »Bitte notieren: mehr Kamingespräche«, sagte er so laut, dass ihn alle in seinem Umkreis verstanden. »Ich möchte öfter die Gelegenheit haben, zwanglos mit Freunden zu plaudern. Das gibt mehr Input als vieles andere.« Der Pressesprecher strahlte. Das Kamingespräch war seine Idee gewesen.

Chloe Fischer unterhielt sich unterdessen mit dem aus allen Klatschspalten bekannten Wurstfabrikanten und einer aufstrebenden Opernsängerin. Sie war charmant, voll konzentriert und hatte Vogl immer in ihrem Blickfeld.

Kein Wort über Bellini-Klein, kein Wort über Schmidt. Entweder die beiden waren schon vergessen, oder die geladenen Gäste waren zu gut erzogen.

In der U-Bahn machte ich mir einige Notizen über den Abend. Ich kam mir vor, als hätte ich nie vom Lifestyle zur Politik gewechselt. Vertrautes Terrain. Meine Mordspekulationen erschienen mir ebenso absurd wie der Ausflug mit Droch in den nächtlichen Prater.

[8]

Business as usual. Ich ließ zwei T-Shirt-Trägerinnen über ihren Einstieg in den Wahlkampf erzählen, mein Fotograf fotografierte. Die beiden waren sehr davon angetan, »im Zentrum der Politik zu sein«. Groupies eben. Die eine Frau schien Vogl so zu verehren, dass sie wohl zu allem bereit gewesen wäre.

Ich wartete auf Orsolics' Rückkehr. Er sei außer Haus, hatte seine Sekretärin schon vor einer Stunde erklärt. Nein, sie dürfe mir ohne Rücksprache kein Interview geben. Und sie wisse auch nicht, wann er zurückkomme. Also trieb ich mich im Hauptquartier herum.

Bei der vierten Mitarbeiterin, einer Publizistin, die gerade an ihrer Diplomarbeit schrieb, schien ich einen kleinen Schritt weiterzukommen. Ihre Freundin sei hier für die Buchhaltung zuständig, sie sei von Chloe Fischers Werbeagentur »Topspot« ausgeborgt worden. Und sie habe ihr rechtzeitig erzählt, wo sie sich bewerben müsse. Ja, es sei alles sehr spannend. Und sehr anstrengend. Ihre Aufgabe sei es, gemeinsam mit vier anderen ausgewählte Presseberichte an alle Regionalkomitees und die Mitglieder des Prominentenkomitees zu schicken. Und natürlich gehe sie mit den anderen zu öffentlichen Auftritten des Kandidaten, um für ihn zu klatschen und Stimmung zu machen. Privat ... privat lebe sie mit ihrer Mutter und ihrem jüngeren Bruder. Ob sie in die Politik gehen wolle, wisse sie noch nicht. Vielleicht würde sie Journalistin werden. Ich fand die meisten jungen Leute Vogls ziemlich langweilig. Ob sie mir ein Interview mit ihrer Freundin in der Buchhaltung vermitteln könne? Die junge Frau mit dem Vogl-T-Shirt nickte und wählte eine Nummer. Nach einigem Hin und Her die Absage: »Ohne Erlaubnis darf sie nicht, sagt sie.«

Mir war nicht klar, warum ich immer noch nicht aufgab. Alles lief doch völlig normal. Selbst mein Bluterguss am Jochbein war weitgehend verschwunden. Und Droch spöttelte schon, dass ich ihn mit meinem jugendlichen Ungestüm angesteckt hätte. Jugendlich. Alles war relativ, wenn ich die schicken jungen Menschen hier betrachtete.

Als nächstes geriet ich an einen der arbeitslosen Lehrlinge, deren Beschäftigung medial zu einer sozialen Großtat aufgeblasen worden war. Was er den ganzen Tag mache? »Handlangerdienste, wie die anderen auch.«

»Die meisten halten das für spannend, mitten im Zentrum der Politik zu sein.«

»Ist es auch teilweise, aber trotzdem sind es Handlangerdienste. Ich weiß, was das heißt. Ich habe schon gearbeitet. Die meisten anderen hier haben bloß studiert.«

Ob es zwischen den Lehrlingen und den anderen Mitarbeitern Auseinandersetzungen gebe?

Er lächelte ein Wahlkampflächeln. »Aber natürlich nicht. Für Vogl sind alle gleich, vorausgesetzt, sie leisten etwas.«

Abgewandelter Sozialismus. Und was er sich davon erhoffe?

»Einen Job.«

»Sie waren Automechanikerlehrling.«

»Das ist egal. Es geht um Kontakte, verstehen Sie? Für die Leute zählt, dass ich für Vogl gearbeitet habe.«

Ich nickte.

Ich hörte Orsolics, bevor ich ihn sah. Er gab den Empfangsdamen lautstarke Anweisungen und kam dann mit einem breiten Lächeln auf mich zu. Allein was da zusammengelächelt wurde, war verdächtig.

Zehn Minuten später saß ich gemeinsam mit dem Pressesprecher bei der Buchhalterin. Ich erfuhr erst jetzt, wie viele Hinterzimmer es gab. Nicht nur die teuren, getäfelten, sondern auch ganz normale weißgetünchte Büroräume. Buchhaltung, Sekretariate, Werbeabteilung, Poststelle. Irgendjemand musste doch etwas wissen – wenn es etwas zu wissen gab. Und nicht jedem konnte dieser Betrieb gefallen. Das Aufregendste, was die Buchhalterin zu bieten hatte, war ein ausführlicher Bericht, wie ihr Vogl schon viermal die Hand gedrückt habe.

Nächste Station: Schreibstube. Der Pressesprecher war mehr als überrascht, dass ich dorthin wollte. Als ob er vermutet hätte, dass Stenotypistinnen zwar flott schreiben, nicht aber reden könnten. In der Schreibstube waren zwei Computerarbeitsplätze eingerichtet, wir fanden aber nur eine Mitarbeiterin vor. Sie war etwas über 40 und hätte sich im Vogl-T-Shirt weniger attraktiv gemacht. Dazu kam, dass sie nicht bereit zu sein schien, dauernd zu lächeln. Sie habe in der Parteizentrale gearbeitet und sei für die Dauer des Wahlkampfes hier eingesetzt. Als Leihgabe sozusagen. Ihre Kollegin habe bloß einen Halbtagsjob und komme immer vormittags, weil am Nachmittag ihr Kind zu betreuen sei. Deswegen sei sie auch arbeitslos gewesen. Ob ihre Kollegin für ihre Arbeit auch Geld bekomme, fragte ich, und der Pressesprecher zog warnend die Augenbrauen hoch. Die Schreibkraft schaute vom Pressesprecher zu mir und dann wieder zum Pressesprecher. »Das weiß ich nicht. Ich jedenfalls kriege mein Gehalt von der Partei weiter. Auch wenn es nicht viel ist.«

Als ich wieder im Hauptquartier stand, waren die meisten schicken Vorzeigemenschen schon zu diversen Vogl-Veranstaltungen ausgeflogen. Ich setzte mich in die Medienecke mit den Tageszeitungen, der aktuellen Pressemappe und einem Videorekorder, neben dem die ständig wachsende Reihe von Videokassetten mit Vogl-Auftritten stand. Ich gab vor zu lesen. Ich wollte warten, bis die Schreibkraft das Haus verließ. Egal, wie lange das dauern würde. Sie hatte nicht wirklich zufrieden gewirkt. Ich schaltete die Stehlampe nicht an, und die Deckenbeleuchtung war nicht übertrieben hell. Ohne die Neonröhren der Schreibtischbeleuchtungen war der riesige Raum in ein schummriges Halbdunkel getaucht. Nur im hinteren Teil des Hauptquartiers arbeiteten noch zwei junge Frauen, deren Stimmen nicht bis zu mir herüberdrangen. Ich hörte bloß leises Gemurmel und wurde angenehm schläfrig. Ich konnte die Schreibkraft auch morgen abpassen. Auf einen Tag mehr oder weniger kam es nicht an.

Dann Schritte im Foyer. Zwei Männer schlenderten herein. Beide trugen dunkles Hemd, Jeans und Turnschuhe. Ihre Gesichter waren nicht zu erkennen. »Finster ist es hier«, sagte der eine und drehte den

Neonbalken einer Schreibtischlampe an. Das Licht fiel genau auf seine rechte Hand. Am Mittelfinger hatte er einen tiefen, gerade erst verheilenden Kratzer. Die beiden hatten mich nicht gesehen, und so sollte es auch bleiben. Ihrem Gespräch war zu entnehmen, dass sie auf Orsolics warteten. Sie sollten mit ihm zu einer Backstage-Party fahren, zu der auch Vogl stoßen würde. Ihre Stimmen ... Ich versuchte mich zu konzentrieren, ob die Schläger etwas gesagt hatten. Nein. Ich erinnerte mich nur an die Schläge und daran, wie mein Kopf gegen den Boden gekracht war.

Die beiden Männer unterhielten sich über die zwei Austropopper, die gerade ihr Konzert gaben, und dass sie es gerne miterlebt hätten.

Ich traute mich nicht einmal, richtig durchzuatmen. War das ein weiterer dummer Zufall? Und wenn nicht, wer hätte einen Kratzer als Beweis akzeptiert? Aber die Hand war das einzige, was ich mir bei dem Überfall eingeprägt hatte. Die Hand war gerade voll im Licht der Schreibtischlampe gewesen. Vielleicht war sein Blut auf meinen Kleidern gewesen. Verdammt, ich hatte alles zur Schmutzwäsche gesteckt. Was tun, wenn die beiden mich hier sitzen sahen? Solange ich hierblieb, war ich sicher. Vorne war noch eine Telefonistin, und hinten arbeiteten noch die Schreibkraft und Orsolics. Orsolics. Er musste den Auftrag gegeben haben. Oder drehte ich jetzt vollkommen durch?

Der eine spielte mit einem Feuerzeug. »Komm«, sagte der andere, »schauen wir, wo Orsolics bleibt.« Sie gingen durch das Hauptquartier und verschwanden im Gang zu den hinteren Räumen. Wann würden sie wiederkommen? Hatte ich Zeit zu verschwinden? Wenn, dann schnell. Ich erhob mich mit pochendem Herzen. Die beiden jungen Frauen am anderen Ende des Großraumbüros starrten noch immer auf den Bildschirm eines PCs und sprachen aufeinander ein. Leise nahm ich meine Tasche und ging. Glücklicherweise trug ich Schuhe mit Gummisohlen. Die beiden drehten sich nicht nach mir um, und die Schläger blieben verschwunden. Als die Telefonistin mir »Auf Wiedersehen« zurief, zuckte ich zusammen.

Vesna hatte ihren Geleitschutz vor zwei Tagen eingestellt. Ich wollte sie jetzt auch nicht anrufen. Die beiden Typen hatten mich nicht bemerkt, sie mussten mit Orsolics zu einer Party. Es drohte mir also keine akute Gefahr. Irgendwo hatte ich die beiden schon einmal gesehen. Ich konnte mich nicht erinnern, wann und wo. Nicht im Wahlkampfbüro, das sicher nicht. Ich bog rasch um die nächste Ecke und hätte beinahe aufgeschrien. Aus einem Hauseingang kamen Orsolics und seine beiden Schläger. Sie drehten mir den Rücken zu, stiegen in einen dunklen BMW und fuhren davon. Ich schlich näher. Es gab also noch einen anderen Eingang zum Wahlbüro. Die Haustür war nicht gekennzeichnet, weder mit einem Wahlkampflogo noch mit einem entsprechenden Namensschild. Es waren nur Schilder von Rechtsanwälten, Ingenieur- und Inkassobüros angebracht.

Ich rüttelte an der Tür. Sie war verschlossen, und ich konnte gerade noch zurückspringen, als sie von innen aufging. Die Schreibkraft. »Spionieren Sie hier?«, fragte sie.

»Ich habe gerade Orsolics mit zwei Männern herauskommen sehen und dachte …«

»Der Eingang ist nur für Befugte.«

»Alles klar. Wer waren denn die zwei Männer?«

»Orsolics' Burschen, so heißen sie zumindest überall. Sie erledigen alles für ihn.«

Das hatte ich zu spüren bekommen.

»Politiker?«, fragte ich.

Die Schreibkraft lachte. »Wenn alle, die in einer Parteizentrale arbeiten, Politiker sind, dann sind die beiden ebenso Politiker wie ich.«

»Aber was machen sie dann?«

»Offiziell sind sie in der Abteilung für Öffentlichkeitsarbeit angestellt, aber wie gesagt … Wahrscheinlich sollte ich Ihnen das gar nicht erzählen.«

»Das interessiert mich nur so, nicht fürs ›Magazin‹. Haben Sie Lust, mit mir auf einen Kaffee zu gehen?«

Die Schreibkraft sah mich unentschlossen an. »Ich möchte meinen Job behalten.«

»Mir geht es nur um ein paar Zusammenhänge, Sie werden mit keinem Wort erwähnt.«

»Warum nicht? Es sind schon alle fort, nur ich hab' wieder einmal unbezahlte Überstunden schieben müssen. In meinem Alter kann man es sich eben nicht mehr aussuchen.«

Wir setzten uns ins Kaffeehaus ums Eck. Um diese Zeit wurde hier deutlich mehr Wein als Kaffee getrunken, und im Hintergrund spielte ein Pianist etwas von Chopin – nicht gut, aber stimmungsvoll. Die Schreibkraft bestellte einen gespritzten Rotwein, ich ein Viertel Riesling.

Über die beiden Schläger wusste die Schreibkraft nicht viel mehr, als sie mir schon gesagt hatte. Der eine war ein Arbeitersohn aus Favoriten, der andere der Sohn eines Abgeordneten. Wie sie zu Orsolics gekommen waren, war ihr nicht klar. Jedenfalls waren sie seit rund zwei Jahren ständig in seinem Windschatten. Die anderen Parteiangestellten spotteten ein wenig über die jungen Männer, aber ihr direkter Draht zu Orsolics verschaffte ihnen auf der anderen Seite auch Respekt.

Über ihre Tätigkeit im Wahlkampf sei wirklich nicht mehr zu erzählen, als sie schon im Interview geschildert habe. Sie erledige eben die Schreibarbeiten. Allerdings: Was ihre Kollegin anging, treffe meine Vermutung zu. Sie arbeite kostenlos, in der Hoffnung, danach leichter einen Job zu finden. »Nach einem Jahr ohne Arbeit halten dich alle für faul und blöd«, stellte die Schreibkraft fest. »So gesehen ist es vielleicht wirklich eine Chance.«

Ob sie das Dossier über Schmidt getippt habe? Ja, das auch. Sie habe ihn nie leiden können. Das solle man zwar nicht über einen Toten sagen, aber so sei es nun einmal. Er habe überall herumspioniert.

»Ab wann haben Sie an dem Dossier geschrieben?«

Die Schreibkraft dachte nach. »Genau kann ich es nicht mehr sagen, aber rund zwei Wochen vor Schmidts Tod kam Chloe Fischer zu mir und brachte mir eine besprochene Kassette von einem Diktiergerät. Und einige Tage später bekam ich noch etwas. Und nach Schmidts Ermordung habe ich den ganzen Text nach Fischers Anweisungen bearbeitet. Sie hat das ganze Konvolut mit mir durchkorrigiert. Und dann ist es kopiert worden.«

»Wer hat das Band besprochen?«

»Na, die Fischer.«

Die Schreibkraft schien Chloe Fischer nicht zu mögen. »Sie denkt, ich bin zu dumm, um das, was ich abschreibe, zu begreifen. Bin ich aber nicht. Ich habe mich gewundert, warum sie Schmidt nicht sofort hinausgeworfen haben. Orsolics ist in Ordnung, zumindest halbwegs. Sie versucht die ganze Zeit, ihn auszustechen. Und sie schafft dauernd an. Er ist zu gutmütig.«

Ich nickte. Die Parteifraktion. Aber die Schläger waren von Orsolics gekommen.

»Wusste Orsolics von dem Dossier über Schmidt?«

Die Schreibkraft zuckte die Schultern. »Keine Ahnung, jedenfalls hat er mich nie um einschlägige Schreibarbeiten gebeten.«

Ich plauderte mit der Frau noch über eine Menge unwichtiger Details ihrer Arbeit und bat sie dann, das Gespräch als genauso vertraulich zu betrachten, wie ich es tun würde. »Wir haben uns gegenseitig in der Hand«, sagte ich ernst, und die Schreibkraft nickte. Ich hoffte, dass ich mich nicht zu weit vorgewagt hatte.

Droch war noch auf. Ich bekam plötzlich Angst und wollte ihm am Handy nichts erzählen. »Droch«, sagte ich und verstummte. Sie hatten Macht und Einfluss. Droch sagte knapp: »Nehmen Sie sich ein Taxi, und kommen Sie her. Sofort.«

Ich saß in einem Korbstuhl auf Drochs Terrasse. Drochs Haus war eines dieser spießigen Reihenhäuser für solche, die immer gerne ein Haus gehabt hätten, bei denen es aber nie dazu gereicht hatte. Also mussten die kleinen Gärten besonders exakt gepflegt, das Laub täglich zusammengerecht und alle lauten Geräusche unterdrückt werden. Laute Töne gab es nur, wenn man Nachbarn über die straff gezogenen Maschenzäune hinweg begrüßte.

»Es hat keine Stufen«, sagte Droch.

Er hatte ruhig abgewartet, bis ich mich für den späten Überfall entschuldigt und mich gesetzt hatte. Er hatte uns zwei Gespritzte zubereitet und die Wein- und die Sodawasserflasche gleich mitgebracht.

Jetzt schwiegen wir. Ich wusste nicht, wo ich beginnen sollte. »Kann uns jemand hören?«, fragte ich. Droch schüttelte den Kopf, und ich fing an zu erzählen. Ich hatte Angst gehabt, Droch würde mir nicht glauben. Doch dem war nicht so.

»Aber es sind keine Mörder. Nach allem, was Sie mir erzählt haben, sind die beiden keine Mörder«, meinte Droch beruhigend. Ich seufzte. Ließ sich das wirklich so einfach sagen?

»Ich erinnere mich an ein Erlebnis vor mehr als 20 Jahren«, sagte Droch und sah mich von der Seite an. »Ein junger Mann war einem Landespolitiker treu ergeben. Das kommt im Umfeld der vermeintlichen oder realen Macht von Politikern immer wieder vor. Diener, die alles tun, was ihr Herr will. Eine Hundementalität. Eine Mischung aus Dankbarkeit, Dummheit und Machtstreben. Meist überwiegt die Dummheit. Jedenfalls gab es damals Gerüchte, der Politiker sei in einen Korruptionsskandal verwickelt. Ob da etwas dran war, weiß ich bis heute nicht. Eher nicht. Sein dummer Adlatus hat drei Männern, die diesen Politiker öffentlich verdächtigt haben, das Haus angezündet. Eine Frau wäre fast verbrannt. Als die Brandstiftung durch einen Zufall aufgeflogen ist, hat sich der Idiot damit verteidigt, dass er den Denunzianten bloß einen Schreck einjagen wollte. Der Politiker musste gehen. Ich weiß nicht, was aus ihm geworden ist.«

»Sie meinen, Orsolics weiß gar nichts davon?«

»Ich meine, er muss es nicht unbedingt wissen. Diener neigen zu vorauseilendem Gehorsam. Um ihren Herrn zu schützen, handeln sie unter Umständen auch selbstständig. So etwas ist in der Politik ein weitverbreitetes Phänomen. Und: Nicht wenige dieser Diener steigen auf und halten sich dann selbst Diener. Was bleibt, ist die Mentalität.«

Wir schwiegen eine Zeit lang. Nur mehr in einem der Reihenhäuser brannte Licht.

»Wo ist Ihre Frau?«, fragte ich.

»Heute hat sie ihren Damenabend, eine Kartenrunde. Sie wird bald kommen.«

Wieder Schweigen. Im Halbdunkel sah die Reihenhaussiedlung weniger uniform aus, als sie es war.

»Wird Ihnen kühl?«, fragte Droch.

»Wissen Sie auch nicht weiter?«, fragte ich.

Mit tiefer Stimme antwortete Droch: »Nein.«

Da fuhr ein Wagen in die Einfahrt: Drochs Frau war heimgekommen.

Am nächsten Tag war ich wieder in der Wahlkampfzentrale, mit der mir zugeteilten Fotografin, die noch einige Bilder für meine Story über die Wahlkampfhelfer schießen sollte. Das waren journalistische Wünsche, die gerne erfüllt wurden. Orsolics selbst schwänzelte um uns herum.

»Unserer Philosophie der Breite entspricht es, gerade jungen Menschen aus allen Schichten die Chance zu geben, bei uns dabeizusein.«

Und dieser Mann hatte Bellini-Klein und Schmidt umbringen und mich zusammenschlagen lassen?

»Es muss nicht jeder in die Politik gehen, aber es ist gut, von der realen Politik einen Eindruck zu bekommen. Harte Arbeit im Dienst der Allgemeinheit.« Orsolics bettelte darum, in der Story vorzukommen. »Irgendjemand muss schließlich Entscheidungen für das Allgemeinwohl treffen, Gesetze machen und die Verantwortung übernehmen.«

Im Dienst der Allgemeinheit. Ja, sicher.

Ich beobachtete Orsolics, während meine Fotografin Vogl-T-Shirt-Träger und -Trägerinnen rund um einen Papp-Vogl postierte. Alle lächelten und zeigten mit dem Daumen nach oben. Orsolics überlegte sichtlich, ob er sich dazustellen sollte. Er überlegte zu lange. Das Gruppenfoto war im Kasten, und die Fotografin schoss von den jungen Menschen, die in Gruppen, aufgekratzt plaudernd, zu ihren PCs zurückgingen, noch einige Bilder.

Orsolics war schwach. Er hatte eine einflussreiche Position, aber aufgrund seines Auftretens allein hätte ihn niemand für wichtig oder gar für klug oder interessant gehalten. Er war ein gutgekleideter Schwätzer. Ein Politphrasendrescher. Er galt als Präsidentenmacher.

Chloe Fischer hingegen war tüchtig bis zum Erbrechen, zu allem fähig. Keine Dienerin, das sicher nicht. Eine Kämpferin. Ich hegte eine tiefe Abneigung gegen diese immer zu 110 Prozent funktionierende Frau. Immer so gut, wie man es erwarten durfte, und noch um zehn Prozent besser. So machte man Karriere. Orsolics hingegen ... Er hatte auch Karriere gemacht. Ohne allerdings dafür so viel zu arbeiten, da war ich mir sicher. Und Vogl? Ewig moduliert lächelnder Kandidat? Ein politisches Gesamtkunstwerk? Und seine Gegner vom Bündnis – ewige Verlierer? Und die Konservativen im Hintergrund, so im Hintergrund, dass ich sie nie zu Gesicht bekam?

Was ich brauchte, waren Beweise.

Ich nahm meine Tasche von einem der Schreibtische, und da sah ich es liegen: mein Feuerzeug, unverkennbar mit der Aufschrift »Feuer und Flamme«. Ich hob es auf, befahl mir, ganz ruhig zu bleiben, und sah auf die Unterseite. M. G. – schwache Spuren eines Kugelschreibers, dennoch lesbar. M. G. waren die Initialen des Mannes, der mir das Feuerzeug damals über den Tisch zugeschoben hatte. In dem russischen Lokal, das wie eine Bahnhofshalle aussah und in dem man genial gutes Essen bekam. »Woher haben Sie das?«, fragte ich die blonde Frau, die am PC arbeitete. Sie starrte ratlos auf das Feuerzeug.

»Das ist heute da aufgetaucht. Die Leute lassen dauernd etwas liegen. Unsere Kugelschreiber sind Wanderpokale, auch die Feuerzeuge, obwohl wir hier nicht rauchen dürfen.«

Ich dachte nach. Ja. Das war der Tisch, an dem die Schläger gestern Abend Licht gemacht hatten. Der eine hatte mit einem Feuerzeug gespielt. Plötzlich wurde mir heiß. Ich durfte die Fingerabdrücke nicht verwischen, du liebe Güte, das war der erste kleine Beweis, und ich hatte das Feuerzeug einfach angegriffen. Ich hielt es mit spitzen Fingern in der Hand. »Ich nehme es, okay?«

Die blonde Frau war irritiert. »Ich weiß aber nicht, wem es gehört.«

Ich packte es, wie ich es in Filmen oft genug gesehen hatte, vorsichtig in ein Kuvert, das ich in meiner Tasche fand. Der erste Beweis. Zumindest für die Schlägerei. Vorausgesetzt, man glaubte mir. Und vielleicht hatte ich auch noch einen zweiten Beweis. In der Früh hatte ich das schmutzige und blutverschmierte Gewand vom Überfall noch in der Wäschetruhe gefunden. Ich hatte die Sachen in einen Papiersack gesteckt und unter mein Bett gelegt.

Bei einem schlechten Mittagessen mit zwei Kolleginnen aus der Lifestyle-Redaktion ließ ich meinen Gedanken freien Lauf. Ich musste herausfinden, ob am Feuerzeug die Fingerabdrücke des Schlägers waren. Aber ich durfte nicht zur Polizei gehen. Wer kümmerte sich sonst noch um Fingerabdrücke? Und dann fiel mir ein, was wir vergessen hatten. Die Computerdateien. Bellini-Klein hatte in der Wahlkampfzentrale die meiste Zeit am Computer verbracht, und das war mit ein Grund gewesen, warum er hatte gehen müssen. Auch Schmidt hatte sich in alles eingemischt und alles wissen wollen. Wer weiß, welche Geheimnisse der Computer barg.

Aber für die wichtigen Dateien brauchte man sicher Passwörter. Wie sollte ich an die herankommen? Ich konnte mit meinem PC tadellos umgehen, aber wie man Passwörter umschiffte, war mir fremd. Für mich war der Computer ein brauchbares Schreibgerät, nicht mehr. Und außerdem: Ich würde es nicht tun können. Die Dateien im Hauptquartier auf Disketten zu laden, würde Zeit brauchen. Vielleicht konnte uns die Schreibkraft helfen. Nein. Sie war zwar bereit, einiges zu erzählen, aber das war ja Datenklau. Droch würde dagegen sein. Aber jetzt wollte ich es wissen.

Ich klopfte in der Redaktion meine Story eher lieblos herunter, wartete auf das Okay und ging. Ein Computerexperte. Verlässlich. Einen, den ich einweihen konnte. Vergiss es. Ich würde es selbst machen müssen. Aber ich konnte so etwas nicht. Verdammt. Als ich nach Hause kam, wartete Droch in seinem Auto auf mich. Ich versuchte ihn zu übersehen. Von meinem Vorhaben durfte er nichts erfahren. Droch riss die Tür auf und sagte: »Steigen Sie ein.«

[9]

Ich setzte an, um zu widersprechen, machte jedoch den Mund wieder zu und stieg ein.

»Sie sind auf einer Spur, und Sie sind mir den ganzen Nachmittag ausgewichen. Was haben Sie vor?«

»Ich hatte zu tun.«

»Sie haben Ihre Story abgeliefert. Und Sie haben das Feuerzeug. Was planen Sie?«

Ich schüttelte den Kopf. »Lassen Sie mich doch in Ruhe. Ich bin müde.«

Droch sah mich ohne jede Freundlichkeit an. »Dann sind Sie ab sofort auf sich allein gestellt.«

»Das will ich auch sein.«

»Steigen Sie aus.«

Ich legte meine Hand auf den Türgriff.

»Steigen Sie aus.«

Ich sah ihn nicht an.

»Raus.«

Ich drückte den Türgriff langsam nach unten.

»Ein Krüppel ist Ihnen nur im Weg.«

»Das ist …«

»… die Wahrheit, ich kann mit der Wahrheit leben. Ich brauche niemanden.«

Ich drehte mich zu ihm. »Es ist zu gefährlich.«

Mit veränderter Stimme sagte Droch: »Das habe ich mir gedacht. Jetzt also raus damit.«

»Sie haben mir … Ihre Krüppeltour …«

Droch grinste. »Hat doch gewirkt.«

»Sie haben nicht wirklich geglaubt, dass ich Sie wegen …«

»Eigentlich nicht, obwohl man nie wissen kann. Und es mir egal ist. Aber jetzt reden Sie schon. Was ist los?«

Josi, zaundürr, ganz in Schwarz und mit schwarz gefärbten, in alle Richtungen abstehenden Haaren, saß vor Drochs Computer. Drochs privates Arbeitszimmer bildete einen kaum überbietbaren Kontrast zu Josi. Alte Regale, übervoll mit Büchern. Landschaftsstiche in hölzernen und goldlackierten Rahmen. Ein altdeutscher Schreibtisch. Ich sah Josi über die Schulter, neben ihr saß Droch. »Meine Frau hat den Raum eingerichtet, sie macht so etwas gern«, sagte Droch, als er meinen Blick bemerkte.

Josi schob die Diskette, die ich aus Bellini-Kleins Wohnung hatte, in das Laufwerk. Ich hatte die Dateien der Diskette nicht öffnen können. Josi gab einige Befehle ein: Man merkte, dass sie den ganzen Tag wenig anderes tat. Mit einem zufriedenen Ton goutierte sie, dass die Diskette ihr Inhaltsverzeichnis preisgab. »Volltreffer«, sagte Josi.

»Das ist eine Startdiskette«, stellte Droch fest, und Josi und ich sahen ihn erstaunt an. »Also doch nicht zu alt, um sich bei Computern auszukennen, oder?«, knurrte er.

»Eine besondere Startdiskette«, ergänzte Josi. »Damit kannst du gleich in das Programm des Netzwerkes einsteigen. Es startet, und es enthält die Einstiegscodes.«

»Die Passwörter?«, fragte ich.

»Sozusagen, oder zumindest die Passwörter für den allgemeinen Einstieg.«

»Dann ist es entschieden«, sagte ich. Droch sagte nichts und sah aus dem Fenster. Aber er widersprach auch nicht.

»Und ihr habt damit nichts zu tun«, erinnerte uns Josi. »Es ist ganz einfach: Ich arbeite für ein alternatives Computermagazin. Und ich habe den Auftrag, spaßhalber zu versuchen an Vogls Wahlkampfdateien heranzukommen. Keine Manipulationen, kein Hacking. Nur um zu sehen, wie gut sie gesichert sind. Ich habe solche Sachen schon öfter gemacht. Wenn du Pech hast und erwischt wirst, gibt es eine kleine Geldstrafe. Aber meistens genieren sich die Firmen so, dass sie lieber gar nichts unternehmen.«

»Es gab zwei Todesfälle. Ich sage nicht, dass sie mit dem Wahlkampf zusammenhängen müssen. Aber ...« Droch sah weiter aus dem Fenster.

Josi traute Politikern nichts zu, und das sagte sie auch. »Und wenn ... dann wisst ihr ja Bescheid.« Sie schien keinerlei Angst zu haben. War es in Ordnung, Josi in die Sache hineinzuziehen? Es war schon passiert, befand ich.

Ich stand in Vogls Hauptquartier und sprach mit zwei jungen Leuten, die für den Eventablauf zuständig waren. Sie mussten so viele Vogl-Fans wie möglich zu seinen Auftritten schaffen. Einen Teil ganz offiziell mit T-Shirts und Kappen, einen Teil ohne Erkennungszeichen. Und dann hatten sie dafür zu sorgen, dass die Fans an den richtigen Stellen klatschten, »bravo« riefen und bei Diskussionsveranstaltungen die richtigen Fragen stellten. Die zwei Mitarbeiter erzählten mir von ihrem Job, während ich mit einem Auge immer wieder zum Foyer hinblickte. Jetzt musste sie bald kommen. Alles war vorbereitet. Der Computer der Regionalkomitee-Gruppe war frei. Sie war auf einem halbtägigen Meeting mit den Vertretern der Regionalkomitees und mit Chloe Fischer. Im Hauptquartier herrschte wie immer große Betriebsamkeit. Mindestens 25 Menschen in Vogl-T-Shirts tippten fleißig Daten in ihren PC, gingen in Gruppen Berichte durch, telefonierten oder bereiteten Unterlagen auf.

Als sie hereinkam, hätte ich sie beinahe nicht erkannt. Ein schickes Wesen um die 25 mit einer tollen Gelfrisur, adretten blauen Jeans und einem Vogl-T-Shirt. Sehr dünn, lächelnd und hübsch. Sie fiel niemandem auf. Zielbewusst steuerte sie auf den freien Computer zu, ließ sich in den Sessel fallen, schob die Startdiskette ein und sah sich um, während das Programm hochfuhr. Für den Bruchteil einer Sekunde trafen sich unsere Blicke. Ich hatte Schwierigkeiten, dem Gespräch zu folgen, und überhörte eine Frage. Die beiden Eventmenschen sahen einander ratlos an. Ich entschuldigte mich für meine Unaufmerksamkeit. Um Himmels willen, ich durfte jetzt nichts versauen.«»Ich habe vergessen, dass ich unserem Inlandschef etwas aus der internationalen Pressemappe heraussuchen soll. Und das braucht er noch bis Mittag.« Ich lächelte nervös. Mein Herz raste.»Ich danke Ihnen jedenfalls für das Gespräch. Wir sehen uns ja noch.«

Ich machte sicherheitshalber einen großen Bogen um den Schreibtisch, an dem Josi saß, und zwang mich, nicht hinzusehen. Ich sollte nur dann, wenn akute Gefahr drohte, eingreifen. Improvisieren. Wie hatte ich mir das vorgestellt, wenn schon jetzt die Nerven mit mir durchgingen? Ich zog mich in die Medienecke zurück. Zwei Mitarbeiterinnen ergänzten gerade die tägliche Pressemappe um die Auslandsnachrichten und diskutierten darüber, ob sie eine Kurzmeldung der »Liberte« aufnehmen sollten, in der davon die Rede war, dass Vogl wie andere namentlich genannte Politiker und Prominente ein Konzert der Drei Tenöre besucht habe.

Ich kramte nach meinem Handy. Josi würde auf keinen Fall zu mir kommen, sie würde mich per Handy anrufen, wenn etwas schiefging. Josi starrte auf den Bildschirm und gab einige Befehle ein. Ich versuchte mich zu beruhigen und rekapitulierte. Josi würde sagen, dass sie vom Regionalkomitee Obersteiermark sei und einige einschlägige Daten – das PR-Interview mit Vogl, den Veranstaltungsplan und derartiges – speichere. Das sei mit der Regionalkomitee-Gruppe ausgemacht. Flog sie auf, lief Plan zwei: Sie würde sich als Mitarbeiterin einer alternativen Computerzeitung zu erkennen geben.

Ich atmete tief durch und beruhigte mich ein wenig. Es würde klappen. Josi war eine der besten Computerspezialistinnen. Cool. Durch ihr T-Shirt war sie Teil der Masse der Vogl-Mitarbeiterinnen geworden. Uniformen haben – selten, aber doch – ihre Vorteile.

Aus dem Augenwinkel heraus sah ich, wie auf Josis Bildschirm Zeichen erschienen. Josi tippte wieder etwas ein, wartete, weitere Zeichen tauchten auf. Ihr Einstieg würde registriert werden. Aber kein Mensch kontrollierte das. Jetzt nahm Josi wie selbstverständlich eine Diskette aus ihrer Tasche und speicherte etwas ab. Es schien zu funktionieren. Ich durfte nicht dauernd hinsehen. Ich begann in der

Mappe mit den internationalen Pressemeldungen der Woche zu blättern. Seit Josis Eintreffen waren erst ein paar Minuten vergangen. Josi wischte sich mit dem Handrücken über die Oberlippe. Schweißperlen? Irgend etwas nicht in Ordnung? Sie schien immer wieder etwas zu probieren. Schließlich sah sie mit einem raschen Blick her. Etwas lief nicht, wie es sollte.

Ich blätterte in einer Zeitung und bemühte mich, ganz entspannt zu wirken. Ich hatte Josi eine Liste mit den Namen der Stabsmitglieder aufgeschrieben. Sie schien diese Liste nun durchzugehen. Offenbar gab es zusätzliche Zugangsschranken. Wir hätten uns nie darauf einlassen sollen. Ich wusste, dass die meisten EDV-Systeme einen Schutzmechanismus gegen die zu häufige Eingabe falscher Codes hatten. Josi würde auffliegen. Jetzt gab sie nichts mehr ein, sondern starrte bloß auf den Bildschirm, auf dem ein Balken flimmerte. Noch hatte niemand ihre Versuche bemerkt. Alle waren beschäftigt. Aber wie lange noch?

Da fuhr ich zusammen. Ich hatte nicht bemerkt, dass der Wichtigtuer auf mich zusteuerte, der vor Schmidts Unfreundlichkeit die Flucht ergriffen hatte. »Arg«, sagte er auch sofort, »da redet er noch mit einem, und am Abend wird er erstochen.« Ich erinnerte mich, dass Georg Schmidt nicht mit dem Wichtigtuer geredet hatte, im Gegenteil. Er hatte ihn nicht einmal erkannt. Ich nickte. Ich wollte, dass der Typ wieder abzog. »Und Ihnen wollte er eine gute Story liefern?«

Ich zuckte die Schultern.

»Was für eine?«

»Wüsste ich auch gerne.«

»Na ...«, sagte der Wichtigtuer und wusste nicht mehr weiter. »Aber der Mord hat mit Bellini-Kleins Tod nichts zu tun. Der war sicher immer schon ein Selbstmordkandidat.«

Klugschwätzer.

»Der hatte sie nicht alle, der war größenwahnsinnig. Das sagen hier alle. Hat geglaubt, er sei etwas Besonderes. Auf seinem PC stand ›Gigant‹. Bellini-Klein, dass ich nicht lache.«

Ich sah ihn scharf an. »Wissen Sie etwas über seinen Tod?«

»Nein, nein«, stotterte der Wichtigtuer verlegen, »ich war zu seiner Zeit noch gar nicht hier beschäftigt, bin erst nach ihm gekommen. Aber das mit Gigant wissen alle. Man hört so einiges.«

Ich war mir sicher, dass ich von diesem Typen nie etwas Brauchbares erfahren würde. »Ich habe jetzt zu tun«, sagte ich, »danke.« Er verschwand.

Josi griff zum Handy. Obwohl ich es beobachtet hatte, zuckte ich zusammen, als es bei mir läutete. Ich war für solche Abenteuer nicht gemacht. Ich sah zu Josi hinüber. »Es geht nicht«, sagte Josi. »Ich komme nicht weiter, das große C funktioniert nicht.«

C war unser Kürzel für Codewort. »Und wie ist es mit den Namen?«
»Fehlanzeige.«

Mir kam eine Idee. »Gigant. Versuch es mit ›Gigant‹.« Josi legte das Handy weg, und ich hörte sie über mein Handy tippen. Seltsamer Widerspruch zwischen Geräusch und Entfernung. »Ja, natürlich bringe ich das mit«, sprach ich ins Handy für den Fall, dass ich beobachtet wurde.

Josi griff nach dem Handy und meldete: »Es geht nicht.«

Und ich war mir so sicher gewesen. Was, wenn ich einfach zu Josi hinschlenderte? Ich unterhielt mich doch mit allen im Hauptquartier, das war derzeit sozusagen mein Job. Lieber nicht. Ich würde uns verraten. Ich arbeitete nicht mit Vogl-Leuten am Computer. »Gib mal ›gigantisch‹ ein.«

»Ich weiß nicht, ich habe schon so viel probiert. Er könnte mir abstürzen. Oder einen Alarm auslösen. Es gibt ein Sicherheitssystem, aber ich kann nicht sagen, wie es arbeitet.« Bei Alarm dachte ich an lautes Klingeln. »Aber was soll's, ich versuche es«, sagte Josi.

Kurz darauf verschwand der Balken, den ich auch von meinem Platz aus sehen konnte, und auf dem Bildschirm erschien Text. Josis Gesicht blieb ausdruckslos.

»Sag schon was«, bettelte ich.

»Okay«, sagte Josi, »ich bin drinnen.« Sie unterbrach die Verbindung und legte das Handy weg.

Der Rest war einfach. Binnen zehn Minuten hatte sie alle Text- und

Buchhaltungsdateien geladen. Sie schaltete den Computer aus und steckte die letzte Diskette in ihre Tasche. Versicherte sich, dass sie auch Bellini-Kleins Diskette mitgenommen hatte, nieste laut, putzte sich die Nase und wischte mit einem frischen Taschentuch über die Tastatur. Alles wie vereinbart.

»Zum Wohl«, rief ein junger Mann von der Nachbargruppe herüber.

»Danke«, sagte Josi, lächelte und machte sich auf den Weg. Sie ging einfach aus dem Raum und wurde von niemandem aufgehalten. Ich blieb noch sitzen. Wahrscheinlich lächelte ich viel zu breit, aber hier lächelten ohnehin alle.

Zwei Minuten nach Josis Abgang kam Orsolics. Orsolics wäre kein großes Risiko gewesen. Ich hatte bemerkt, dass er nicht alle Vogl-Mitarbeiter persönlich kannte. Trotzdem war ich froh, dass Josi schon weg war. Er steuerte auf mich zu. Er hatte zwei Schläger, das durfte ich nie vergessen. Er sah harmlos und sogar ein bisschen dumm aus, aber er hatte zwei Schläger.

»Na, immer fleißig? Noch eine Geschichte über unseren Wahlkampf? Die Story über unsere Mitarbeiter war schon etwas ganz anderes als Ihre erste Geschichte. Wir konnten Sie überzeugen, was? Offenheit und Transparenz bringen etwas, auch uns. Auch wenn Sie die Sache mit den Arbeitslosen noch nicht ganz verstanden haben. Sie sind nämlich sozialversichert, und das zahlt das Wahlbüro. Und das spart den staatlichen Arbeitslosenbudgets Geld, und den Arbeitslosen gibt es Chancen auf einen neuen Job. Synergieeffekte, Synergieeffekte nutzen.«

Ich sah ihn an. »Diesmal mache ich etwas ganz anderes. Die Politik der Bilder. Symbolik im Wahlkampf.« Klang gut, war mir gerade eingefallen. Offenbar wurde ich übermütig.

»Aha«, sagte Orsolics, »machen Sie nur so weiter.« Dann ging er. Und das sollte ein Mörder sein?

Ich hatte mich für die Empfehlung vom Tag entschieden. Hummerschaumsüppchen, Kalbsmedaillons an Morchelrahmsauce und dreierlei Schokomousse mit frischen Früchten. Mein Gesprächspartner gab sich damit nicht zufrieden. Er runzelte die Stirn und wählte nach dem Studium der Karte Jakobsmuschelsalat und gegrillten Angler mit Zitronenkraut. Auf ein Dessert wollte er verzichten.

Wir saßen in einer Nische eines berühmten Hotelrestaurants. Es war Mittag, und man war unter sich. Geschäftsleute, die sich diskret zunickten. Bankiers, einige Politiker, hie und da reiche Ehepaare aus der Provinz, die in die Hauptstadt gekommen waren, um einzukaufen.

Bei der Vorspeise sprachen wir über das erstaunlich warme Wetter und die sinkenden Börsenkurse. Auf dieser Ebene konnte ich auch bei letzteren locker mithalten. Sätze wie »Man weiß eben nie, was an der Wallstreet noch passiert« oder »Der japanische Markt scheint mir reichlich instabil zu sein« gingen mir wie selbstverständlich von den Lippen. Ich hatte meinen Spaß dabei. Bei der Hauptspeise erzählte mein Gegenüber rührende Details aus Vogls Wahlkampf. Nichts, was ich nicht schon von Vogl selbst oder von Orsolics oder vom Pressesprecher gehört hätte. Die Geschichte von der alten Frau im Lodenmantel, die eigens, um dem Kandidaten Rosen zu schenken, 400 Kilometer mit dem Zug angereist sei. Ob er ihr bei irgendetwas helfen könne, habe Vogl sie gefragt. Nein, sie sei zufrieden. Nur sehen habe sie ihn einmal wollen und ihm die Rosen geben. Solche Menschen stützten das Land, nicht die ständig Unzufriedenen, die alle ihre Probleme auf den Staat schoben. Sicher habe diese Frau auch Probleme – wer habe die nicht –, aber sie schiebe sie nicht auf den Staat und die Politiker, sondern löse sie selbst. 400 Kilometer sei sie seinetwegen gefahren, zweiter Klasse, verstehe sich. Sie habe nur eine Mindestpension. Der Mann im dreiteiligen Anzug blickte mich gerührt an. Sein Anzug hatte mit Sicherheit das Dreifache ihrer Mindestpension gekostet.

Ich hatte schon besser gegessen. Viel Aufwand, viel Renommee und Werbung, wenig Geschmack. Mir gelang Hummersuppe besser. Und die Kalbsmedaillons waren totgebraten. Jetzt waren wir bei der Politik angelangt. »Bei aller Notwendigkeit, ein zu ausgeprägter Sozialstaat nimmt den Leuten die Eigeninitiative«, sagte mein Visavis. »Sie wissen – und das wird sich niemals ändern –: Vogl bekennt sich voll zur sozialen Verantwortung des Staates. Aber gerade deshalb müssen wir darauf achten, dass wir nicht des Guten zu viel tun.«

Ein formvollendeter Ober schenkte uns Chablis nach. Mein Gesprächspartner bat um etwas Leitungswasser. »Ich liebe das Wiener Hochquellwasser!«, rief er aus. Die Menschen an den Tischen rundum konnten es hören.

Eigentlich war es in dem Restaurant für Mittagessen zu dunkel. Man begann der Zeit zu entschweben. Gedämpftes Klappern von Besteck, kaum Gerüche von Speisen, leise murmelnde Stimmen. Das Gespräch führte über die Unzulänglichkeiten der UNO zur nötigen Pensionsreform. Mein Gegenüber war der Direktor der größten Versicherung im Land. Einen erfahrenen und verantwortungsbewussten Präsidenten brauche das Land, deswegen müsse er ihn schon im Interesse seiner Versicherung unterstützen, betonte er. Einen, der soziales Engagement verteidigen und Eigeninitiative fördern würde, wie das auch seine Position zum nötigen neuen Pensionsversicherungsgesetz zeige. Privatversicherung, das sei die Sicherheit der Zukunft. Von einem neuen Pensionsversicherungsgesetz wusste ich nichts. Ich nickte und aß meine Schokomousse. Die Nachspeise war ganz passabel. Wie viel die Versicherung wohl für Vogls Wahlkampf gezahlt hatte? Konnte man das einfach so fragen?

»Wie viel zahlen Sie für Vogls Wahlkampf?«

Der Versicherungsdirektor schüttelte lächelnd den Kopf. »Er ist uns viel wert, ein wertvoller Mensch. Da geht es nicht in erster Linie ums Geld.«

»Und in zweiter Linie?«

Er schüttelte den Kopf. Ich kratzte den letzten Rest der Mousse vom Teller. Warum er mit mir hatte Essen gehen wollen, blieb mir unklar. Smalltalk mit einer nicht eben wichtigen Redakteurin. Als Mann war er an mir ebensowenig interessiert wie ich als Frau an ihm. Er bestellte einen Mokka und ich einen Grappa. Wahrscheinlich hatte er zu viel Zeit. Anscheinend gehörte das eben dazu: 13 Uhr bis 14.30

Uhr Mittagessen mit ... Jedenfalls auf Spesen. Morgen treffe er mit einer japanischen Delegation zusammen, wahrscheinlich werde er zum Mittagessen wieder hier sein. »Es gibt so wenige angenehme Lokale in Wien, dass einem diese wenigen manchmal schon etwas langweilig werden.« Die Hummerschaumsuppe habe erst letzte Woche auf dem Menüplan gestanden. Ich schüttelte empört den Kopf. Er zahlte mit seiner Firmenkarte.

Josi hatte sich das Gel längst aus den Haaren gerubbelt, die jetzt wilder denn je in Büscheln von ihrem Kopf abstanden. Sie hatte die Dateien auf Drochs Computer überspielt, die Zugangshürden gelöscht, hatte sich für den Spaß bedankt und war gegangen. Droch sah ihr nach. »Ein eigenartiges Mädchen.«

»Warum eigenartig?«, fragte ich.

»Gescheit, wahrscheinlich sogar ganz hübsch, wenn sie sich herrichtet. Und was macht sie? Arbeitet für ein Computer-Anarcho-Blatt, keine Anstellung, keine Planung, sicher kein Geld.«

Ich zog die Augenbrauen hoch. »Ich lasse mich nicht provozieren.«

»Ich meine es ernst. Was bringt ihr das?«

»Spaß?«

»Spaß, was soll das für ein Spaß sein?«

»Unabhängigkeit.«

»Sie könnte etwas Vernünftiges tun. Von mir aus auch etwas Umstürzlerisches. Aber sie tut gar nichts.«

»Für uns hat sie einiges getan.«

»Aus Spaß. Wegen des Kicks.«

»Sie hat es getan. Oder ist Ihnen die Hummerschaumsüppchenwelt lieber?«

»Ich dachte, Sie machen sich etwas aus gutem Essen?«

»Da geht es nicht ums Essen, sondern um Weltanschauung.«

Droch schüttelte den Kopf.

»Also, gehen wir's an«, sagte ich und zeigte auf den Computer.

Nach einigen Stunden tränten uns beiden die Augen. Gefunden hatten wir wenig. Die Textdateien bargen Referate zu fast jedem

Thema. Es gab mehr als 50 schriftliche Interviews mit Fragen, die vom neuen Weltraumprojekt der NASA über mögliche finanzielle Hilfe beim Erwerb eines Zahnersatzes bis hin zu Vogls Position in der Sache Freiheit für Tibet reichten. Arme Mitarbeiter. Die Korrespondenz war harmlos. Auch die Korrespondenz des Stabes ergab – obwohl ursprünglich codiert – keinerlei Verdachtsmomente. Viele Worte. Dankesschreiben an Sponsoren, Schreiben über geplante Veranstaltungen, Ausschreibungen, Glückwünsche.

Bei Durchsicht der Datei über das Privatleben von Georg Schmidt stellte sich heraus, dass die Schreibkraft die Wahrheit gesagt hatte. Das Dokument war 15 Tage vor Schmidts Tod von der Schreibkraft angelegt und danach zweimal überarbeitet worden. Chloe Fischer hatte es siebenmal eingesehen. Nichts Neues also, aber immerhin eine Bestätigung.

»Ohne Beweiskraft vor Gericht«, meinte Droch. Als ob ich das nicht gewusst hätte.

Drochs Frau brachte uns Brötchen mit Radieschen und Paprika. »Ich will nicht stören«, sagte sie und ging wieder. Mir war ihre Unterwürfigkeit peinlich. Ich sah Droch an, Droch schien nichts bemerkt zu haben und öffnete die nächste Datei.

Die elektronische Post offenbarte, wie viele Verrückte es in Österreich gab. Gut ein Drittel der Mails handelte von Hinweisen auf Außerirdische, gab Ratschläge zur Errichtung eines idealen Staates oder deutete auf persönlichen Verfolgungswahn hin und denunzierte angeblich kriminelle Mitbürger. Der Rest waren Anfragen, sehr viele Glückwunschschreiben zur Kandidatur, sechs Mails bezogen sich auf den Mord an Schmidt, zwei auf den Tod von Bellini-Klein. Die beiden Statements zu Bellini-Klein kannte ich, dieselben Menschen hatten mich nach meiner Story angerufen. Beim Mord an Schmidt wollten drei den Mörder (jeweils einen anderen) kennen, eine Frau wollte für Schmidt und für Vogl beten, eine Sex-Homepage bot ihre Dienste an, die Initiative für die Rechte der Prostituierten bat Vogl um seine Position, und einer erkundigte sich, wo es Messer wie das, mit dem Schmidt erstochen worden war, zu kaufen gab.

Die Enttäuschung stand mir ins Gesicht geschrieben. Droch zog sich wieder einmal mit Spott aus der Affäre. »Möchten Sie der Präsident all dieser Leute sein? Vogl schon. Ist es da nicht besser, tot zu sein?«

Ich mochte seinen makaberen Humor nicht. »Irgendjemand muss es schließlich tun. Verwalten, Entscheidungen treffen.«

»Und das von Ihnen?«

Ich zuckte die Schultern. Peinlich. Aber wahr. »Die Frage ist bloß: Muss es Vogl sein?«

»Glauben Sie, dass Johanna Mahler edler ist?«

»Ja.«

»Ich auch, aber ich glaube nicht, dass sie die bessere Politikerin wäre.«

»Weil Sie längst betriebsblind geworden sind.«

»Während Sie von Politik keine Ahnung haben.«

Ich tippte: »Womit wir quitt wären.«

Droch tippte. »Noch lange nicht.«

Ich sah Droch an und dann wieder weg.

Die nächste Stunde verbrachten wir damit, die Buchhaltung zu studieren. Erstmals konnte ich die Kenntnisse aus meinem Unikurs in Buchhaltung und Bilanzierung brauchen. Aber auch hier schien alles in Ordnung zu sein. Beachtlich, wer alles gespendet hatte. Mein Versicherungsdirektor hatte zwei Millionen locker gemacht. Nicht übel. Aber nicht kriminell. Und nicht mehr als ähnliche Unternehmen. Das Gehalt des Pressesprechers und das von Chloe Fischer waren ebenfalls nicht übel. Und auch nicht kriminell. Bei der Personalliste schienen bei einigen Gehälter auf, bei einigen nur der Hinweis auf die Mindestsozialversicherung, und bei anderen wiederum stand bloß ein Sternchen neben dem Namen. Orsolics hatte ein Sternchen, Schmidt und die Schreibkraft ebenso. Was hatten Orsolics, Schmidt und die Schreibkraft gemeinsam? Wurden sie von der Partei bezahlt? Das war zwar nichts Ungesetzliches, aber bei Vogls ständigem Gerede von Überparteilichkeit ganz interessant. Da waren noch fünf weitere Personen auf der Liste. Ich notierte mir die Namen.

Auch neben einigen Firmennamen stand zwar die zu erbringende Leistung, aber unter »Ausgaben« war kein Betrag vermerkt, stattdessen fand sich ein Sternchen. Lief das alles über die Partei? Droch schien das sehr wahrscheinlich. Allerdings war das kein Grund für zwei Morde. Als ich enttäuscht die Disketten in meine Tasche packte, tröstete mich Droch: »Wenn man sagt, dass gewisse Politiker über Leichen gehen, dann ist das anders gemeint. Besser ist das nicht, bloß nicht strafbar.«

Ich schüttelte den Kopf.

»Und es gibt viele, die nur das Beste wollen«, meinte Droch.

»Das Beste?«, wiederholte ich.

»Glauben Sie wirklich, dass es bloß unter Politikern Heuchler gibt?«

»Nein, aber Politiker machen aus ihrer Heuchelei ein Geschäft, und je mehr einer heuchelt, desto professioneller scheint er den meisten zu sein.«

»Da ist etwas dran.«

Ich passte die Vogl-Mitarbeiterin, deren Freundin in der Buchhaltung arbeitete, rechtzeitig vor der Mittagspause ab. Ich hatte in den letzten Tagen beobachtet, dass die beiden regelmäßig gemeinsam gegen 13 Uhr das Haus verließen. Die junge Frau war über die Erwähnung ihrer Person in meiner Story geschmeichelt und hatte gar nichts dagegen, dass ich mit ihnen zum Essen ging. »Ich werde Sie auch nicht aushorchen«, versprach ich.

Die junge Frau erzählte mir von ihrer Idee, dass alle Gruppen Tagesberichte abliefern sollten. Nicht mehr als eine Seite pro Tag. Damit könne man den Überblick optimieren. Heute Nachmittag würde sie ihre Idee bei der Sitzung präsentieren.

»Klingt gut«, sagte ich und meinte es auch.

Die Buchhalterin erzählte nichts von ihrer Arbeit. Ich würde es vorsichtig angehen müssen. Der Dönerkebab beim Türken um die Ecke erwies sich als groß und trocken. Die meiste Zeit verging mit Kauen. Mehr als eine halbe Stunde wollten die beiden nicht wegbleiben. Ich erzählte ein wenig von meinem Redaktionsalltag. Über den nicht gerade kooperativen Chefredakteur und meine übliche Lifestyle-Arbeit. Ich merkte, dass die beiden Frauen darüber eher die Nase rümpften. Und ich erzählte von Chefkommentator Droch, seinem trockenen Humor und seinem politischen Verstand. Trug ich zu dick auf? Aber warum sollte ich ihn nicht erwähnen?

»Ach ja«, sagte ich, ehe die beiden den letzten Bissen verdrückt hatten. »Ein Gerücht geistert bei uns herum. Irgendjemand, ich weiß nicht, wer, irgendjemand aus dem Prominentenkomitee hat einem politischen Redakteur etwas von der Buchhaltung erzählt. Er muss spioniert haben und hat behauptet, dass hinter den Namen einiger Mitarbeiter und Firmen Sternchen stehen. Es sollen die sein, die Vogl bereits ausgesucht hat, um sie in die Präsidentschaftskanzlei mitzunehmen oder ihnen wichtige Aufträge zu geben. Wegen befürchteter Eifersüchteleien habe man keine eigene Liste anlegen wollen, aber es sei sicher ...«

Die Buchhalterin lachte. Ich sah sie möglichst desinteressiert an. »So ein Schwachsinn. Auch wenn ich wissen möchte, wer uns da schon wieder über die Schulter geschaut hat. Dauernd passiert das. Die Neugierigen aus dem Prominentenkomitee, die einfach auftauchen und glauben, sie können ihre Nase in alles stecken. Aber auch Leute aus der Partei und Schmidt und ...«

»Und Bellini-Klein?«

Die Buchhalterin sah mich mit einem wachen Blick an. »Nicht dass ich wüsste.«

»Und Sie sind sich sicher, dass diese Sternchen nicht Vogls Favoriten kennzeichnen?«

»Natürlich. Schauen Sie, es ist ganz einfach, und das können Sie ruhig wissen: Die mit einem Sternchen werden anders bezahlt. Teils sind es Angestellte von Parteien und Institutionen, wurden einfach ausgeliehen, und ihre bisherigen Arbeitgeber zahlen weiter. Teils werden sie erst später mit Sachleistungen abgegolten. Zum Beispiel mit den vielen gebrauchten Computern, die wir hier stehen haben. Und teils bekommen sie gar nichts, weil ihre Leistung gleichzeitig eine Spende ist. Um kein Durcheinander zu bekommen, haben wir diese Personen und Firmen mit einem Sternchen versehen. Glauben Sie mir, das ist so. Wir verbuchen alle Leistungen korrekt.« Klang logisch. Und ganz und gar nicht ungesetzlich.

Vesnas Zwillinge waren an Grippe erkrankt. Daher kam sie ausnahmsweise am Abend zu mir. Am Abend war ihr Mann zu Hause. Sie ließ sich alle Neuigkeiten erzählen. Ihr vertraute ich. Wem hätte Vesna es schon erzählen können? Vesna war noch immer davon überzeugt, dass zwischen den Todesfällen und dem Wahlkampf ein Zusammenhang bestand. »Denk an unseren Chef im Ort, Mira Valensky«, sagte sie, während sie meine Blusen bügelte. Ich wollte nicht untätig daneben sitzen und legte Wäsche zusammen.

»Du sollst nicht glauben, dass ich dumm bin, Mira Valensky.«
»Das tue ich nicht«, erwiderte ich empört. »Aber bei euch war vieles anders.«
»Vieles nicht. Nicht in den Köpfen. Macht und Geld, auch Liebe und alles das ist gleich. Manche macht es böse, manche gut, und fast alle sind dazwischen.«
»Aber das politische System …«
»Wie wichtig ist das jeden Tag? Schon, aber nicht nur.«
Ich seufzte. »Sie blasen sich alle so auf, sagen, dass sie alles nur wegen der Menschen tun, glauben das wahrscheinlich auch, reden von politischen Zielen und von Notwendigkeiten. – Verstehst du mich?«

Vesna nickte. »Heucheln tun wir alle. Das bringt nach vorne. Soll ich dir erzählen, was ich gemacht habe, frisch in Österreich, und alle halten Putzfrau für blöd? Ich habe gesagt, dass ich Professorin war in Bosnien, Kinder unterrichtet habe und jetzt putzen muss. Ich kenne eine Professorin, bei der ist das so. Und eine Ingenieurin. Nichts wie putzen. Also habe ich gesagt, ich bin Professorin. Da habe ich zwar trotzdem geputzt, aber die Leute waren viel mehr respektvoll zu mir.«

Ich lachte. »Und warum tust du das nicht mehr?«

»Mir ist Respekt jetzt mehr egal. Ich habe selbst wieder mehr Respekt mit mir. Am Anfang, da war alles fremd und ich mir auch.«

»Du meinst also, dass die Heuchler bloß nicht genug Selbstvertrauen haben, um zu zeigen, wie sie sind?«

»Das ist ein Teil der Geschichte.«

»Und Vogl ist auch einer ohne Selbstvertrauen?«

»Er heuchelt Wähler, er ist schwach.«

»Er ist ein Macher.«

»Ein Schwacher.«

Ich schüttelte den Kopf. Nicht alle Thesen Vesnas waren stichhaltig.

Droch lud mich zum Essen ein. »Weil wir so einmal in Ruhe alles durchreden können«, fügte er hinzu.

Ich nickte eifrig. »Ich würde gerne für Sie kochen.«

»Sie können kochen?«

»Ja, aber ich wohne im dritten Stock ohne Lift.«

»Vielleicht besser für mich.«

»Was essen Sie gerne?«

Droch schüttelte den Kopf. »Alles, alles, wenn es gut ist. Außer fettem Schweinefleisch. Man hat mir schon einiges vorgesetzt, sogar Alligator.«

»Besser als umgekehrt«, erwiderte ich. »Alligator schmeckt wie etwas zu altes Hühnerfleisch.«

Droch rollte ein Stück näher. »In Ordnung. Wenn Sie Lust haben, kochen Sie für mich.«

»Im dritten Stock?«

»In unserer Fischerhütte an der Donau.«

»Wollen Sie mir Ihre Briefmarkensammlung zeigen?« Ich zuckte zusammen – so sollte ich mit Droch nicht reden.

»Haben Sie noch nicht gemerkt, dass ich das Zeug zum Gigolo habe?« Gigolo. Wie altmodisch. Ich musste mich bemühen, dass es beim leichten Ton blieb.

Ich erkundigte mich nach den Kochmöglichkeiten. Droch wusste

Bescheid. »Meine Frau mag das Wasser nicht. Wenn, bin ich alleine draußen oder mit Freunden.« Droch hatte Freunde. Natürlich. Alle hatten Freunde.

Droch saß auf der hölzernen Terrasse, die auf Pfählen direkt in die Donau hineingebaut war. Ich stand in der Küche und summte vor mich hin. Mit einem Mal erschien er mir viel jünger, wie er beinahe erwartungsvoll aufs Wasser sah.

Ich wusch die Rucolablätter und rekapitulierte den Speiseplan. Als Vorspeise geräucherte Gänsebrust auf Rucola, gefolgt von Zucchini mit lauwarmen Zucchiniblüten, Gnocchi mit frischen Paradeisern und Basilikum, Pappardelle mit Kaninchen-Salbei-Sauce, Wachteln mit Trüffelfülle und als Dessert dunkle Schokomousse. Droch hatte ich nur gesagt, dass es sechs Gänge geben werde und dass er sich, solange ich kochte, draußen aufhalten solle. Die Fahrt zur Fischerhütte war unbeschwert gewesen – wie bei einem Schulausflug.

Ich hatte daheim schon einige Vorbereitungen getroffen. Die Gnocchi lagen gut bemehlt bereit, der Kaninchenrücken war bereits in kleine Teile geschnitten, und die Wachteln waren mit meiner Lieblingsfülle – einer Mischung aus pürierten Kartoffeln, etwas angerösteter Zwiebel, etwas Bröseln, Salz, Pfeffer und, in Ermangelung frischer Trüffel, viel natürlicher Trüffelpaste – gefüllt. Auch die Mousse hatte ich bereits fertig von daheim mitgebracht.

An Zucchiniblüten zu kommen war in Wien gar nicht so leicht. Ich hatte eine Marktfrau, die von mir schon einiges gewohnt war, rechtzeitig gebeten, mir in der Früh zehn große Blüten abzupflücken. Zwei ganz junge Zucchini waren bereits hauchdünn geschnitten und auf zwei Teller verteilt. Ich träufelte etwas Zitronensaft und etwas Olivenöl darüber. Zeit, das Rohr für die Wachteln vorzuheizen. Droch war erstaunlich gut ausgerüstet. In der Küche standen ein vierflammiger, mit einer Propanflasche verbundener Gasherd, ein Elektrobackrohr und ein Kühlschrank, der mir zwar zu klein gewesen wäre, aber immerhin.

Ich spähte aus dem Fenster. Droch saß ganz ruhig da, das Gesicht noch immer dem Wasser zugewandt. Die Donau floss friedlich dahin, Büsche und Bäume drängten sich an der Böschung. Äste hingen ins Wasser. Am anderen Ufer hatte ein Hausboot festgemacht, und etwas flussaufwärts lag ein kleines Gasthaus. Als echte Städterin hatte ich nicht gewusst, dass die Donau bloß 20 Kilometer von Wien entfernt so anders war. Die Sonne stand schon tief, und ich fühlte ein eigenartiges Ziehen in der Magengrube. Das musste Hunger sein. Droch drehte sich um, sah Richtung Haus, und ich zog meinen Kopf schnell zurück. Er sollte nicht denken, dass ich ihn beobachtete.

Man würde essen, und man würde über den Fall reden.

Droch deckte den Tisch auf der Terrasse und spottete darüber, dass meine kurze Vorbereitungszeit wohl darauf schließen lasse, dass ich lieber einige Fertiggerichte eingekauft hätte. Ich lächelte triumphierend. Er würde schon sehen. Es gab Dinge, die konnte ich gut. Die Weine, die ich mitgebracht hatte, waren alle aus dem Veneto. Ursprünglich hatte Droch die Weine beisteuern wollen, aber ich hatte darauf bestanden, dass zu meinem Essen auch meine Weine gehörten. Zu den Vorspeisen hatte ich einen Chardonnay Frizzante aus der Gegend von Conegliano ausgesucht, der von einem meiner Lieblingsproduzenten stammte. Droch hatte ein weißes Tischtuch aufgelegt, und so saßen wir mit unserer Gänsebrust und dem leicht moussierenden Wein einander an der Donau gegenüber. Droch wusste, was gutes Essen war, stellte ich mit Befriedigung fest. »Wo haben Sie so kochen gelernt?«, fragte er.

Ich zuckte die Schultern. »Ich habe immer schon gern gekocht. Meine Mutter hatte jedes Mal einen Riesenstress, wenn Gäste gekommen sind, und da bin ich früh eingesprungen. Sie haben keine Ahnung, wie viele wichtigere und unwichtigere Politiker ich im Alter zwischen 14 und 18 bekocht habe.« Wusste er überhaupt, dass ich die Tochter vom alten Valensky war?

»Manchmal fällt der Apfel weit vom Stamm.«

Er wusste es also. Klar. Immerhin war er seit mehr als 30 Jahren politischer Journalist.

Droch sah mich an. »Sie sehen Ihrem Vater gar nicht ähnlich, das habe ich mir schon gedacht, als Sie den ersten Tag in der Redaktion waren.« Er hatte mich also gleich bemerkt.

»Nein, ich sehe ihm nicht ähnlich, und ich bin ihm auch nicht ähnlich.«

»Er war immer sehr hartnäckig. Und, so viel ich weiß, anständig – auch wenn das ein dehnbarer Begriff ist. Sie können auch ganz schön hartnäckig sein.«

»Er hat immer gearbeitet. Er hat zwar für alles schrecklich lange gebraucht, aber er hat ununterbrochen gearbeitet. Wenn er einmal daheim war, hat er seine Unterlagen studiert.«

»Warum tun Sie immer so, als wäre Ihnen Politik egal?«

»Weil sie mir immer egal war. Ich habe nichts davon mitbekommen. Ich habe gelernt, Leute zu bekochen und dafür gelobt zu werden. Den politischen Diskussionen konnte ich auch später selten folgen. Es ging immer um irgendwelche Details. Oder sie schimpften über Gegner. Wer schimpft nicht über Gegner?«

Droch nickte. »Aber Lifestyle?«

Ich dachte nach und nahm einen Bissen Gänsebrust. Sie war saftig und aromatisch. Der leicht bittere Salat passte ausgezeichnet. »Das hat sich so ergeben. Eine einfache Möglichkeit, Geld zu verdienen.«

»Und das reicht Ihnen?«

Ich sah ihn an. »Ja. Und ich sehe eigentlich wenig Unterschied zur Politik. Die Leute wiederholen sich da und dort, sie produzieren sich da wie dort. Lifestyle ist weniger wichtig, daher ist es nicht ganz so ärgerlich. Und ich muss nicht wichtig sein.«

Droch lachte. »So viel Bescheidenheit traut Ihnen niemand zu.«

»Es ist keine Bescheidenheit, sondern Bequemlichkeit. Außerdem gerate ich ohnehin immer wieder in etwas weniger Bequemes hinein.«

»Sieht so aus«, sagte Droch.

Über Droch hatte ich noch immer kein Wort erfahren. Er war der wohl angesehenste politische Kommentator des Landes, seit Jahrzehnten gelähmt, verheiratet. Er lebte in einem Reihenhaus, hasste Parties und hatte eine idyllische Fischerhütte und einen eigenartigen Sinn für Humor.

Ich ging in die Küche, ließ Butter in etwas Olivenöl zergehen, legte die zarten Zucchiniblüten in die Pfanne und briet sie auf beiden Seiten an. Dann verteilte ich sie auf den beiden Tellern mit den Zucchinistreifen, rieb Pfeffer darüber und stellte Nudelwasser auf. Die Paradeiser mit den Peperoncini waren inzwischen ausreichend eingedickt, ich drehte die Flamme ab. Es wäre besser, über unseren Fall zu reden.

Ich servierte die zweite Vorspeise und registrierte zufrieden, dass Droch noch nie Zucchiniblüten gegessen hatte. »Also kann ich Ihnen auch noch etwas Neues beibringen.«

Droch steckte genießerisch eine der gelben Blüten in den Mund, ließ sie sich auf der Zunge zergehen, spülte mit einem Schluck Frizzante nach und sah mich an. Der Ausdruck in seinen Augen wandelte sich, er zog die Unterlippe leicht nach unten und spöttelte: »Was sollte ich von einem Lifestyle-Girl schon lernen können? Außerdem bin ich schon zu alt, um noch etwas zu lernen.«

»38. Ich bin schon 38.«

»Na, das ändert die Sachlage vollkommen.«

Eine Zeit lang aßen wir schweigend.

»Schauen Sie. Dort, der große Vogel«, flüsterte ich.

»Ein Reiher. Das sind Räuber. Die holen sich Fische. Sollen sie, ich habe die Hütte nicht, um zu fischen.«

Die Zucchiniblüten waren perfekt gelungen. Droch brach sich ein Stück Weißbrot ab und wischte damit die letzten Reste vom Teller. Er hatte kräftige, sehnige Hände.

Zum nächsten Gang holte ich eine andere Flasche Wein. Einen jungen Sauvignon. Frisch, leicht, mit einem schon in der Nase gut erkennbaren, aber keinesfalls zu aufdringlichen Bukett. »Lassen Sie mich machen«, sagte Droch und wollte mir die Flasche aus der Hand nehmen.

Ich schüttelte den Kopf. »Es kann doch nicht so schwer sein, sich einmal bedienen zu lassen.«

Droch grinste. »Der Mann macht den Wein auf, ich bin das so gewohnt.«

»Ich nicht«, erwiderte ich und entkorkte den Wein, der in den letzten Wochen an Bukett etwas zugelegt zu haben schien. Das war möglich. Weine verändern sich in der Flasche.

Droch prostete mir zu. »Solche Gnocchi habe ich schon lange nicht mehr gegessen. Letztes Jahr in Rom ...«

»Sie waren in Rom auf Urlaub?« Ich mochte Rom nicht besonders, ich liebte die italienischen Landschaften. Das archaische Umbrien, Apulien mit seinen jahrhundertealten Olivenbäumen und vor allem das Veneto.

»Es war eine Journalistenreise. Manchmal fahre ich mit.«

»Und auf Urlaub?«

»Wir fahren kaum auf Urlaub. Meine Frau ...«

Ich hörte aufmerksam hin.

»Wie machen Sie diese Tomatensauce? Die ist besser als in Rom.«

»Ihre Frau ...?«, insistierte ich, durch den Wein bereits etwas mutiger geworden.

»Meine Frau hat nicht viel davon, sie ist immer mit mir beschäftigt.« Droch machte hinter dem Satz einen so endgültigen Punkt, dass ich nicht weiterfragte. Seine Frau, still, immer bemüht, nicht zu stören, längst verblüht, und das war keine Frage des Alters.

Ich tauchte zwei Gnocchi tief in die Tomatensauce und führte sie an die Lippen. Es schmeckte nach vollreifen Früchten und dem grünen Ton des Basilikums.

»Sie verstehen es zu genießen«, sagte Droch, und ich bemerkte, dass er seinen Teller schon leer gegessen hatte.

Ich lächelte. »Ich verstehe es, gutes Essen zu genießen.«

Die Sonne war unterdessen am Horizont verschwunden, die Kühle des vorbeifließenden Wassers wurde spürbar.

»Soll ich Ihnen eine Jacke bringen?«, fragte Droch. Ich schüttelte den Kopf. Droch holte ein Windlicht, stellte es auf den Tisch und zündete es an. »Wegen der Romantik«, spöttelte er.

»Wir wollten über den Fall reden«, sagte ich und bedauerte sofort, dass ich aus lauter Feigheit an der seltsamen Stimmung gekratzt hatte.

»Ja«, sagte Droch in freundlichem, aber sachlichem Ton. »Ihr Essen kann einen ganz schön ablenken. Also was haben wir: Wir haben alle Computerdateien gestohlen – widersprechen Sie mir nicht, die sind gestohlen. Und wir haben nichts Verdächtiges entdeckt. Das mit den Sternchen hat sich aufgeklärt. Mitarbeiter von Orsolics haben Sie überfallen, dafür dürfte es sogar Beweise geben. Wir wissen aber nicht, ob Orsolics davon gewusst hat. Schmidt wollte mit Ihnen reden, wir wissen aber nicht, worüber. Bellini-Klein war ein Hochstapler und wurde immer wieder gefeuert. Nach seinem Ausflug in den Wahlkampf stürzte er aus dem Fenster. Zwei Gläser ohne Fingerabdrücke sind das einzige Indiz dafür, dass er nicht freiwillig gesprungen sein könnte. Aber er könnte die Gläser auch mit einem Handschuh angefasst oder mit einem Geschirrtuch poliert oder sonst etwas Seltsames getan haben. Selbstmörder machen oft seltsame Dinge.«

Ich schüttelte den Kopf. »So bringt das nichts. Wir müssen alle Fakten aufschreiben und dann versuchen, Theorien zu bilden. Und die dann überprüfen. Aber zuerst gibt es Pappardelle.« Droch legte die Hände auf seine Oberschenkel, sah mich an, legte die Hände auf die Räder des Rollstuhls und drehte sich zur Donau. Sie floss dunkelgrau an uns vorbei.

Ich nahm in der Küche noch einen Schluck von dem übriggebliebenen Frizzante. Ich wusste, das sollte ich nicht tun. Ich war da, um mit Droch zu Abend zu essen und über den Fall zu reden. Er wollte mit mir zusammenarbeiten. Das war mehr, als ich mir vor zwei Wochen noch hätte vorstellen können. Ich schnitt eine Schalotte fein, gab Olivenöl in die Pfanne, briet die Zwiebel ganz kurz an, gab das feingeschnittene, aber nicht faschierte Kaninchenfleisch dazu und rührte energisch um. Ich zerriss vier Salbeiblätter und warf sie dazu. Anschließend etwas Salz und Pfeffer. Nur drei, vier Minuten, dann kam die Sauce vom Herd. Ich seihte die Nudeln ab, band die Sauce mit etwas Obers und schüttete sie über die Nudeln. Ein Geruch von Salbei und zartem, saftigem weißem Fleisch stieg auf. Der samtige Duft italienischer Hügel. Ich warf einen Blick ins Backrohr. Die Wachteln waren bereits etwas gebräunt. Ich übergoss sie mit ihrem eigenen Fett und der Butter, die ich in die Form getan hatte, und schloss das Backrohr wieder.

Mittlerweile war es fast finster geworden. Der helle Schein am Horizont kam von den Lichtern der Großstadt.

Ich füllte zwei Teller mit den Pappardelle und trug sie hinaus. Die dicke Kerze am Tisch flackerte. Ich schenkte Wein nach und beobachtete Droch, wie er zuerst roch, dann einige Nudeln sorgsam um seine Gabel wickelte und sie langsam zum Mund führte. Als er schluckte, lächelte er fast nicht merkbar. »Warum essen Sie nicht?«

Ich sagte: »Es ist schön, Ihnen zuzusehen.« Dann begann auch ich zu essen.

»Sie sind eine großartige Köchin, nein, mehr ... Sie sind eine Künstlerin.«

»Übertreiben Sie nicht, Sie sind hier der Star«, erwiderte ich etwas laut.

»Wer ist hier ein Star?«, fragte Droch im gleichen Ton.

»Na Sie. Ein Starkommentator, vor dem sich alle Politiker fürchten. Held seit ewigen Zeiten, über den die tollsten Geschichten kursieren.«

»Tolle Geschichten? Erzählen Sie.« Er war amüsiert.

Ich schüttelte den Kopf. Ich hatte wohl schon zu viel getrunken.

»Erzählen Sie schon. Ich würde gerne einmal von meinen Heldentaten hören, vielleicht hätte ich dann mehr ...« Er brach ab.

Ich sah ihm in die Augen. Der Mond tauchte hinter den Büschen auf. Noch lange nicht voll, aber klar. »Kriegsberichterstatter, andere herausgeholt, selbst verwundet. Nicht dass das meine Welt ist ...«

Droch beugte sich vor. »Soll ich Ihnen etwas erzählen, was nur wenige wissen, weil es nur wenige glauben wollten?«

Ich legte meine Hände auf den Tisch und lauschte gespannt.

»Erstens halte ich es nicht für besonders heldenhaft, über einen Krieg zu berichten. Ich halte es nicht einmal für besonders heldenhaft, sich an einem Krieg zu beteiligen. Man kann nämlich sterben. Und dabei sind die wenigsten Helden.« Sein Gesicht flackerte im Licht der Kerze. »Ich war als Berichterstatter im Vietnamkrieg. 26 war ich damals und ganz wild auf das Abenteuer. Zu wenig Fantasie, wie sich so etwas in der Realität abspielt. Wir konnten allerdings ohnehin kaum in die Kampfgebiete. Die meiste Zeit saßen wir in Saigon fest, rund 200 Kollegen aus allen Teilen der Welt. Die Amerikaner nahmen nur die eigenen Journalisten und hin und wieder einige andere mit, die ihnen wichtig erschienen. Wir saßen also in der Hauptstadt, fürchteten uns etwas, langweilten uns sehr, und unsere Berichte stammten zum größten Teil von den Nachrichtenagenturen und dem, was uns Amerikaner erzählten. Am Abend gingen wir in die wenigen offenen Hotels, tranken alles, was da war, und legten uns dann nieder. Es war auf einer dieser Touren. Ich war so betrunken wie meine Begleiter. Wir wollten noch schwimmen gehen. Wir holten uns ein paar Drinks und verzogen uns an den Swimmingpool des Hotels. Ohne mich auszuziehen, stieg ich auf das Sprungbrett, wippte und köpfelte ins Bassin. Aber sie hatten das Wasser ausgelassen. Wassermangel.«

Ich hatte einen trockenen Mund, nahm einen großen Schluck Wein. »Wirbelbruch. Drei meiner Kollegen flogen mit mir nach Hause. Am nächsten Tag wurde unser Quartier durch eine Bombe zerfetzt. Indirekt hatte ich sie also gerettet. So viel zum Thema Heuchelei. Kriegsheld. Ich bin besoffen in einen Swimmingpool ohne Wasser gesprungen.«

»Aber Sie haben sicher ...«

»Ja, ich habe. Ich habe allen, die mich gefragt haben, gesagt, dass ich besoffen in einen leeren Swimmingpool gesprungen bin. Aber die Legende war schon im Umlauf. Und alle lachten über meine Tiefstapelei. Warum sollte ich um die Anerkennung der Wahrheit betteln? Es gibt wenig, was einen Krüppel interessant macht. Als Kriegsheld zu gelten war nicht so übel in den späten Sechzigern.«

Die späten Sechziger, ich war damals gerade in die Volksschule gegangen. Wenn er in den späten Sechzigern 26 gewesen war, dann musste er heute an die 56 sein. Nicht so alt, wie er manchmal aussah. Ich bemerkte, dass Droch mich musterte.

»Habe ich einen Mythos zerstört?«, fragte er.

Ich schenkte ihm nach und lächelte. »Nein, ich habe nachgerechnet, wie alt Sie sind.«

Droch lachte so, dass er beinahe die Kerze ausgeblasen hätte. »Sie sind schon etwas Besonderes. Ich beichte Ihnen mein Leben, und Sie berechnen, wie alt ich bin.«

Ich lächelte. »Als Nichtkriegsheld sind Sie mir lieber.« Dann stand ich abrupt auf und ging in die Küche, um die Wachteln zu holen. Ich legte die braunen Vögel zwei und zwei auf einen Teller und drückte den Rest der Trüffelpaste in den Saft der Wachteln. Ein intensiver, unvergleichlicher Duft machte sich breit. Mit den Tellern und einer Flasche Traminer aus Campodipietra unter dem Arm kehrte ich zu Droch zurück.

»Mira«, rief Droch beinahe enthusiastisch, als ihn der Duft erreichte.

Ich stellte die Teller ab, öffnete den Wein und ließ mich vom vollen Aroma des trockenen Traminers und der eigentümlichen Knolle einfangen.

»Nicht reden, essen«, sagte ich. Und wir aßen. Die Donau, fast schwarz und träge. Die weiche Fülle der Wachteln – ein Gedicht. Ich nahm einen Wachtelschenkel, tauchte ihn in den Trüffelsaft und lutschte das letzte Fleisch herunter. Droch wischte sich den Mund ab und nahm einen Schluck Traminer. Ich schob mir eine Strähne meiner langen schwarzen Haare zurück. Das Gesicht von Droch. Kantig, kurzgeschnittene graue Haare und fettige Lippen. Wir sahen uns an, und wir aßen. Mit Brot tunkten wir die Sauce auf. Ich füllte die Gläser nach. Wir tranken.

»Incredibile«, sagte Droch in die Stille.

»Incredibile«, erwiderte ich.

Wir blieben so sitzen, bis etwas Wind aufkam und ich zu frösteln begann. Droch rollte davon und holte eine alte Strickjacke. Er hängte sie mir um, und ich spürte für einen Moment seine Hände auf meinen Schultern. Aber schon war er wieder auf seinem Platz.

»Ich habe noch Schokomousse«, murmelte ich. Droch lachte und brach die Spannung. »Ich habe so gut gegessen wie schon lange nicht. Wenn ich recht überlege, habe ich noch nie so gut gegessen.«

»Ich wollte eben einmal zeigen, dass auch ich meine Qualitäten habe«, sagte ich munter.

»Das ist gelungen«, lächelte Droch. »Ab heute werde ich immer denken: Aber kochen kann sie!«

»Was heißt aber?«, blödelte ich.

»Und ich werde darauf achten, dass sie mir nicht abhanden kommt, weil sie könnte mich ja noch einmal zum Essen einladen. Also keine gefährlichen Ausflüge, keine Kontakte mit Schlägern und keine übertriebenen Risiken!«

»So kümmere ich mich doch endlich einmal um Politik und nicht um schöne Leute und neue Trends. Ist das nicht erzieherisch wertvoll?«

»Wenn das Politik ist.«

»Genau das ist Politik. Politik pur.«

»Politik ist, das Zusammenleben der Menschen zu ordnen.«

»Das klingt nach Orsolics.«

»Das muss ich mir von einem Mädchen, das meine Tochter sein könnte, nicht gefallen lassen.«

»Da hättest du aber früh anfangen müssen.« Rasch stand ich auf, sagte »Schokomousse« und ging zum Haus.

»Mira«, rief Droch. Ich hörte ihn näher kommen. Ich drehte mich um und sah in sein verschlossenes Gesicht. Ich war zu weit gegangen. »Ich freue mich, wenn wir beim Du bleiben«, begann er etwas gestelzt. »Aber dann muss das auch für die Redaktion gelten. Ich bin dort mit niemandem per du. Überleg es dir gut. Ich bin auch über das Sie nicht beleidigt. Vorausgesetzt«, er lächelte vage, »vorausgesetzt, ich werde hin und wieder zum Essen eingeladen. Unter Freunden.«

Ich fühlte mich steif wie seine Rede. Die Wein-Trüffel-und-Donau-Stimmung war abgefallen. »Mir ist das mit dem Du nur so herausgerutscht. Vielleicht, weil ich mich darüber sehr freuen würde.« Jetzt redete ich auch schon so.

»Vielleicht?«

»Ach«, sagte ich, »Scheiße, natürlich würde ich mich freuen, und die anderen sollen doch reden, was sie wollen.«

Jetzt lächelte Droch über das ganze Gesicht. »Auf zur Schokomousse!«, rief er.

Ich verteilte die gekühlte dunkle Masse auf zwei Teller und garnierte sie mit frischen Himbeeren. Mir war so leicht zumute. Wunderbarer Wein.

Wir löffelten die Schokomousse. Bittere Schokolade, vermischt mit geschlagenem Obers und einem Hauch Vanillezucker.

»Sag mir, wo hast du wirklich so kochen gelernt?«, fragte Droch.

»Zu viel mehr hat es eben nicht gereicht«, sagte ich. »Zuerst durch die Gastereien bei meinen Eltern. Dann habe ich einen echten bürgerlichen Haushalt geführt. Lach nicht, es ist wahr. Ich habe in Weiß geheiratet, einen vielversprechenden jungen Universitätsprofessor. Ich habe studiert und bin pünktlich um fünf daheim gewesen, um für ihn zu kochen. Irgendwie muss man sich unentbehrlich machen. Seine Freunde waren beeindruckt. So jung und so praktisch. Und dabei gar nicht dumm. Ich kann mich an die Zeit kaum mehr erinnern. Dann bin ich nach New York. Ein Mann und ein italienisches Restaurant. Keine Sorge, diesmal habe ich nicht geheiratet. Ich habe auch nicht gekocht, sondern bloß die ganze PR für das Lokal gemacht. Kochen konnte der selber. Von ihm habe ich eine Menge gelernt – was unser Thema Kochen angeht. Und seit ich wieder in Wien bin, und das sind immerhin an die zwölf Jahre, hat sich niemand für lange Zeit ein Exklusivrecht auf meine Kochkünste sichern können. Aber ich habe weiter dazugelernt. Durch meine Touren ins Veneto, manchmal auch nach Apulien oder Ligurien. Mehr oder weniger wissenschaftliche Studien, verbunden mit großen Menüs.«

»Ich bin überzeugt, deine Männer denken heute noch an dich. Immer, wenn sie essen, dann seufzen sie vor Sehnsucht nach dir. Ganz schön raffiniert.«

»Wirst du ab jetzt auch nach mir seufzen?«

»Nach dir oder über dich, das ist die Frage.«

Die herbe Schokomousse zerging auf der Zunge. Wir tranken Traminer dazu. Es war kurz vor Mitternacht.

»Wir wollten eigentlich die Fakten ordnen, Thesen aufstellen, Strategien überlegen«, sagte ich ohne Bedauern.

»Ich finde, es hat sich einiges geordnet«, antwortete Droch gelöst.

Ich nickte. Der Rest würde sich finden. Oder auch nicht. Es war nicht so wichtig.

Droch kredenzte einen alten Cognac. Wir tranken aus großen Schwenkern. Zusammenräumen würde die Frau, die sich regelmäßig um die Fischerhütte kümmerte, hatte Droch erklärt.

Ich tappte hinter Droch zum Auto. Hinter der Fischerhütte war es dunkel.

Beide waren wir vom Alkohol angenehm umnebelt, die Straßen waren beinahe menschenleer. »Getrüffelte Wachteln«, sagte Droch und seufzte. »Was soll da noch Besseres nachkommen?«

»Ein Essen im Veneto? In meinem Lieblingslokal?« Ich stockte, bevor ich weitersprach. »Oder ein Fischmenü, von mir persönlich zubereitet?«

»Wann?«, fragte Droch, und wir lachten. Ich nahm besäuselt wahr, wie sicher Droch fuhr. Es war ein gutes Gefühl, von ihm gefahren zu werden. Normalerweise verließ ich mich lieber auf mich. »Droch, wie alt bist du wirklich?«, fragte ich.

»57«, antwortete er.

»Dann werde ich schneller 40, als du 60 wirst.«

»Wie sie kombinieren kann.«

Droch hielt vor meinem Haus. Zweimal war er schon dagewesen. Einmal, um nach der Tasche zu suchen. Einmal, um mich von Alleingängen abzuhalten.

»Danke«, sagte ich mit meiner dunkelsten Stimme, irgendetwas steckte mir im Hals.

»Danke«, sagte Droch, und seine Augen lächelten.

»Bis morgen«, sagte ich, kletterte aus dem Wagen und ging zur Einfahrt. Dann blieb ich stehen und kehrte zu Droch zurück. Er ließ das Fenster hinuntersurren. Ich beugte mich zu ihm und gab ihm einen raschen Kuss auf die Wange. Für einen Moment schien es mir, als wollte er mich festhalten. Aber er tat es nicht, und ich trat zurück und ging zum Haustor. Erst als ich den Schlüssel im Schloss herumgedreht hatte, fuhr er los. Er konnte nicht mehr sehen, dass ich winkte.

Ich stellte die große Tasche mit allem, was ich von der Hütte zurückgebracht hatte, in die Küche. Für Gismo taute ich ein Stück Rindsleber auf. Als sie schnurrend zu fressen begann, setzte ich mich ins Wohnzimmer und goss mir einen Whiskey ein. Vor mich hin lächelnd, ließ ich den Abend Revue passieren. Keiner meiner Gedanken hatte mit den beiden Todesfällen zu tun. Und auch an meine Blutergüsse dachte ich nur nebenbei. Dann ging ich schlafen.

[10]

»Das liegt Ihnen doch«, sagte der Chefredakteur, und ich verzog das Gesicht. Ich sollte für das nächste Heft eine Story der besonderen Art machen. Was tun die Strohwitwen und -witwer der Wahlkampfstrategen und der Kandidaten, wie schlagen sie sich die einsamen Abende um die Ohren? Mein Gegenargument, dass Vogls Frau sich ihre Nächte auf dem Friedhof um die Ohren schlage, dass Johanna Mahlers Mann Archäologe und momentan in Ephesos sei, dass Chloe Fischers Mann bekanntlich Generaldirektor der Beste-Bank sei und mit seiner Zeit schon irgendetwas anzufangen wisse, zog nicht. Der Chefredakteur ließ von seiner Idee nicht ab. »Bei Fischer fühle ich vor. Aber keine kritischen Fragen über das Bankwesen, wenn ich bitten darf, das machen andere.« Droch grinste bloß mitleidig, als ich ihm von dem Auftrag erzählte.

In Vogls Wahlkampfzentrale würde ich in den nächsten Tagen also nichts zu suchen haben. Vielleicht war das ohnehin besser. Wir hatten alles versucht, sollten sie einander doch umbringen.

Generaldirektor Fischer war so, wie ich ihn aus der Entfernung bei einigen Society-Events kennengelernt hatte. Konservativ, aber gut gekleidet, freundlich und ohne die geringste menschliche Regung. Ich hatte einen viertelstündigen Termin bekommen, aber offenbar war doch nicht alles auf die Viertelstunde genau geplant. Ich musste lange in einem überdimensionalen Vorraum warten, bis ich von einem Bürodiener in Fischers Zimmer geführt wurde. Aber vielleicht gehörte das auch bloß zum Ritual. Hier war die wahre Macht zu Hause. Geld. Fischer und seine Frau. Bill und Hillary Clinton wirkten wie Waschmittelverkäufer gegen dieses Powerpaar, selbst Kennedy und seine Jacqueline hätten sich dagegen farblos ausgenommen. Professionell, gestylt, erfahren, erfolgreich, immer freundlich.

Fischer erzählte mir über sein glückliches Privatleben und wies darauf hin, dass er in der Zeit des Wahlkampfes eben mehr Abendtermine absolviere als sonst. Er versuche jedenfalls immer, vor seiner Frau zu Hause zu sein. Denn so könne er dafür sorgen, dass sie es in den wenigen Stunden, die sie zurzeit daheim verbringe, maximal gemütlich habe. Und das sollte ich in meinem Artikel bringen? Ich würde es schreiben, warum nicht? Nach dem Wahlkampf sei eine USA-Reise geplant, verriet mir Fischer noch. Und dass er sehr stolz auf seine Frau sei. Denn sie sei eine Karrierefrau und trotzdem eine echte Frau. Ich vermied es nachzufragen, was er darunter verstand. Er ersparte mir die Antwort dennoch nicht. Er müsse oft verreisen. Und es seien weder Schmuck noch Tücher oder ähnliches, was sie als Mitbringsel besonders schätze. Es seien Kleinigkeiten für das Heim. Kristallgläser, eine schöne Teekanne, Kerzenständer. Dass sie beim Wahlkampf führend dabei sei, mache ihn stolz. Wolfgang A. Vogl genieße sein volles Vertrauen. Er sei ein Sozialdemokrat und ein Mann der Wirtschaft. Das sei kein Widerspruch, sondern für verantwortlich denkende und erfolgreiche Politiker die Verbindung der Zukunft. Er wisse, dass er sich auf Vogl verlassen könne. Immerhin habe er mit ihm schon während seiner Zeit im Energiekonzern hervorragend zusammengearbeitet. Damals sei er Vogls Finanzdirektor gewesen.

Ich war froh, dass er nicht länger für mich Zeit hatte. Irgendwie bekam ich neben diesem Kunstprodukt keine Luft. Ich schaltete mein Aufnahmegerät aus, bedankte mich und ging.

Von Johanna Mahlers Wahlkampfbüro bekam ich einige hübsche Fotos, die einen alten, von der Hitze vertrockneten Mann mit Tropenhelm bei irgendwelchen Ausgrabungen zeigten. Die Story wurde mitgeliefert.

Orsolics' Frau wehrte sich, von mir daheim besucht zu werden. Es gebe eine Vereinbarung, und die besage, keine Medienleute in ihrem Haus. Mir schien das überraschend vernünftig. Man kam überein, sich in drei Tagen im Wahlkampfbüro zu treffen. Fotos würde es vor der Schule geben, in der Frau Orsolics als Volksschullehrerin arbeitete. Ob sie von den Schlägern ihres Mannes wusste?

Das Wochenende verbrachte ich zum Großteil in der Hängematte. Ich las zwei Kriminalromane, die nichts mit meinem realen Leben zu tun hatten. Einer spielte in der Südsee, der andere in Stockholm. Ich spielte mit Gismo und bezahlte das mit einigen Kratzern am linken Arm. Ich lud Vesna und ihre wieder gesunden Kinder in eine Pizzeria ein. Ich sah am Abend fern und hatte ausnahmsweise keine Lust zu kochen. Am Sonntag Nachmittag fiel die Temperatur um zehn Grad, und es war Herbst.

Frau Orsolics entpuppte sich als erstaunlich sympathische Person in meinem Alter. Sie versuchte nicht, mir ein idyllisches Bild zu vermitteln. Eigene Freunde und Freundinnen, eigene Interessen seien wichtig. Und Respekt vor dem Job des anderen. War der Auftrag an die beiden Schläger doch von jemand anderem gekommen? Oder prügelten sie zum Zeitvertreib?

Nach dem Termin ging ich durch das Foyer der blitzsauberen Wahlkampfzentrale und grüßte die Empfangsdame. Hinter mir kam eine andere Frau aus dem Großraumbüro, die ich vor einer halben Stunde mit Chloe Fischer hatte reden sehen. »Auf Wiedersehen, Frau Schmidt«, sagte die Empfangsdame. Jetzt wusste ich, woher ich das Gesicht kannte. Es war die Witwe von Georg Schmidt. Ihr Bild war in allen Medien gewesen, sie selbst hatte jedoch jedes Gespräch verweigert. Frau Schmidt trug eine Ledermappe und strebte rasch dem Ausgang zu. Einige Stufen vor der Türe blieb ich stehen, drehte mich um und sagte: »Frau Schmidt?« Die Frau sah mich mit großen Augen an. Sie wirkte nicht gerade glücklich. Okay, ihr Mann war gestorben, aber nach all dem, was ich über Schmidt wusste, war das gerade für sie nicht zum Verzweifeln.

»Ich bin Mira Valensky. Und ich kannte Ihren Mann. Können wir miteinander reden? Vertraulich?«

Noch hatte Schmidts Witwe keinen Ton gesagt. Sie schaute mich nur an. Sie musste vor zehn Jahren sehr hübsch gewesen sein. Jetzt war ihr Gesicht aufgedunsen, die Figur plump.

»Ich weiß nicht«, sagte sie mit norddeutschem Akzent.

Wenige Minuten später saß ich mit ihr in dem Kaffeehaus, in dem ich auch mit der Schreibkraft gewesen war. Ich erzählte Frau Schmidt, was ich über den Tod ihres Mannes und die Vorgeschichte des Mordes wusste. Zwei Tatsachen verschwieg ich: dass ich für ein Magazin arbeitete, und das Detail mit den Huren.

Frau Schmidt hielt mich offenbar für eine Wahlkampfmitarbeiterin. »Ich habe alles gelesen«, sagte sie, »Sie brauchen mich nicht zu schonen. Außerdem habe ich alles gewusst.«

Ich sah sie an.

»Er hat es mir an den Kopf geschleudert, dass ich alt und fett geworden bin, und was er in Wien getrieben hat. Und ich sage Ihnen: Es war mir bald egal. Er wollte sich von mir nicht scheiden lassen, weil er ja auch diese Christdemokraten gecoacht hat. Und so bin ich in einem Teil unseres Hauses wohnen geblieben, und er hat im anderen Teil gewohnt. Er hat mich geheiratet, bevor ich meine Ausbildung fertig hatte. Damals habe ich nebenbei als Hostess auf Messen gearbeitet. Und er hat Verkaufsveranstaltungen inszeniert. Was sollte ich also tun? Nur mit dem Geld war es oft schwer mit ihm.«

»Er hat Ihnen kein Geld gegeben?«

»Doch, aber ich hatte keinen Zugriff auf sein Konto. Er schmiss mir das Geld einfach hin, aber oft vergaß er es auch. Vor allem, wenn er getrunken hatte. Und er trank immer mehr. Wissen Sie, er war einmal sehr gut in seinem Geschäft. Aber er hat es nicht ausgehalten, keiner hält das aus. Die Politik hat ihn kaputtgemacht. Ging was schief, war er für alles verantwortlich. Hatte einer Erfolg, dann konnte man sich nicht mehr an ihn erinnern.«

»Aber er galt doch auf seinem Sektor als Guru«, warf ich ein. »Medien«, sagte Frau Schmidt, und das klang nicht freundlich. »Warum sind Sie heute in Vogls Wahlkampfzentrale gekommen?«

»Wegen gewisser Unterlagen. Georgs Mitarbeiter, der seine Firma übernommen hat, braucht einige Unterlagen. Und die hätten noch hier sein müssen. Seine Berichte, aber auch ein Strategiekonzept. Das lässt sich ja öfter einsetzen, sagt sein Partner. Ich besuche gerade meine Schwester, und da habe ich ihm versprochen, danach zu sehen.«

»Und haben Sie die Sachen gefunden?«

»Nein. Seltsam, nicht? Frau Fischer hat gesagt, dass er alle Unterlagen mitgenommen hat. Sie war sehr freundlich und hat mir noch eine Mitarbeiterin geschickt, damit sie mir bei meiner Suche hilft. Aber wir haben nichts gefunden.«

Ich erzählte Frau Schmidt, dass ihr Mann am Tag seiner Ermordung alle Unterlagen abgeholt habe. Hatte die Aktentasche nicht neben ihm gelegen?

»Das schon, aber sein Mitarbeiter sagt, dass einiges fehlt. Aber wenigstens mit Geld habe ich momentan kein Problem.«

»Ach?«, sagte ich und dachte an das Sternchen hinter Schmidts Namen. »Wurde er von der Partei bezahlt?«

»Von der Partei? Von welcher Partei? Nein, das glaube ich nicht. Drei Wochen vor seinem Tod brachte er einen Packen österreichischer Banknoten – alles Tausendschillingscheine – nach Hause und knallte sie mir auf den Tisch.«

»Bargeld?«

Frau Schmidt war irritiert. »Ja«, antwortete sie. »Er bekam öfter Bargeld, und ich denke, er hat das der Steuer gemeldet. In seinem Job darf man keine Fehler machen, hat er immer gesagt.«

»Und Sie sind sich sicher, dass das Geld nicht von Vogls Partei kam?«

Frau Schmidt sah mich misstrauisch an. »Das müssten Sie doch besser wissen, wenn Sie dort arbeiten, oder? Er hat jedenfalls gesagt, dass das Geld direkt von euch kommt. Warten Sie, wie hat er gesagt? Ja, er hat es auf den Tisch geknallt und gesagt: ›Direkt aus der Wahlkampfzentrale der Ösis.‹ Das mit den Ösis war nicht böse gemeint.«

»Wie viel war es?«

»Na, Sie wollen aber alles wissen ...«

181

»Es geistern bei uns so Zahlen herum, und wenn Sie mir helfen, dann könnte für mich in Zukunft vielleicht mehr herausschauen, wissen Sie.«

Frau Schmidt schluckte meine Erklärung, ohne mit der Wimper zu zucken. Sie kicherte sogar etwas. »64.000 Schilling waren es, ich weiß allerdings nicht, was er davon schon weggenommen hatte. Es war für den ersten Monat, hat er gesagt, wenn ich mich recht erinnere.«

»Und haben Sie den ganzen Betrag umgetauscht?«

»Nicht alles, weil ich meine Schwester in Wien besuchen wollte. Also ließ ich einen Teil gleich in der Geldbörse.« Frau Schmidt erzählte noch, dass sie die Alleinerbin sei, und wirkte nun weniger wie eine trauernde Witwe als wie eine, die erlöst worden war. Ich konnte es ihr nicht verdenken. Nur vor den Medien habe sie Angst. Wie kam ich an einen Tausender von Frau Schmidt heran?

Ich entschuldigte mich murmelnd und ging in Richtung WC. Als ich einen Ober sah, hielt ich ihn auf. »Ich brauche bitte Ihre Hilfe. Könnten Sie mir für eine Viertelstunde einen Fünftausender leihen?« Sein höflicher Gesichtsausdruck verschwand blitzschnell. »Bitte. Es geht um eine Wette. Ich lasse Ihnen dafür meinen Ausweis und mein Handy da.« Das Gesicht des Obers blieb verschlossen.

»Bitte«, drängte ich.

»Und das da«, sagte er und zeigte auf meinen breiten goldenen Armreifen.

Dass ich daran nicht gedacht hatte. »Okay«, sagte ich und streifte ihn vom Arm.

»Ist der aber auch echt?«, fragte er misstrauisch.

Ich zeigte ihm die Punze. Er ging zur Kasse und gab mir einen Fünftausender. »Bis in zehn Minuten«, flüsterte ich und fragte mich einen Moment, was ich tun würde, wenn mir der Ober den Armreifen nicht mehr zurückgab. Das musste ich riskieren.

Ich ging zum Tisch zurück, plauderte noch kurz mit der Witwe und sagte ihr dann, dass sie selbstverständlich eingeladen sei. Die Witwe bedankte sich, ich zog meine Geldtasche heraus, sah hinein und sagte: »Oje. Ich habe nur einen Fünftausender. Den nehmen sie nicht in Kaffeehäusern.« Ich hoffte, dass Frau Schmidt noch nicht vom Gegenteil überzeugt worden war.

»Dann lassen Sie mich doch die Rechnung übernehmen, das macht doch gar nichts.«

Ich wies das empört zurück. »Aber vielleicht können Sie mir den Fünftausender wechseln.«

Frau Schmidt konnte und nahm fünf Tausender aus ihrer Geldtasche. Ich gab ihr den Fünftausender, bedankte mich herzlich, holte den Ober und zahlte mit einem Tausender, den ich in meiner Börse gehabt hatte. Aber so genau hatte mir Frau Schmidt sicher nicht zugesehen. Wir verließen gemeinsam das Lokal, der Ober blickte mir argwöhnisch nach. Dabei hatte er Sicherheit genug. Der Armreif war von Tiffany – das Abschiedsgeschenk von Giorgio. Kaum mehr wahr.

Einige Minuten später löste ich meinen Armreifen, das Handy und meinen Ausweis aus. »Die Aktion versteh' ich nicht«, sagte der Ober.

»Macht nichts. Vergessen Sie's.« Ich gab ihm 100 Schilling Trinkgeld, und der Ober benahm sich so, als hätte er die Angelegenheit schon vergessen.

Droch war nicht mehr in der Redaktion. Ich beantwortete die beiden Telefonanrufe, die auf meiner Liste standen, und überlegte, ob ich ihn daheim anrufen sollte. Würde er mich als aufdringlich empfinden? Unser gemeinsamer Abend war bereits weit weg. Wir hatten zwar seit damals miteinander geredet, freundlich, aber über nichts Privates. Noch war es niemandem aufgefallen, dass wir per du waren. Droch kam selten aus seinem Zimmer, und bei den Redaktionskonferenzen hatte ich in den letzten Tagen geschwiegen. Ich griff zum Hörer.

Da kam ein Kollege herein – ohne anzuklopfen natürlich. »Bist du dir zu gut, um für jemanden einzuspringen?«, begann er.

»Wenn du mir so kommst, schon«, erwiderte ich.

Er grinste. »Dann anders: Mir ist was schrecklich Wichtiges dazwischengekommen, und es ist ohnehin ein Frauenthema. Und du brauchst Abwechslung zur Politik.«

»Was?«

»Ich bin fair und sage es gleich: Es sind nur 40 Zeilen. Damenfußball. Ein Promi-Team gegen die Mannschaft, die zurzeit an erster Stelle der Tabelle liegt.«

»Seit wann ist Sport bei euch ein Frauenthema?«

»Wenn Frauen spielen ...« Ich hasste derartige Zuordnungen. »Ich meine, es ist auch ein Frauenthema, nicht nur Männersache.«

»Gib's auf«, knurrte ich.

»Das Match findet morgen Abend statt. Und ich habe etwas schrecklich Wichtiges vor.«

»Okay, okay. Aber ich habe bei dir etwas gut.«

Mein Kollege nickte eifrig. »Ich werde allen erzählen, dass du immer noch ein guter Kumpel bist.«

»Vergiss es.«

»Ich bringe dir sofort die Unterlagen. Ich dachte mir doch, dass du bei Frauenbeinen schwach wirst.«

Ich warf mit einem Radiergummi nach ihm. Er duckte sich, sauste aus dem Zimmer und war blitzartig wieder da. Vielleicht war es ganz gut, nicht den Anschluss zu verlieren. Irgendwann würde der Wahlkampf vorbei sein.

Am Abend saß ich mit Droch in dessen Arbeitszimmer. Wir gingen noch einmal die Buchhaltungsdateien durch. Vielleicht gab es doch irgendwelche Verbindungen, die wir übersehen hatten. Drochs Frau hatte uns wieder Brote gebracht und war still verschwunden.

»Will sie nicht wissen, wer ich bin?«, fragte ich.

»Doch«, sagte Droch und starrte auf den Bildschirm. »Ich habe ihr gesagt, dass du eine junge Kollegin bist. Sie hat deine Artikel gelesen.«

»Ich würde ...« Ich brach den Satz ab, das ging mich nun wirklich nichts an.

Ein Vergleich der Listen der Spender und der Buchhaltungslisten brachte uns keine neuen Anhaltspunkte. Ich erzählte Droch von meinen Interviews mit den Partnern und Partnerinnen der Wahlkampfmacher.

»Karrierist«, sagte er, als ich von Generaldirektor Fischer sprach. »Keinen Stil, ein kleiner Streber.«

»Öd, aber ganz schön perfekte Fassade«, meinte ich. »Bei dem wundert man sich, dass er nicht auch in der Politik ist.«

»Zu schlechte Bezahlung«, meinte Droch, »dafür macht der nichts.«

Die fünf Tausendschillingnoten hatte ich noch in meiner Tasche. Droch versprach sich nicht viel davon. »Da ist wieder einmal deine romantische Ader mit dir durchgegangen.« Er lächelte beinahe väterlich.

Ich mochte dieses Lächeln nicht. »Das hast du auch geglaubt, bevor ich zusammengeschlagen worden bin.«

»Hm«, sagte Droch. Das war ein wunder Punkt bei ihm. »Schmidt wird Steuer hinterzogen haben, das ist es. Wahrscheinlich hatte er ein Konto in Österreich, von dem er Bargeld abhob. Ein anonymes Konto.«

Nicht auszuschließen. »Aber neben seinem Namen steht ein Sternchen und keine Auszahlung.«

»Vielleicht hat er das Geld beim Spielen gewonnen.«

»Sie haben gesagt, dass er verloren hat.«

»Sie könnten lügen.«

Klar, alles war möglich. Geld ...

Ich hatte eine Idee. »Geh noch einmal zurück zu den Sponsoren. Die Banken ...«

Droch tat es. Er kannte sich mit Computern deutlich besser aus als ich. Da. Die Liste mit den Eingängen. Private, Firmen, Konzerne, Versicherungen, Banken. Was sie sich alle davon erwarteten?

»Die Beste-Bank. Hast du irgendwo die Beste-Bank gesehen?«

Droch klickte Zeile für Zeile durch. Ohne Erfolg. Ausgerechnet die Bank, bei der Fischer Generaldirektor war und mit der Vogl seit seiner Zeit beim Energiekonzern engste Kontakte hatte, schien nicht auf.

»Wahrscheinlich aus Vorsicht. Fischers Frau managt Vogl. Das könnte sonst nach Intervention aussehen«, meinte Droch.

»Fast alles kann nach Intervention aussehen. Die sind doch alle miteinander bekannt, verschwägert, voneinander abhängig. Es ist ein und dieselbe Partie.«

»Ich weiß, dass du keine Banken magst. Und Bankdirektoren schon gar nicht. Wo sollen die Leute ihr Erspartes aufheben? Unter der Matratze?«

»Magst du diese Typen?«, fragte ich.

»Ich halte sie für notwendig«, erwiderte Droch.

Er versprach mir, ein Fundraising-Dinner der Beste-Bank zu besuchen. »Da geht es allerdings um krebskranke Kinder und nicht um mögliche Präsidenten.«

»Sie werden aber alle dort sein«, sagte ich.

»Geh mit«, schlug Droch vor. »Ich lade dich ein.«

Ich schüttelte den Kopf. »Wie würde das aussehen? Zwei Journalisten auf Recherche.«

»Was sonst?«, sagte Droch und hämmerte auf die arme Tastatur ein.

»Klar würde ich gerne mit dir angeben, aber es wäre etwas auffällig.«

»Mit mir angeben …«, knurrte Droch.

[11]

Beim Damenfußball-Match ging es tatsächlich weniger um Sport als um ein gesellschaftliches Ereignis. Zwei Bergbauernhöfe waren von einer Mure verschüttet worden, tagelang war nach Überlebenden gegraben worden. Ergebnis des Unglücks: Die meisten der Kinder lebten, die Eltern waren tot. Die Mitleidswelle war hochgegangen. Bauernkinder vor dem Nichts. Schwang da nicht etwas Freude am Unglück der anderen und Freude an der eigenen Großzügigkeit mit? Ich jedenfalls hatte von Bergbauern wenig Ahnung. Die meisten, die ins Stadion gekommen waren, hatten noch weniger Ahnung als ich.

In einem großen Partyzelt gab es das typische First-class-Einheitsbüffet. Ich brauchte bloß den brennenden Spiritus unter den großen kupfergedeckten Pfannen riechen und hatte schon genug. Jede Menge Lachs, zu sehr durchgebratenes Roastbeef, glitschiger Fisch. Ich beschloss, nachher besser zu essen, und drehte mit einem Glas österreichischen Sekt eine Runde. Ich sprach mit einigen aus der Promi-Mannschaft und mit der Kapitänin der Fußballerinnen. Sie war sehr aufgeregt.

»So viel Publikum haben wir sonst nicht«, sagte sie. »Das ist eine gute Werbung für uns.« Die Sportlerin zuckte die Schultern. »Nicht sportlich, verstehen Sie, sondern imagemäßig.« Darauf kam es an.

Die erste Hälfte endete drei zu eins, das eine Tor für die Promis hatte eine Schifahrerin geschossen. In der Pause stand man wieder in Gruppen herum. Einige Models führten Trachtenmode vor. Die für den Artikel nötigen Statements hatte ich schon in der Tasche. Ob ich früher gehen und mir das Endergebnis nachliefern lassen sollte? Für 40 Zeilen hatte ich wirklich genug gearbeitet.

Da sah ich die beiden. Waren sie mir gefolgt? Ich verwarf den Gedanken. Die beiden Schläger standen beim Büffet, einer aß Minischnitzel, und der andere ließ sich gerade aus allen kupfernen Behältern etwas geben. War Orsolics auch da? Ich konnte ihn nirgendwo sehen. Ich war ausnahmsweise mit meinem Auto gekommen, der Fußballplatz lag ein wenig außerhalb der Stadt. Jetzt würde der Parkplatz menschenleer sein.

In der Menge war ich sicher. Kein Grund zur Panik. Orsolics' Burschen für alles. Tagsüber waren sie wahrscheinlich ganz harmlos. Sie sahen auch jetzt völlig harmlos aus. Zwei junge Männer, beide Mitte 20, schlank, nicht auffallend attraktiv, aber auch nicht hässlich. Hungrig.

Ich ging auf die beiden zu. Erschrocken starrte mich der eine an. Das gab mir Mut. Eingekeilt in die Masse der essenden Besucher, sagte ich mit einer Ruhe, die mich selbst überraschte: »Sie haben mich überfallen. Sie brauchen es nicht zu leugnen. Ich habe Beweise. Blutspuren an meinem Gewand und Fingerabdrücke an dem Feuerzeug, das Sie aus meiner Tasche mitgenommen haben ›Feuer und Flamme‹. Dumm, dass Sie es im Hauptquartier haben liegen lassen.«

Die beiden sahen mich sprachlos an. »Wir waren es nicht«, sagte der eine. »Sei ruhig, Joe«, sagte der andere. »Sie hat uns nicht angezeigt, und sie wird es auch nicht tun, weil sie weiß, was ihr dann passieren kann.«

»Die Schläger von Orsolics«, sagte ich mit noch immer ruhiger Stimme, »das gibt einen netten Skandal.«

»Das können Sie nicht tun, Orsolics hat nichts damit zu tun«, rief Joe. »Dann ist das wohl die Macht der Argumente.«

»Seien Sie ruhig, das ist besser für Sie«, sagte der andere.

»Sie schlagen also einfach so zu.« Ich sah ihm tief in die Augen. »Ich werde nicht ruhig sein. Und wenn Sie es schaffen, mich noch einmal zusammenzuschlagen, Gratulation. Oder vielleicht möchten Sie mich doch lieber umbringen – wie Bellini-Klein oder wie Schmidt.«

Joe schob seinen Partner zur Seite. »Glauben Sie uns, damit haben wir nichts zu tun. Wirklich.«

Ich glaubte es, zumindest hoffte ich es für mich selbst.

»Orsolics hat uns erzählt, dass Sie herumschnüffeln und so tun, als ob der Tod von Bellini-Klein ein Mord gewesen wäre. Er war ziemlich bedrückt, immerhin hätte das alles kaputtmachen können. Er hat uns davon erzählt, und dann haben wir beschlossen zu handeln.«
»Und Sie haben geglaubt, dass ich deswegen den Mund halte?«
»Wir wollten ihn beschützen. Wir haben so etwas noch nie getan. Und Sie haben sich so gewehrt. Wenn Sie sich nicht so gewehrt hätten, hätten wir früher ...«
»Alles Scheiße«, sagte ich. »Ihr habt nicht zum ersten Mal zugeschlagen.«
Joe ging der Mund über. »Das war das erste Mal seit langem. Orsolics war es, der uns da herausgeholt hat, der uns eine Chance gegeben hat. Das gibt es sonst nicht. Er hat uns eine Chance gegeben. Und über ihn lassen wir nichts kommen, gar nichts.«
»Und jetzt seid ihr zum Dank seine Killer.«
»Das meinen Sie doch nicht im Ernst?«
»Die Polizei könnte es aber glauben wollen.«
»Sie können nicht ...«
»Ich habe Beweise, und ihr habt mich zusammengeschlagen.«
Jetzt war wieder der andere dran. »Und warum sind Sie bisher nicht zur Polizei gegangen?«
Ja, warum nicht?, dachte ich und sagte: »Weil ich noch eine andere Möglichkeit sehe. Es liegt an euch. Wenn ihr ab jetzt mit mir zusammenarbeitet, werde ich meine Blutergüsse vergessen. Beim geringsten Angriff auf mich, oder wenn ich merke, dass ihr nicht kooperativ seid, geht alles an die Polizei. Wäre ja für mich auch eine hübsche Story: Orsolics und seine Schläger, Orsolics und seine Killerboys.«
Das schien zu wirken.
Die beiden tuschelten miteinander. »Wir werden unseren Boss nicht hintergehen«, sagte Joe schließlich.
»Was schadet Orsolics mehr: Wenn die Story in die Medien kommt oder wenn ihr mir alle außergewöhnlichen Vorgänge meldet? Im ersten Fall schadet ihr ihm so, dass er gehen muss. Im zweiten Fall ist das offen. Eure Entscheidung.«

Sie berieten sich noch einmal. Als ich sie so ratlos und mit hängenden Armen dastehen sah, konnte ich mir fast nicht mehr vorstellen, wie sehr ich mich vor ihnen gefürchtet hatte. Nur nicht leichtsinnig werden, schärfte ich mir ein.

»Wir machen mit«, sagte Joe. »Was sollen wir tun?«

»Ihr ruft mich sofort an, wenn euch etwas ungewöhnlich vorkommt.«

»Aber wir sind gar nicht so oft in der Wahlkampfzentrale.«

»Dann treibt euch eben mehr dort herum. Wenn euch etwas Seltsames im Zusammenhang mit dem Wahlkampf unterkommt, ruft ihr mich sofort an.« Ich gab ihnen meine Handynummer. Was würde den beiden schon seltsam vorkommen? »Ich warte nicht lange«, sagte ich möglichst drohend, drehte mich um und ging.

Eine eigenartige Hochstimmung machte sich in mir breit. Den beiden hatte ich es gegeben. Selbst wenn nichts herauskam, die hatten ihr Fett weg. Blöde Schläger. So leicht konnte man mich nicht unterkriegen. Mich nicht.

Ich hatte den Parkplatz erreicht. Lange Reihen von Autos, kein Mensch zu sehen. Und wenn sie doch Mörder waren? Oder mit den Mördern in Verbindung standen? Ich schluckte.

Da krachte hinter mir eine Autotüre zu. Langsam wandte ich den Kopf. Ein kicherndes Pärchen spazierte davon. Die letzten Meter bis zum Auto rannte ich. Ich sperrte mit zittrigen Fingern auf, verriegelte von innen sofort die Türen und startete. Mörder sahen nicht immer wie Mörder aus. Wahnsinn. Ich hatte sie geradezu herausgefordert zu handeln.

Auf dem Weg nach Hause rief ich Vesna an. Zwei Minuten später stieg sie zu mir ins Auto. Sie zeigte mir ein langes Küchenmesser, das sie in ihre Tasche gesteckt hatte. »Für alle Fälle«, sagte Vesna.

In meiner Gasse fand ich keinen Parkplatz, und so kurvten wir einige Male um die Häuserblocks. Wir würden einige Straßen zu Fuß gehen müssen. Es war noch nicht einmal zehn. Ein kalter Nordwind wehte. Ich erinnerte mich an die Szene im Prater: die Männer, die auf den Toten mit dem Messer in der Brust niederschauten, und dazwischen Droch in seinem Rollstuhl. Die Straßen waren beinahe menschenleer. Wir beschlossen, die Nebengassen zu meiden. Kurz vor meinem Haus drückte mich Vesna am Arm, und wir duckten uns in einen Eingang. Da war ein Geräusch gewesen.

Die Frau, die nun mit ihrem Pudel aus dem Haus trat, zuckte zusammen: zwei verdächtige Frauen im Hauseingang.

Wir konnten darüber nicht lachen, hasteten weiter, erreichten die Einfahrt. Ich sperrte die Haustüre auf, und Vesna sagte: »Ich bleibe.«

»Und die Zwillinge?«

»Mein Mann ist da. Und die Schwester zu Besuch.«

»Du hast Besuch? Da kannst du doch nicht bei mir Kindermädchen spielen. Ich habe mich schon abgeregt. Es ist nichts passiert.«

»Ich habe der Schwester gesagt: Bis morgen.«

Wir gingen nach oben. Ich sperrte die Wohnungstür auf und machte entgegen meiner Gewohnheit in allen Zimmern sofort Licht. Gismo zwinkerte erstaunt. Sie hatte sich – wie immer, wenn ich nicht daheim war – vor der Schlafzimmertür eingerollt. Vorsichtig schlichen wir von Raum zu Raum. Vesna hatte das Messer in der Hand.

»Wir müssen lächerlich aussehen«, murmelte ich.

»Besser lächerlich und vorsichtig«, erwiderte Vesna. Sie legte ihr Messer auf das Telefonkästchen im Vorraum.

Am nächsten Morgen kam uns das Messer im Vorzimmer zutiefst melodramatisch vor. Vesna steckte es beinahe verschämt in ihre Tasche, bevor sie nach einem ausgiebigen Frühstück ging.

Im grellen Licht der Herbstsonne sah alles anders aus. Droch allerdings fand das nicht. Er reagierte wütend. »Wenn du dich umbringen willst, nur zu. Viel Vergnügen, Heldin. Ich hätte dich nicht für so dumm gehalten. Das hat mit Mut nichts zu tun, weißt du das? Ich hätte dir nie helfen sollen. Du kannst nicht einschätzen, worauf du dich einlässt, und von Politik hast du keine Ahnung. Und von Menschen schon gar nicht. Du hast keine Ahnung und stolperst mit deinen großen braunen Augen einfach so rein. Hallo, ich bin's, Mira. Und ich werde euch jetzt alle zur Strecke bringen. Und wenn nicht, sehe ich auch als Leiche gut aus. Gratuliere.« Er starrte mich böse an.

Mir kamen die Tränen. Ich vertrug solche Angriffe nicht. Aber gerade ihm würde ich das nicht zeigen. Er hatte sich entlarvt. »Vesna ist da anders. Sie hat mich nicht beschimpft, sondern ist sofort gekommen, und wir haben gemeinsam …«

»Schön, dass es Menschen wie Vesna gibt. Eine bosnische Putzfrau mit einem Küchenmesser und Mira, die Mutige.«

»Du brauchst mir nicht zu helfen. Und ich will auch nicht mehr, dass du es tust. Was ich getan habe, war die einzige Chance, um in dieser Sache weiterzukommen.«

»Und du hast dir das alles selbstverständlich lange überlegt und dann bei der passenden Gelegenheit durchgezogen.«

»Ich …«

»Du bist wie ein Kind, du lässt dich von deinen Gefühlen treiben. Einmal hierhin, einmal dorthin. Mira, die Gefühlvolle. Mira, die Mutige, Mira, die alles schon irgendwie in den Griff bekommen wird. Mira, die Politik so langweilig findet, dass sie ein Mordkomplott vermutet.«

»Du bist es, der das die ganze Zeit vermutet.«

»Unwahrscheinlich, aber möglich. Das reicht.«

»Verdammt, es ist nichts passiert. Wären es Mörder, hätten sie schon zugeschlagen.«

»Vielleicht überlegen andere mehr, bevor sie handeln. Die Aktionen bei Bellini-Klein und bei Schmidt waren nicht schlecht organisiert, wenn sie organisiert waren. Schon vergessen?«

»Willst du mir Angst machen? Plötzlich hältst du es also für Mord? Du bist zwar nie dabei, aber du weißt alles. Danke.«

Ich knallte die Tür ins Schloss. Ich ging in mein Zimmer und warf noch eine Türe zu. Gut, ich hatte meinen einzigen Verbündeten verloren. Wenn er so war, dann war er kein Verbündeter. Dann war es besser so. Außerdem hatte ich noch Vesna. Auf die war Verlass. Was hieß, Mira, die Mutige? Es war eben passiert, und da konnte man doch nicht so tun, als sei alles in Ordnung. Oder? Wer war da ignorant?

Ich hackte die Beschreibung des Benefizfußballspieles mit einer Bösartigkeit herunter, die dem Anlass trotz allem nicht entsprach. Mit dem Mann der Bündnissprecherin musste ich heute auch noch reden. Ich würde es kurz machen.

Diese ganze Schreiberei war Mist. Vielleicht wäre es besser, nach New York zurückzugehen und dort ein PR-Büro aufzumachen. Sie standen auf europäischen Charme. Ich würde schon auf die Füße fallen, ich war bis jetzt immer auf die Füße gefallen. Gismo konnte ich mitnehmen. Einfach weg. Was hielt mich hier? Nicht einmal ein fixer Job.

Dafür aber eine neue Aufgabe. Es nahm überhand, dass ich zum Chefredakteur bestellt wurde. Wie immer lag er in seinem Chefsessel. »Sie haben in letzter Zeit eine Menge Glück«, sagte er zur Begrüßung. Das verhieß nichts Gutes.

»Die Story über die Partner der Wahlkampfmacher liefern Sie noch heute. Ab morgen sind Sie auf Tour. Mit dem Meister persönlich. Er scheint einen Narren an Ihnen gefressen zu haben. Zwei Tage Begleitung des Wahlkampftrosses. Droch hat seinen politischen Redakteur abziehen müssen. Wegen des Fleischskandals, Sie wissen schon.«

Ich wusste nichts. Ich wusste bloß, dass Droch ein Spiel spielte, von dem ich nichts wusste.

»Huber muss diesem Fleischskandal nachgehen. In solchen Sachen ist er der Beste. Die Regierung scheint Hormonfleischimporte gedeckt zu haben, ein Verwandter des Landwirtschaftsministers hängt mit drinnen und angeblich auch unser Botschafter in China.« Er stutzte. »Obwohl ich nicht weiß ... noch nicht weiß ...«

»Es gibt andere Politikredakteure«, erwiderte ich.

Der Chefredakteur grinste. »Wie gesagt, er hat einen Narren an Ihnen gefressen. Zweiter oder dritter Frühling oder so.«

Ich bekam eine Riesenwut. Klar, warum sollte man mich sonst einsetzen wollen? »Weil Frauen ja nur für das eine gut sind«, fuhr ich den Chefredakteur an. Er sah mich fassungslos an.

»Das war ein Scherz«, murmelte er. »Allerdings ...«

Weg, nichts wie weg. New York, Australien, von mir aus auch China.

»Droch holt Sie morgen ab. Es ist eine Chance, Mira. Schauen Sie nicht so finster drein.«

»Nein«, erwiderte ich.

Am nächsten Tag holte mich Droch um sieben Uhr in der Früh von zu Hause ab. Ich stieg ein und knurrte: »Morgen.« Droch sagte reichlich spöttisch: »Guten Morgen, Kollegin.« Dann wurde nichts mehr gesprochen, bis wir bei Vogls Wahlkampfzentrale ankamen. Der Wagen unseres Fotografen stand schon dort. »Bitte geh hinauf und sag, dass wir bereit sind.« Ich stieg wortlos aus und verschwand.

»Okay«, sagte ich bloß, als ich zurückkehrte und mich neben Droch setzte.

»Was okay?«

»Sie kommen gleich.«

Wir sahen beide geradeaus.

»Wenn ich nicht ein derartiges Minus am Konto hätte ...«, sagte ich und brach ab.

»Warum, ist mir egal.«

»Klar, Hauptsache, es wird angeschafft.«

»Glaubst du wirklich, ich riskiere, dass sie dich noch einmal zusammenschlagen oder mehr?«, erwiderte Droch.

»Und da kehrt man dann den Chef heraus. Egal, was sie will, es wird für sie gesorgt. Danke.«

»So ist es.«

Vogl trat aus dem Haus, strahlend wie der junge Morgen. Unser Fotograf schoss ein paar Bilder. Vogl, Orsolics, der Pressesprecher, der Adjutant und sechs junge Leute mit Vogl-T-Shirt – drei weiblich, drei männlich. Drei Sicherheitsbeamte waren ebenfalls zur Stelle. Vogl,

Orsolics und der Pressesprecher stiegen in einen dicken grauen BMW, die Sicherheitsbeamten in einen kleineren. Der Rest der Mannschaft nahm in einem Van mit großem Vogl-Logo Platz. Die Chauffeure warteten schon. Später würden weitere Journalistenpartien dazustoßen. Aber wir waren die einzigen, die von Anfang an dabei waren. Ich vermutete dahinter einen Bosheitsakt von Droch.

Die Fahrt durch Wien verlief zivilisiert. Man hielt sich beinahe an die Geschwindigkeitsbegrenzung – hätte man sich exakt daran gehalten, hätte das bloß den Unmut der Wiener Autofahrer herausgefordert. Der Frühverkehr war stark, es dauerte eine halbe Stunde, bis wir auf der Südautobahn waren. Ich hatte den Tagesplan bei mir. Elf verschiedene Stationen, dann noch ein Vortrag mit anschließendem Empfang in Graz. Dort würden wir auch übernachten. Und am nächsten Tag weiter nach Kärnten und nach Osttirol, und in der Nacht wieder zurück nach Wien.

Droch musste sich konzentrieren, um im Konvoi zu bleiben. Ich war froh, dass ich nicht selbst fahren musste. Mit meinem Auto wäre ich bald abgehängt worden. Die Tachonadel schwankte beständig zwischen 150 und 170. Geredet wurde nichts. Die erste Station war nah: Baden. »Geh vor, bleib dran. Ich komme nach«, sagte Droch. Ich ging. Okay, Boss.

Blasmusik, Übergabe von Blumen durch Kinder in Tracht. Eine kurze, von einem pfeifenden Mikrofon verstärkte Willkommensrede des Vizebürgermeisters. Dann ging es zum Kurhaus. Ein neuer Flügel wurde eröffnet, wieder wurden Reden gehalten. Vogl pries die Tradition der Badener Quellen, deren Heilkraft und Zugkraft für den Fremdenverkehr. Anschließend skizzierte er sein Wahlprogramm in zehn Sätzen, einige örtliche Funktionäre und der Kurdirektor erwiderten Artigkeiten. Im Kursaal war ein Frühstücksbüffet vorbereitet. Die rund 100 Schaulustigen und die Honoratioren bedienten sich. Vogl, umgeben von einigen Fotografen und einer TV-Kamera, nahm sich ein deftiges Aufstrichbrot und aß es mit telegenem Genuss. Sein Pressesprecher drängte zum Aufbruch, und als die meisten eben erst zum Büffet vorgedrungen waren, ging es bereits weiter.

Wieder auf die Autobahn, wieder 150 bis 170 Stundenkilometer. Die nächste Abfahrt. Ein amerikanischer Milliardär österreichischer Herkunft hatte in einer Einöde einen riesigen Wohn- und Sportpark errichtet. Villen in historisierendem Stil in Gelb und Weiß rund um einen künstlichen See. Wir fuhren über eine Brücke, neben der ein kleiner, ebenfalls künstlicher Wasserfall plätscherte. Der Golfplatz war frisch angelegt, seine Hügel reichten bis zum Horizont und waren irritierend grün. Das Ganze wirkte virtuell.

»Kann man das wegklicken?«, kicherte ich und vergaß für einen Moment meine Wut. Droch grinste schief.

Der Milliardär kam Vogl mit ausgebreiteten Armen aus dem Klubhaus entgegen. Er musste hinter der Glastüre auf seinen großen Auftritt gewartet haben. Das Klubhaus wollte allem Anschein nach dem Schönbrunner Kaiserschloss Konkurrenz machen. Es war bloß etwas neu und gut verputzt. Viel Fassade auch hier. Der Wahlkampftross war inzwischen um ein zweites Kamerateam und weitere Journalisten angeschwollen. Man formierte sich auf der breiten weißen Freitreppe. Der Milliardär sprach freundliche Worte, sein amerikanischer Akzent verstärkte den Eindruck, dass alles möglich war: Bub ohne Zukunft, Auswanderung, zurück als Milliardär. Das gefiel. Und so erging sich Vogl denn auch über den Leistungswillen und den Glauben an sich selbst, den er den Menschen in Österreich wiedergeben wolle.

Wieder war ein Büffet vorbereitet, diesmal allerdings von deutlich besserer Qualität. Ich nahm mir rasch vom gebeizten Lachs und den mit Shrimps belegten Blätterteigböden. Verstohlen steckte ich zwei Stücke Weißbrot mit einer dicken Schicht Lachs dazwischen in meine Tasche. Vogl hatte wieder mit ostentativem Appetit einen Happen genommen, wieder drängte der Pressesprecher zur Weiterfahrt. Der Milliardär winkte von der Freitreppe zum Abschied.

Droch war zum Auto zurückgekehrt, nachdem der Tross die Treppe hinauf in das Klubhaus gegangen war. Es hätte einen Lift gegeben, aber Droch war es zu mühsam gewesen. Ich stieg ein, er fuhr an. Ich kramte das Lachsbrot aus der Tasche. »Da«, sagte ich.

Er nahm es und biss hinein. »Typisch«, meinte er.

»Was?«, fragte ich.

»Lachsbrot als Versöhnungsangebot.«

»Wer sagt, dass das ein Versöhnungsangebot ist?«

»Ist es das nicht?«

»Vergiss es. Der Milliardär war übrigens gar nicht so übel.«

»Viel Spaß.«

»Man wird immer missverstanden.«

»Arme Mira, lauter alte Männer. Aber wenigstens redet sie wieder.«

»Ach, verdammt, es war hinterhältig von dir, mich da einfach einteilen zu lassen. Und das auch noch durch den Chefredakteur. Autorität, und schon geht alles.«

»Mir ist nichts Besseres eingefallen.«

»Ist ja okay.«

Seit unserem Aufbruch in Wien waren erst drei Stunden vergangen. »Und in dem Tempo geht das weiter?«, fragte ich.

»Politiker leisten eben etwas«, war Drochs unbewegte Antwort. Ein Tal im südlichen Niederösterreich, arbeitslos gewordene Arbeiter. Die Fabrik hatte ihre Produktion nach Asien verlagert. Vogl spendete Trost und kündigte an, den Sozialplan persönlich zu überwachen, aß ein Schmalzbrot und nahm einen Schluck vom angebotenen Schnaps.

Hotel am Semmering. Vogl spulte Teile seiner Tourismusrede herunter, die er schon in Baden gehalten hatte, fügte etwas von der Tradition der alten Eisenbahn über den Semmering und den Herausforderungen des Verkehrs für das 21. Jahrhundert hinzu. Dann aß er eine altösterreichische Topfentasche und trank ein halbes Glas Weißwein.

Gegen Mittag war ich erschöpft. »Kannst du noch fahren?«, fragte ich Droch vorsichtig.

»Ich bin's gewohnt. Ich war zwar schon lange nicht mehr mit auf einer solchen Tour, aber ich kenne das. Und ich kann sitzen.«

Für Vogl war es Routine. Er stieg in das Auto, er stieg aus dem Auto. Er lächelte, schüttelte Hände, nahm Geschenke entgegen, hielt kurze Reden, überflog im Auto Notizen für den nächsten Stopp. Es war nicht wichtig, wo er war. Es war wichtig, dass er da war. Vogl mochte diese Touren sichtlich. Ausdauer war gefordert. Er war fit und zeigte es gerne.

Am Hauptplatz eines fast verlassenen Provinzdorfes in der Obersteiermark gab es einen kleinen Zwischenfall. Als Vogl gegen den Wind in ein schlecht eingestelltes Mikrofon über Regionalförderung, die Chancen der Europäischen Union und den Wert der Familie sprach, torkelte ein Mann über den betonierten Platz. »Alles a Schas! Alles a Schas!«, schrie er. Die Sicherheitsbeamten nahmen Vogl in die Mitte, und zwei örtliche Gendarmen führten den Störenfried ab.

Ich schlief, während Droch dem Konvoi zur nächsten Etappe folgte.

Station elf, Südsteiermark, später Nachmittag. Eine Landschaft, wie ich sie nur aus der Toskana kannte. Zwar kleinräumiger, aber mit spektakuläreren Hügeln. Wildes Auf und Ab, einzelne Pappeln, erstes Herbstlaub und viel Wein. Ich mag südsteirischen Wein. Ich lebte wieder auf, als der Tross vor einem jahrhundertealten Bauernhaus hielt. Geschäftstüchtige Weinbauern, die längst im neuen und viel größeren Haus dahinter wohnten, hatten zum Umtrunk eingeladen. Nur geladene Gäste. Die politische Prominenz der Steiermark, ein paar lokale Künstler, ein paar bekannte Weinbauern. Mit einer telegenen Geste zog Vogl sein Sakko aus und ließ sich auf eine Holzbank fallen. Die Wirtin selbst – in originaler Tracht – brachte eine Brettljause: Schinken und Würste auf einem rustikalen Holzbrett. Weine wurden kredenzt. Ich nahm mir von beidem.

Da fuhr ein Auto in den Hof. Der Chauffeur hielt die Türe auf, und ein Mann in einem dunklen Anzug stieg aus. Er erregte Aufmerksamkeit. Ich ging zu Droch hinüber, der gerade beim Sohn des Weinbauern einige Kisten Wein zum Mitnehmen bestellen wollte. Er drehte sich um. »Das ist Hofer. Er hat selbst antreten wollen. Aber dann hat seine Partei auf eine Kandidatur verzichtet. Gegengeschäfte mit den Sozialdemokraten. Hofer hat das nicht verkraftet und sich von der Politik verabschiedet.« Ich nickte. So viel hatte sogar ich mitbekommen. Hofer war Innenminister gewesen, ein langgedienter Konservativer, und alle hatten geglaubt, dass er antreten würde. Und dann war nichts daraus geworden. Und jetzt stand Hofer da.

Für einen Moment wurde es still, dann ging das Geschwätz hektisch weiter. Nur die Fernsehleute und die Fotografen griffen eilig zu den Kameras und stürzten zu Hofer. Das konnte lustige Bilder geben. Es war klar: Dieses Zusammentreffen war nicht geplant. Hofer setzte ein Lächeln auf und ging direkt auf Vogl zu. Vor ihm die Kameraleute und Fotografen. Bei Vogl sah es kurz so aus, als wolle er sich verstecken. Seine Sicherheitsleute waren ihm näher gerückt. Orsolics hatte sich von seinem Platz erhoben. Sein Mund stand leicht offen. Er schien nicht glauben zu wollen, was er sah.

»Herzlich willkommen in meiner Heimat«, sagte Hofer und streckte Vogl die Hand hin. Die Anspannung ließ mit einem Mal nach.

»Ihre Heimat?«, fragte Vogl. »Ich wusste nicht, dass ...«

»Ein Dorf weiter bin ich aufgewachsen. Und dorthin habe ich mich jetzt zurückgezogen. Und ich dachte mir, dass ich einem so prominenten Besuch gerne als einfacher Dorfbewohner meine Aufwartung machen möchte.« Es klang wie eingelernt.

Vogl war noch immer auf der Hut. Er war aufgestanden, lächelte und sagte: »Das freut mich aber, das freut mich aber. Sind wir nicht alle Dorfbewohner? Oder Stadtbewohner?«

»Alles gleich«, sagte Hofer, und sein Gesichtsausdruck nahm einen härterer Zug an.

»Er ruiniert Vogl seinen besten Auftritt«, raunte Droch mir zu.

»Volltreffer.«

»Er wirkt irgendwie verrückt«, meinte ich flüsternd.

»Setzen Sie sich doch«, sagte Vogl und deutete auf den Platz neben sich.

Hofer schüttelte den Kopf. »Ich werde Sie nicht stören, ich wünsche Ihnen viel Kraft. Und die brauchen Sie, mit zwei Toten im Gepäck. Viel Kraft, Herr Exkollege. Der Dorfbewohner verabschiedet sich.« Das alles sagte er mit einem gleichförmigen Lächeln.

Den Inhalt hatte Vogl erst nach einer Schrecksekunde registriert. »Gute Besserung«, erwiderte er. Die perfekte Antwort, aufgezeichnet von drei Kamerateams und einigen Printjournalisten.

Hofer ging zu seinem Auto zurück, der Chauffeur öffnete ihm die Tür. Hofer stieg ein, und sie fuhren ab. Vogl hatte sich inzwischen gefangen. Er schüttelte traurig den Kopf. »Armer Minister Hofer.« Und schon wieder strahlend, verkündete er: »Zwei Dinge sind für jeden Politiker wichtig: zu wissen, wann man im Interesse der Bürgerinnen und Bürger gehen muss, und zu wissen, wann die Zeit reif ist, im Interesse der Bürgerinnen und Bürger alles zu geben. Meine Zeit ist reif – meine Zeit, alles zu geben.« Die Vogl-T-Shirt-Träger in seiner Umgebung klatschten. Man widmete sich wieder dem Wein und politischem Smalltalk.

»Zwei Tote im Gepäck«, zischte ich Droch ins Ohr. »Wir müssen mit Hofer reden.«

»Du hast doch selbst gesagt, dass er verrückt ist.«

»Aber …«

»Er konnte davon überall lesen und zwei und zwei zusammenzählen. Vogl ist sein politischer Todfeind.«

Der Tross brach auf, für weitere Diskussionen war keine Zeit. Wir durften den Anschluss nicht verpassen. Es ging nach Graz zum Abendprogramm.

Bei 165 Stundenkilometern sagte ich: »Hofer ist der Mörder. Du hast selbst gesagt, er ist Vogls Todfeind. Er hat die beiden auf dem Gewissen. Deswegen konnte er auch gar nicht anders, als auf die zwei Toten im Gepäck hinzuweisen. Es muss für ihn unerträglich gewesen sein, dass das Thema so rasch von der Tagesordnung verschwunden ist.«

»Mira«, sagte Droch.

»Es passt alles zusammen: Er vernichtet Vogl, indem er dafür sorgt, dass Mitarbeiter seines Wahlkampfteams sterben. Ihn treibt der Hass. Ihn beobachtet niemand. Er kommt und geht von seinem südsteirischen Dorf.«

»Und die beiden Schläger?«

»Er kann sie erpresst haben. Sie sind wahrscheinlich vorbestraft oder kommen zumindest aus einem einschlägigen Milieu.«

»Der Vater des einen ist Abgeordneter.«

»Eben.«

»Der Vater des anderen ist Arbeiter, wenn dir das lieber ist.«

»Du kannst mich nicht ablenken. Die beiden haben Dreck am Stecken, das haben sie mir gegenüber eindeutig zugegeben. Hofer kann sie erpresst haben. Das wäre ja das Geniale: Die Burschen von Orsolics schlagen zu. Kommt das heraus, sitzt Orsolics mit in der Tinte. Kommt es nicht heraus, hat man eine Journalistin dadurch auf die falsche Fährte gelockt.«

»Mit dir geht die Fantasie durch.«

»Glaubst du, dass die Konservativen dazu nicht in der Lage sind? Im Gegenteil, sage ich dir. Sie stehen auf Waffen, sie sind gewaltbereiter, dieses ganze Law-and-order-Gequatsche steigt ihnen zu Kopf. Sie wollen für Ordnung sorgen.«

»Jetzt hör aber auf. Law and Order. Wäre dir Anarchie lieber?«

»Es gibt etwas dazwischen.«

»Was?«

»Du kannst mich nicht davon abbringen. Auch wenn du es nicht glauben willst: Es waren die Konservativen.«

»Alle Politiker sind Mörder, was? Wenn, war es Hofer und nicht die ganze Partei.«

»Zugegeben. Aber seine Partei würde davon profitieren. Glaube nicht, dass ich in den letzten Wochen nichts gelernt hätte. Politik ist nicht so schwierig zu durchschauen. Die Konservativen haben keinen eigenen Kandidaten. Gewinnt Vogl, haben sie mitgewonnen, weil sie zur Schau stellen können, dass sie Vogl für gut gehalten haben, deswegen keinen Gegenkandidaten aufgestellt und ihm so zum Sieg verholfen haben. Erleidet er einen Absturz, ist es noch besser für sie: Dann hat es Vogl trotz ihres fairen Stillschweigens nicht geschafft – eine totale Niederlage für die Sozialdemokraten.«

»Und dass sie momentan politisch kaum präsent sind, wie schätzt die Expertin das ein?«

»Das ist vielleicht für ein paar Journalisten ein Problem, aber nicht für die Leute. Die sind dankbar. Das ist das Beste, was sie tun können: sich zurückhalten und warten, bis die anderen Mist bauen. Oder auch etwas nachhelfen, damit sie Mist bauen.«

»Dann wird es Zeit, deine Theorie den Polizeibehörden mitzuteilen. Denn du wirst ja nicht selbst Ordnung schaffen wollen.«

»Du bist nur sauer, weil es deine Konservativen sind.«

Droch blieb ruhig. »Es sind nicht ›meine‹ Konservativen. Ich bin bloß kein Romantiker.«

»Verdammt, aber es ist eine gute Theorie.«

Wir fuhren in Graz ein und bezogen unsere Hotelzimmer. Droch hatte mir versprochen, nach dem offiziellen Abendprogramm in einem ruhigen Lokal noch einmal alles mit mir durchzureden. Aber die ruhigen Lokale hatten in Graz nach 22 Uhr schon geschlossen. Und in die wenigen lauten, übertrieben großstädtischen wollten wir beide nicht. Also landeten wir in der Hotelbar und tranken irischen Whiskey. Ich war überdreht, Droch müde. Er ließ es sich nicht nehmen, mich bis zu meinem Zimmer zu begleiten. Sicherheitsmaßnahme. Wie in einem alten amerikanischen Film. Bloß dass er neben mir herrollte. Vor meiner Zimmertüre sahen wir uns an. »Du bist so lebendig«, sagte Droch.

[12]

Am nächsten Abend war ich davon überzeugt, dass es nichts so unnötig Anstrengendes gab wie einen Wahlkampf. »Wir wollen es so«, meinte Droch.

»Wir?«

»Glaubst du, dass er es machen würde, wenn wir ihn nicht begleiteten?«

Die letzten 200 Kilometer schlief ich. Ich wollte Droch zwar munter halten, aber irgendwann schlief ich ein. Einmal wachte ich kurz auf und sah blinzelnd zu Droch. Er schien es zu genießen, ohne Konvoi über die Autobahn zu fahren. Kaum langsamer, aber in seinem eigenen Tempo.

Wieder einmal lieferte er mich zu Hause ab. Ich gähnte.

Ich war gerade auf dem Weg vom Badezimmer zum Schlafzimmer, als das Telefon läutete. Droch, dachte ich. Offenbar hatte ich wirklich zu viele alte amerikanische Filme gesehen.

»Frau Valensky?«, sagte eine männliche Stimme. Ich war alarmiert. Ich hatte den Schlüssel zweimal im Schloss umgedreht und sogar – was ich bis vor einigen Wochen noch nie getan hatte – die Sicherheitskette vorgelegt.

»Sie haben gesagt, wir sollen Sie anrufen, wenn etwas Seltsames passiert.«

»Joe?«, fragte ich.

»Nein, Stefan.«

»Was ist los?« Ich wollte nur schlafen.

»Orsolics kam um Mitternacht in die Parteizentrale. Wir haben auf ihn gewartet. Dann wurde er angerufen, und er hat gesagt, dass er noch einmal ins Wahlkampfbüro muss und wir heimgehen sollen. Das ist doch seltsam?«

»Ja«, sagte ich.

»Lassen Sie aber Orsolics in Ruhe, er ist okay. Sonst ... Sie wissen ...«

»Wenn er okay ist, passiert ihm nichts. Danke. Und gehen Sie heim.«

»Ich weiß nicht ...«

»Wollen Sie gerne noch tiefer hineingezogen werden?«

»Okay.«

Ich schien einen Treffer gelandet zu haben. Oder das Ganze war eine Falle.

Verdammt, mein Auto war beim Service, und U-Bahnen gingen keine mehr. Taxi? Jeder Taxifahrer würde es sich merken, wenn er jemanden mitten in der Nacht zu Vogls Wahlkampfzentrale fahren würde. Und einige Straßen davon entfernt aussteigen? Zu gefährlich. Wir hätten einen Plan erarbeiten sollen. Aber niemand, auch ich nicht, hatte daran geglaubt, dass die Schläger mitarbeiten würden.

Ich läutete Vesna aus dem Bett. Einsatz mit dem Motorrad. Ich würde mich eben überwinden müssen. Etwas Besseres fiel mir auf die Schnelle nicht ein. Vesna nahm auch ihre Kinder auf der Maschine mit, es konnte also nicht so gefährlich sein. Dann rief ich Droch an. Seine Frau meldete sich. »Mira Valensky, ist Ihr Mann da? Es ist dringend.«

Sie antwortete misstrauisch: »Sie waren doch gemeinsam unterwegs. Er ist noch nicht da.« Verdammt, er musste doch längst schon zu Hause sein.

»Ziehen Sie ihn bitte in nichts hinein, er ist nicht gesund.«

Nicht gesund? Was sollte das heißen?

»Sagen Sie ihm bitte, er soll mich sofort am Handy anrufen. Sofort.«

Sie versprach es.

Ich zog dunkle Jeans und Turnschuhe an, hängte mir die Tasche um und sauste nach unten. Der Bluterguss am Brustbein tat noch etwas weh, aber wen kümmerte es.

Ich wartete in der dunklen einsamen Gasse auf Vesna. Mir war mehr als mulmig zumute. Nach einer Minute hörte ich das Motorrad. Vesna hatte einen zweiten Helm mitgebracht, den ich mir überstülpte.

»Zum Wahlkampfbüro?«, kam es dumpf unter Vesnas Helm hervor.

Ich nickte. »Weißt du, wie du hinkommst?«

Vesna nickte. Ich stieg auf und hielt mich bei Vesna an. Der Lärm und die leeren Straßen. Wir würden von der Polizei gestoppt werden. Die Maschine raste über Schlaglöcher, meine Arme waren verkrampft. Vesna nahm Abkürzungen, fuhr zweimal gegen die Einbahn. Es war sinnlos zu protestieren. Ich starrte einfach geradeaus und hoffte das Beste. Eine Gasse vor der Wahlkampfzentrale verlangsamte Vesna die Fahrt. An der Ecke stellte sie die Maschine ab. Im ersten Stock brannte Licht. Es konnte das Zimmer von Orsolics sein. Einige Zimmer weiter brannte auch Licht. Es ging aus. War es das Zimmer der Schreibkraft? Dann ging das Licht im nächsten Zimmer an. Ich sah auf mein Handy. Verdammt, ein Anruf war registriert. Das konnte nur Droch gewesen sein. In dem Moment läutete es erschreckend laut.

»Ja?«

»Mira, wo bist du?«

»Vor Vogls Wahlkampfzentrale. Die Schläger haben angerufen. Orsolics ist da.«

»Und was willst du jetzt tun?«

»Vesna ist bei mir. Ich weiß noch nicht. Beobachten.«

»Ich komme.«

»Nein.«

Droch hatte schon aufgelegt.

Wir hätten uns rechtzeitig einen Schlüssel zur Wahlkampfzentrale besorgen sollen. Es gab eine Alarmanlage, das wusste ich. War sie eingeschaltet? Hatte Orsolics sie abgedreht? Einige Touristen schlenderten an uns vorbei. Friedliches nächtliches Wien.

Vesna und ich standen in einer Geschäftseinfahrt. Die Touristen bemerkten uns nicht, obwohl sie bloß drei Schritte von uns entfernt waren. Ein gutes Zeichen. Wir starrten ziemlich ratlos nach oben. Dann ging das Licht wieder aus und im nächsten Zimmer an. Orsolics' Zimmer blieb die ganze Zeit über erhellt.

»Sie durchsuchen alle Zimmer«, flüsterte ich.

»Nein«, widersprach Vesna, »sie putzen ein Zimmer nach dem anderen. Auch die Zeit passt. Ich habe eine Idee: Ich bin Putzfrau und gehe nachschauen. Putzfrauen sind allen egal. Ich kenne das.«

»Das ist viel zu gefährlich.«

»Ich kenne das.« Vesna war bereits zum Motorrad gegangen und holte aus dem hochklappbaren Sitz einige Utensilien hervor: ein Kopftuch, ein Staubtuch, eine Dose Möbelpolitur.

»Warte«, wisperte ich. »Es gibt einen Hintereingang. Dort. Der ist näher zu den Zimmern. Vielleicht ist er offen. Und was machst du, wenn dich die Putzfrauen ausfragen?«

»Werde ich sehen.«

Gerade als wir über die Straße zum Hintereingang gehen wollten, kam ein großer Mann die Gasse entlang. Er trug einen Aktenkoffer. Seine genagelten Schuhe ließen das Pflaster von seinen Schritten widerhallen. Der Mörder, schoss es mir durch den Kopf. Unsinn. Mörder trugen keine Aktenkoffer, sondern Geigenkästen. Mörder bewegten sich leise. Wir blieben in unserer Einfahrt. Der Mann näherte sich dem Hintereingang, zog einen Schlüssel heraus, sperrte auf, stieß die Türe weit auf und ging hinein. Das Licht im Stiegenhaus flammte auf. Geräuschlos war Vesna auf die andere Straßenseite gehuscht. Bevor die Türe ins Schloss fallen konnte, hatte sie diese mit der Hand gestoppt. Vesna winkte mir auffordernd zu. Ich lief über die Straße, und wir verschwanden im Haus.

Wir lauschten den Schritten des Mannes. Erster Stock – wie wir es uns gedacht hatten. Wir hörten eine Türe. Vesna setzte sich das Kopftuch auf, und gemeinsam schlichen wir nach oben. Weit entfernt hörten wir ein Klopfen und einige Worte, die wir nicht verstehen konn-

ten. Wir sahen, dass die Türe zur Wahlkampfzentrale nur angelehnt war. Jemand hatte einen kleinen Holzkeil hingelegt, damit sie nicht zufallen konnte. Vesna nickte zufrieden und flüsterte:
»Ich kenne das. Man muss Müllsäcke nach unten schleppen, Altpapier, alles. Bequemer, die Türe offenlassen. Du bleibst hier, Mira Valensky.«
Ich schüttelte den Kopf.
»Man kennt dich. Putzfrau ist normal.« Sie legte den Keil so hin, dass die Türe etwas weiter offenstand.
Ich sah mich um. Wenn jemand kam, konnte ich mich am nächsten Treppenabsatz verstecken. Vesna wartete nicht länger. Sie ging den Gang entlang. Ich horchte auf jedes kleinste Geräusch. Vesna deutete auf eine Türe und hob das Staubtuch. Gut, hinter dieser Türe war der Putztrupp. Da der Gang im rechten Winkel abbog, sah und hörte ich bald nichts mehr von Vesna. Ab dort lag der grüne Teppich, der alle Geräusche verschluckte. Und die Türen waren Doppeltüren. Ich stand vor der unscheinbaren hinteren Eingangstüre und fühlte mich hilflos.
Da. Zwei Männerstimmen. Ganz leise. Hatte man Vesna entdeckt? Mir brach der Schweiß aus. Sollte ich hingehen und sie mit einer Ausrede retten? Dann Vesnas Stimme, lauter als sonst. »Putzen«, sagte Vesna in einem viel schlechteren Deutsch, als sie es üblicherweise sprach. »Entschuldigung, nicht wissen ... nie ...«
Männliches Stimmengemurmel.
»Nix lange, nur stauben. Andere anderes, bitteschön.«
»Sie macht auch nur ihre Arbeit«, verstand ich. Es konnte Orsolics gewesen sein. Eine zweite Stimme erwiderte etwas Unverständliches. Der Mann mit den genagelten Schuhen. Dann hörte ich, wie eine Türe geschlossen wurde. Das Stimmengemurmel der Männer blieb weiter zu hören. Offenbar hatte Vesna es geschafft: Sie war im Zimmer, die Männer waren draußen. Ich konnte nur einzelne Worte vernehmen. Es ging um Geld und um Schmidt. Verdammt, wenn ich sie bloß verstehen könnte. »Vogl hat ...«, sagte der eine. Vogl hat was? Was hat Vogl? Ich musste mich näher heranschleichen. In diesem Mo-

ment erklang ein ohrenbetäubendes Geräusch. Ich zuckte zusammen. Mein Handy. Verdammt. Ich langte in meine Tasche, fand den Knopf und rannte nach unten. Besser, sie hatten ein nicht identifizierbares Geräusch gehört, als eine hinlänglich bekannte Person gesehen. Hinaus, über die Straße, in die finstere Einfahrt.

»Ja?«, meldete ich mich keuchend.
»Thomas?«
»Verdammt, da ist kein Thomas.«
»Ist da ...« Er sagte eine Handynummer auf. Es war fast meine. Fast. Bis auf eine Vier statt einer Fünf. Ich schaltete das Handy aus und hastete wieder über die Straße. Der Hintereingang war zu. Verdammt. Zurück in die Einfahrt. Vesna. Vesna und die beiden Männer. Was, wenn sie das Handy gehört hatten? Ich starrte nach oben. Noch immer Licht in dem einen Zimmer, es musste das von Orsolics sein. Die Putztruppe war nur mehr drei Zimmer von Orsolics entfernt. Dann ging das Licht aus und zwei Zimmer von seinem entfernt wieder an. Vesna blieb nicht mehr viel Zeit. Die beiden Männer am Gang würden bald merken, dass da eine Putzfrau auf Sondertour war.

Ich hielt das Warten kaum mehr aus. Vesna oben, ich allein in der Einfahrt. Und noch war nicht klar, ob nicht alles eine Falle war. Hysterisch oder nicht – jetzt hätte ich gerne Vesnas Messer gehabt. Aber was war ein Küchenmesser gegen eine Pistole? Oder gegen ... Ich beschwor mich, ruhig zu bleiben. Ich atmete tief durch. Plötzlich laute Stimmen, Schüsse. Dumpfe Schüsse wie aus einem Keller. Ich presste mich gegen die kühle Mauer und hielt den Atem an. Ich brauchte einige Zeit, bis ich es begriff: Ein paar Häuser weiter war ein Kino. Ich war schon öfters dort gewesen, meist spielten sie alte Filme. Der Filmvorführer hatte eine Tür geöffnet, um frische Luft hereinzulassen. Ich hatte also die Geräusche eines Films gehört.

Ich bemerkte Droch erst, als er nur noch wenige Meter von mir entfernt war.

»Was ist los?«, fragte er. Ich erzählte, was ich wusste. Keine Antwort. Gemeinsam starrten wir nach oben. Ein Kinoheld sagte gerade: »Wenn du nicht redest, mache ich dich kalt, Baby.« Dann knallte wieder ein Schuss. Ein Kinoschuss? Ein Kinoschuss.

Die Türe des Hintereingangs bewegte sich. Vesna. Sie schien etwas am Schloss zu manipulieren. Man hatte sie nicht gefasst. Mutige Vesna. Sie drückte sich zu uns in die Einfahrt, nickte Droch zu und erzählte:

»Zwei Männer: der Mann mit den lauten Schuhen und einer mit Namen Orsolics. Am Schreibtisch waren Papiere, wahrscheinlich Reden. Sonst nichts. Neben dem Schreibtisch steht ein Koffer. Der Koffer von dem Mann mit den lauten Schuhen. Dunkelrot, Leder. Nummernschlösser. Der Koffer ist nicht versperrt.« Vesna legte eine Kunstpause ein.

»Und?«, fragte Droch ungeduldig. »Was war drin?«

»Geld. Voll mit Tausendschillingscheinen. Habe nachgesehen. Ganz voll.«

Ich sog die Luft ein. Geld für einen Killer? Vielleicht war der Mann mit den genagelten Schuhen mit einem leeren Koffer gekommen und sollte mit einem vollen wieder gehen.

Vesna redete weiter. »Ich nehme einen Kugelschreiber vom Schreibtisch und mache auf fünf Tausendern ein Kreuz, und ich nehme einen mit. Dann ich schließe den Koffer, wische alles sauber. Plötzlich geht die Türe auf. Die beiden Männer kommen. Mein Herz. Und: Der Kugelschreiber war nicht abgewischt. Also wische ich ihn ab und rede dumm. Alle halten Putzfrau für blöd. Großes Glück.«

»Wir gehen nach oben«, flüsterte ich. »Ich habe eine Kamera mit. Das ist der Beweis. Wir brauchen einen Beweis.«

»Willst du dich auch als Putzfrau verkleiden?«, zischte Droch.

»Uns wird schon etwas einfallen. Allein ist es zu gefährlich. Zu zweit haben wir mehr Chancen.«

»Sie können die Polizei holen.«

»Und was ist mit dem Geld?«

209

»Die Polizei macht keine Hausdurchsuchung, sondern nimmt euch wegen Einbruchs fest.«

»Die Türe ist offen«, sagte Vesna.

»Ihr seid verrückt«, fauchte Droch.

»Sollen wir etwa nichts tun? Denk an die Story. Sie können es sich gar nicht leisten, mit dem Geldkoffer die Polizei zu rufen. Vesna wird sich noch einmal hineinschleichen und Fotos machen. Ich warte in einem finsteren Nebenzimmer. Wenn es Probleme gibt, greife ich ein.«

»Und tust was?«

Ich stutzte. »Wir haben keine Zeit, weiter zu debattieren. Wenn jemand kommt, rufst du mich am Handy an. Ich habe es auf Vibrieren gestellt und halte es in der Hand. Wenn du anrufst, brechen wir alles ab. Du hast die Kontrolle.«

»Feine Kontrolle. Ich sehe doch nichts.«

»Du siehst, wenn jemand kommt oder jemand geht oder … Komm, Vesna.«

Bevor wir im Haus verschwanden, sah ich noch einmal zu Droch zurück. Er saß leicht vornübergebeugt in seinem Rollstuhl und starrte nach oben. Er wirkte hilflos. Nicht wie einer, den man allein lassen konnte. Nicht wie einer, der bei einer gefährlichen Aktion mitmachen konnte. Mir lief es kalt über den Rücken. So hatte er dagesessen und den toten Schmidt betrachtet. Was wusste ich von ihm? Aus dem Kino drang das Geklimper eines Klaviers. »Schätzchen«, sagte eine rauchige Frauenstimme, »du glaubst doch nicht, dass du mich so leicht los wirst?«

Wir tasteten uns im Finstern nach oben. Stufe für Stufe. »Warte«, zischte ich Vesna zu. Ich hatte etwas gehört. Eine Tür war zugegangen, aber nicht ganz. »Die Tür zum Büro«, flüsterte Vesna. Ich hielt ihr den Mund zu. Mein Herz pochte laut. Wir lauschten. Dann ging Vesna weiter. »Es war nichts«, sagte sie leise, »komm.«

In diesem Moment sahen wir einen Lichtblitz, ein Knall folgte. Vesna stolperte. Ich raste die Treppe hinunter. Ein zweiter Schuss, ich spürte keinen Schmerz, aber war das nicht immer so? Ein dritter Schuss. Das Licht ging nicht an. Vesna ... Ich durfte sie jetzt nicht im Stich lassen. Verdammt, irgendwo musste ich doch Deckung finden. In einem Stiegenhaus? Vesna hatte sich wieder aufgerappelt, wir stürzten auf die Türe zu. Das Haustor war zugefallen. Vesnas Vorrichtung hatte nicht gehalten. Wir saßen in der Falle. Vesna tappte neben der Tür die Wand entlang. Sie musste verletzt sein. Ich war mir nicht sicher, ob ich nicht auch getroffen war. Etwas Kaltes rann mir die Wirbelsäule hinunter. War Blut nicht warm? Wie hatte sich mein Blut angefühlt, als ich zusammengeschlagen worden war? Ich hatte keine Schmerzen. Aber der Blitz, und dann ... Ein weiterer Schuss fiel. Ein Summen ertönte, und wir stolperten nach draußen. Wir rannten über die Straße.

»Vesna, bist du okay?«, keuchte ich.

»Ja. Und du?«

Mit einer Schussverletzung konnte man nicht rennen. Zumindest nahm ich das an.

»Ich auch. Nimm das Motorrad, schnell.«

»Und du?«

»Weg, schnell.«

Vesna lief, ich schnappte Drochs Rollstuhl und rannte mit ihm los. Ich bog in eine kleine Gasse ein. War das gut? Egal. In meiner Seite stach es. Keine Luft? Eine Kugel? Abbiegen. Ich keuchte und rannte. Ich erinnerte mich. Schulmannschaft, Querfeldeinlauf. Ich hatte Pokale gewonnen, wie lange war das her? Weiter. 20 Jahre war das her, das Stechen würde aufhören. Noch eine Ecke. Ich blieb einen Augenblick lang stehen. »Sie haben auf uns geschossen«, keuchte ich. Drochs Gesicht war verzerrt, angstverzerrt.

»Weiter«, rief Droch, »da entlang.« Er streckte seinen Arm aus und wies mir den Weg. Auch er keuchte. Die Räder des Rollstuhls holperten über das Pflaster. Droch hielt die Armlehnen fest umklammert. Die Adern traten blau hervor. »Weiter«, rief er noch einmal und zeigte mir Schleichwege durch den ersten Bezirk, Hausdurchgänge, die ich noch nie bemerkt hatte. Vorbei an einem Paar in enger Umarmung. War das nur Tarnung? Sie konnten überall sein. Die Nacht war finster. Vorbei am Stephansdom und wieder durch einen Hof.

Droch rang nach Atem. Die Panik war jedoch aus seinem Gesicht verschwunden. Harte Schatten im Schein einer Straßenlaterne. »Bleib stehen. Ich rufe jetzt die Polizei an.«

Ich hielt an, schnappte nach Luft und lauschte. Alles war ruhig, nur mein Atem rasselte. »Sie sind uns nicht gefolgt.«

»Woher willst du das wissen?«

Mir rannen Tränen über die Wangen. »Keine Polizei«, keuchte ich. »Sie würden uns nicht glauben.«

Wir sahen einander an. Ich wischte mir die Tränen nicht ab. Droch nahm meine Hand. »Komm«, sagte er, »in der nächsten Gasse ist ein Lokal, das noch offen hat.«

Ich hatte beinahe vergessen, dass es Lokale gab, andere Menschen, Sicherheit. Er kramte in seiner Hosentasche und reichte mir ein Papiertaschentuch.

»Ist schon gut«, sagte ich und versuchte zu lächeln.

»Gar nichts ist gut«, sagte Droch. »Sie haben versucht, dich zu erschießen. Gar nichts ist gut.«

Ich atmete tief durch. »Aber sie haben mich nicht erschossen.«

Wir verbrachten den Rest der Nacht in dem Lokal. An der langen Theke und in den Ecken mit dem längst verschlissenen roten Samt traf man auf Betrunkene, die den Weg heim vergessen hatten, Studentinnen, die keine Lust hatten, schlafen zu gehen, Huren, die es für heute aufgegeben hatten und überlegten, wieder als Verkäuferinnen zu arbeiten, ältere Männer, die um vier in der Früh Schach spielten, weil die Vergangenheit sie schlaflos machte, ein paar Punker, die vor sich hin stierten.

Vesna rief mich an. Sie war gut heimgekommen. Sie war unverletzt. Sie beschrieb mir noch einmal genau, was sie in Orsolics' Büro getan hatte. Kreuze auf den Geldscheinen. Eine brillante Idee. Das Geld war in einem weinroten Lederkoffer mit zwei Nummernschlössern gewesen. In einer Ecke des Kofferdeckels waren die Buchstaben L. D. eingeprägt.

Nach dem zweiten irischen Whiskey schlief ich ein. Mein Kopf rutschte auf Drochs Schulter.

Um sechs bestellten wir Fiakergulasch. Heiß und scharf, mit Spiegelei und Essiggurkerl. Ich wurde wieder munter. Um sieben nutzte Droch seinen guten Draht zur Polizei. »Ein alter Freund«, erklärte er. »Wir haben gemeinsam begonnen: ich als Gerichtsberichterstatter, er als Jusstudent, der sich das Studium als Polizist verdient hat. Seither ...«

Die Frau des Freundes hob ab. Droch wartete. »Sie holt ihn aus der Dusche«, flüsterte er mir zu und gähnte.

Drochs Freund kam endlich an den Apparat. »Hat es letzte Nacht in Vogls Wahlzentrale eine Schießerei gegeben?«, fragte Droch, ohne etwas zu erklären. Dann nickte er einige Male. »Ich brauche die Antwort bald, und bitte halte mich da heraus.« Am Ende des Telefonats versicherte Droch: »Ich schreibe auch nichts darüber, zumindest vorläufig nicht. Ich brauche die Information für weitere Recherchen ...« Sein Freund unterbrach ihn. »Du kennst mich, ich würde nie etwas verschweigen, was ihr wissen müsst«, beteuerte daraufhin Droch. »Bitte frag nach.« Nach dem Gespräch sah mich Droch an. »Jetzt habe ich einen meiner besten Freunde angelogen.«

»Und ich bin schuld«, murmelte ich.

»Vergiss es. Hauptsache, er meldet sich bald.«

Drochs Handy läutete nach zwei Minuten. Aber es war nicht der Polizeibeamte. »Ich habe dir gesagt, dass ich an einer Story dran bin.« Pause. »Logisch, dass ich nicht in der Redaktion bin.« Pause. »Ja, das stimmt. Ja, habe ich schon lange nicht mehr gemacht.« Pause. »Du brauchst dir keine Sorgen zu machen.« Pause. »Nein.« Kurze Pause. »Ja.« Pause. »Ich bin ein erwachsener Mensch.« Pause. »Ja, sie ist mit dabei.« Pause. Droch wurde lauter. »Vergiss es. Machst du dir jetzt um mich Sorgen oder um etwas anderes?« Pause. Droch senkte wieder die Stimme. »Natürlich. Natürlich verstehe ich das. Ich habe dir ja gesagt ...« Pause. »Dann hör mir eben besser zu. Verdammt, ich arbeite.« Er brach das Gespräch ab.

»Entschuldige«, sagte ich.

»Fängst du jetzt auch schon so an?«, fauchte Droch.

Ich rührte in meinem Kaffee herum.

»Sag wenigstens was.«

»Okay«, sagte ich. »Es geht mich nichts an, was zwischen dir und deiner Frau läuft. Aber sie macht sich Sorgen, und du schiebst sie einfach weg. Sie bringt Brötchen und verschwindet wieder still und leise.«

»Du weißt alles, ja? Dann weißt du auch, was uns verbindet. Sie glaubt, sich Tag und Nacht um mich kümmern zu müssen. Und ich glaube, dass ich nicht gehen darf, weil sie sich so selbstlos um mich kümmert. Auch wenn ich es kaum mehr ertrage.«

Ich weinte in meinen Kaffee.

»Vergiss es«, sagte Droch. »Mir sind die Nerven durchgegangen.«

Ich tupfte mir die Augen. Übernächtig. Dieses Weinen durfte nicht zur Gewohnheit werden ...

Drochs Handy läutete noch einmal. Diesmal war es sein Freund von der Polizeidirektion. Es war keine Schießerei gemeldet worden. »Ganz sicher?«, fragte Droch irritiert. Ja, ganz sicher.

»Vielleicht will man die Sache vertuschen«, vermutete ich.

»Weltverschwörungen gibt es nur in der Fantasie einiger Bestsellerautoren und in den Hirnen einiger unterbelichteter Politiker. Mein Freund hätte mir einen Wink gegeben, wenn er davon nichts hätte sagen dürfen.«

Keine Schießerei also. Und was war das gewesen, was wir erlebt hatten? Jedenfalls keine Filmschüsse.

Wir machten uns auf den Weg zu Drochs Auto. Menschen eilten zur Arbeit, der Frühverkehr hatte voll eingesetzt. Im Tageslicht war es beinahe schon glaubhaft, dass letzte Nacht nichts passiert war. Ich bestand darauf, mit der U-Bahn nach Hause zu fahren. Es würde schneller gehen. Eine Dusche, und dann in die Redaktion. Und irgendwann einmal eine Woche durchschlafen.

Ich sah mich nicht um, ob mir jemand folgte. Ich duschte, zog mich um, nahm zwei Schluck Whiskey aus der Flasche, fütterte Gismo und verschloss die Tür hinter mir. Ich sperrte noch einmal auf, füllte ein leeres Fläschchen mit Whiskey und steckte es in meine Tasche. Wenn das vorbei war, würde ich nicht nur eine Woche durchschlafen, sondern auch einige Wochen keinen Tropfen Alkohol anrühren. Versprochen.

Kurz nach zehn trudelte ich in der Redaktion ein – wie üblich. Nur dass ich jedes Zeitgefühl verloren hatte.

In meinem Zimmer erwartete mich der Chefredakteur. »Wo waren Sie?«, fragte er.

Ich sah ihn verwundert an. »Zu Hause.«

»Höchste Zeit, dass Sie da sind. Wir haben da etwas. Kommen Sie.«

War unser nächtliches Manöver aufgefallen? Auch recht, dann war es wenigstens vorbei. Ich folgte ihm in sein Zimmer. Droch saß schon da und noch zwei andere Redakteure, ein Gerichtsberichterstatter und der Chronikchef. Ich schluckte. Der Chefredakteur hielt mir mit spitzen Fingern ein Blatt in einer Klarsichthülle hin. Ich musste mich konzentrieren, um die ausgeschnittenen Zeitungsbuchstaben lesen zu können. Dabei waren die Buchstaben wirklich groß genug.

»Mord an Bellini-Klein. Fragt Fischer und Orsolics. Zwei Gläser ohne Fingerabdrücke. Ein Freund.«

Der Brief war heute eingelangt. Die Sekretärin, die darauf bestand, als Chefsekretärin bezeichnet zu werden, hatte ihn aufgemacht und wegen der Fingerabdrücke sofort in eine Klarsichthülle geschoben. Tüchtig. Sah viel fern. Ich sah Droch an. Jemand außer uns und der Polizei wusste also von den beiden abgewischten Gläsern. Der Mörder auf jeden Fall.

»Der Brief ist aber spät gekommen«, sagte ich. Vielleicht waren jemandem die Ermittlungen zu schnell eingeschlafen. Hofer, Vogls politischem Todfeind. Aber wie passte das zur Schießerei?

»Wir haben Fotos davon gemacht. Das wird sich in der nächsten

Ausgabe gut machen. Das ist schon eine Story. Was können Sie dazu liefern, Frau Valensky?«

Ich zuckte die Schultern. Jetzt galt es zwischen dem zu unterscheiden, was ich sagen durfte, und dem, was ich verschweigen musste. »Ich könnte etwas genauer beschreiben, wie die Wohnung ausgesehen hat, nachdem Bellini-Klein sie durch das Fenster verlassen hat. Und ich kann vorsichtig einen neuen Zusammenhang herstellen: Hofer hat in der Steiermark zu Vogl gesagt, dass er mit zwei Toten im Gepäck wohl viel Kraft brauchen werde.«

»Das ist vorgestern schon über die Agenturen gekommen, gestern stand es in allen Zeitungen. Lesen Sie keine Zeitungen?«

»In den TV-Nachrichten wurde es nur mit einem Halbsatz erwähnt. Und: Hofer betrachtet Vogl als seinen Feind. Es könnte sein, dass er nicht will, dass die Ermittlungen einschlafen.«

»Und woher sollte er das mit den Gläsern wissen?«

»Wenn er es selbst war und das Wahlbüro in Misskredit bringen will?«

»Schwachsinn. Aber gut, das mit den zwei Toten im Gepäck können wir hineinnehmen, was meinen Sie, Droch?«

Droch nickte. Er hatte tiefe Furchen unter den Augen.

»Die Polizei wird den anonymen Brief bald abholen«, verkündete der Chefredakteur. »Wir haben sie selbstverständlich benachrichtigt. Ich werde ihn übergeben. Unser Fotograf wartet schon.«

Droch und ich sahen einander an.

»Ich werde ihn kopieren, damit ich den Wortlaut nicht in der Fotoredaktion heraussuchen muss«, murmelte ich, nahm den Brief und ging ins Vorzimmer. Ich war zum Umfallen müde. Vielleicht würde ich später besser denken und irgendetwas mit dem Brief anfangen können. Ich legte ihn in den Kopierer. Ich musste wirklich schon sehr hinüber sein. Ich hatte die Rückseite kopiert. Verdammt. Ich drehte den Brief um und drückte auf die Starttaste. Dann nahm ich die Blätter und gab dem Chefredakteur das Original zurück.

»Und dass Sie dabei sind, wenn ich den Brief der Polizei aushändige.«

Er wollte also in meinem Artikel vorkommen: Verantwortungsbewusst übergibt Chefredakteur anonymen Brief. Polizei dankt herzlich für gute Zusammenarbeit. Warum war ich nicht schlafen gegangen?

»Es handelt sich um Schwarzgeld«, sagte Droch in seinem Büro.
»Das ist mir auch klar«, erwiderte ich. »Ich frage mich nur, zu welchem Zweck? Wer war der Typ mit den genagelten Schuhen? Ein Berufskiller?«
»Du siehst zu viele schlechte Filme.«
»Er hätte mit dem Geld bezahlt werden können.«
Droch seufzte. »Mit dieser Menge Geld kann man fast alles tun.«
»Aber warum taucht der anonyme Brief gerade jetzt auf?«
»Es gibt Zufälle.«
»Hier gibt es verdammt viele Zufälle. Vor allem wenn ich daran denke, wie sorgfältig der Wahlkampf geplant ist.«
»Mord inklusive?«
»Jedenfalls ... Ich bin ganz dumpf im Kopf.« Ich stand auf.
»Wir haben zu wenig geschlafen.«

Eine Stunde später starrte ich auf die Kopie des anonymen Briefes. Zurück zum Anfang, zu Bellini-Klein. Er hätte etwas vom Schwarzgeld wissen können. Er hatte versucht, Orsolics zu erpressen, und musste sterben. Also doch die Schläger? Aber dann hätten sie gestern wohl kaum angerufen. Und wer hatte dann den Brief geschrieben? Hofer konnte von den Gläsern nichts wissen, außer er war der Mörder. Und wie passte das wieder mit dem Schwarzgeld zusammen? Waren das zwei voneinander unabhängige Geschichten?
»Mord an« war in einem ausgeschnitten, »Klein« auch, »Bellini« war aus einzelnen Buchstaben zusammengestoppelt. Ich glaubte die Zeitung, aus der die Buchstaben stammten, zu erkennen. Aber das war auch noch keine Spur. Ich seufzte. Auf mich und Vesna war geschossen worden. Das waren keine Kinoschüsse gewesen. Jetzt wollte niemand etwas davon wissen. Da hingen mehr Menschen drin, als es den Anschein hatte. Keine Weltverschwörung, aber ...

Notizen. Ich sollte mir Notizen machen. Meine Gedanken entglitten mir. Ich nahm einen Schluck Whiskey. Auf Ihr Wohl, Herr Jameson. Ich fragte mich, wie lange er mich stärken und ab wann mir schlecht werden würde. Auch schon egal. Ich hatte in Drochs Taschentuch geweint. Ich hatte die Angst in seinem Gesicht gesehen. Diese Nacht hatten wir gemeinsam verbracht, in einem abgefuckten Nachtcafé. Und er hatte einige melodramatische Sätze über seine Ehe gesagt. Alles nicht mehr wahr.

Also, zurück zu Bellini-Klein. Ich nahm die Kopie der Rückseite des Briefes. »Bellini-Klein«, schrieb ich darauf und dann: »Fischer. Orsolics. Die Schläger. Hofer.« Dann malte ich überall ein Fragezeichen dazu.

»Theorien«, schrieb ich darunter. Das Blatt war nicht ganz weiß. Mieser Kopierer, egal. Ich schaute noch einmal hin und ging zum Fenster, »ag, 24. Augu«. Ich verglich die Kopie der Rückseite mit der Vorderseite. Auf der Rückseite von »Mord an« stand »ag, 24. Augu«. Die Rückseite der Zeitung hatte sich durch das dünne Papier, auf dem die Worte aufgeklebt waren, durchgedrückt. Am 24. August war Bellini-Klein gestorben. Seither waren schon einige Wochen vergangen. Warum verwendete der anonyme Schreiber eine Zeitung vom Todestag? Als Symbol? Nur ein Zufall?

Ich rannte zu Droch hinüber, zeigte ihm die Kopie der Rückseite des Blattes und stellte zum ersten Mal fest, dass er weitsichtig war, aber keine Brille trug. »Und«, sagte ich und sah ihn triumphierend an, »wo ist das Kuvert?«

Droch griff sich an den Kopf. Das Kuvert. Er rollte zur Chefsekretärin, und ich wartete in seinem Zimmer. Nach fünf Minuten war er wieder da.

»Was für eine Nase«, sagte er und sah schon viel munterer aus. Jetzt steckte auch das Kuvert in einer Klarsichthülle. Das Kuvert hatte mehr Stempel als üblich. Aufgegeben war der Brief in Wien am Westbahnhof worden. Das Datum des Poststempels war der 24. August. Der Brief war allerdings nicht gleich zugestellt worden, sondern nach Australien gegangen. Und von dort hatte man ihn wieder zurückgeschickt. In der letzten Zeile der in ungelenken Blockbuchstaben geschriebenen Zustelladresse stand »Austria«. Wer verschickt auch schon innerhalb Wiens Briefe mit dem Vermerk »Austria«?

»Entweder wurde der Brief vor Bellini-Kleins Ermordung aufgegeben oder sofort danach. Aber dass die Gläser ohne Fingerabdrücke waren, stand erst einen Tag später fest.« Droch überlegte.

»Der Brief kann also nur von dem aufgegeben worden sein, der die Gläser abgewischt hat. Oder der das gesehen hat«, stellte ich fest. Aber brachte uns das weiter?

Warum sollte ein Mörder einen solchen Brief schreiben?

»Vielleicht will er überführt werden«, murmelte ich.

»Fischer und Orsolics werden in dem Brief erwähnt, und die sehen nicht so aus, als ob sie endlich überführt werden möchten.«

Ich nickte. Da war etwas dran.

»Dann war es jemand, der einem der beiden die Schuld zuschieben wollte. Hofer.«

»Wenn, dann hätte Hofer die Schuld auf Vogl geschoben.«

Ich seufzte. »Und wie passt das mit dem Geld zusammen? Und mit der Schießerei?«

Dann gingen wir zum Chefredakteur. Die Story wurde jedenfalls immer besser. Ein anonymer Brief, der am Tag des Todes von Bellini-Klein abgeschickt worden war, womöglich sogar vor dem Mord. »Todesfall«, verbesserte der Chefredakteur mich. Als die Kriminalpolizei anrief, was denn mit dem Kuvert sei, hatte er schon die Antwort parat: Es liege bereit.

Ich nahm noch einen Schluck Whiskey und begann meine Story zu schreiben. Möglichst trocken, keine Vorverurteilungen. Sie wurde auch so gut genug. Der anonyme Brief, der am Todestag aufgegeben wurde, wahrscheinlich schon vor dem Tod Bellini-Kleins. Der Tod war erst um 22.30 Uhr erfolgt. Und dann waren noch die richtigen Buchstaben zu finden, der Brief zu kleben, und dann musste man erst zum Westbahnhof fahren. Theoretisch möglich, dass sich das zwischen 22.30 Uhr und Mitternacht abspielte, aber unwahrscheinlich. Ich schrieb und schrieb. Es würde mein erster politischer Blattaufmacher werden. Lifestyle-Geschichten über Glückspillen oder das Liebesleben der Österreicherinnen hatte ich als Routine betrachtet. Aber jetzt hatte es mich gepackt. Ich beschrieb, ich erzählte Details und ließ doch Wesentliches aus. Dass man auf uns geschossen hatte, dass Vesna einen Koffer mit Schwarzgeld gesehen hatte. Dafür gab es keine Beweise.

Der Text wurde um eine Seite zu lang. Mir war eine gute Story gelungen. Auch Hofer hatte ich vorsichtig hineinverpackt. Ich hatte nur zitiert, was er zu Vogl gesagt hatte. Den Rest konnten sich die Leserinnen und Leser selbst denken.

Ich ging zu Droch. »Eine Seite zu viel«, sagte ich.

Er holte sich die Story auf seinen Bildschirm. Las sie, korrigierte hie und da einen Beistrich – Beistriche sind meine schwache Seite – und drehte sich schließlich um. »Okay, da wird kein Wort geändert. Du bist gut, weißt du das?«

Ich begann zu strahlen. »Und das sagst du nicht bloß so?«

»Das hätte ich auch schon gesagt, als ich dich noch für die oberflächliche Lifestyle-Nudel hielt, der der Vater alle Wege geebnet hat.«

Interessantes erfuhr man da. Mir war es egal. Ich war gut.

»Und was jetzt?«, fragte Droch und holte mich wieder auf den Boden zurück.

Ich war gut, aber es gab viel mehr offene Fragen, als sich in der Story wiederfanden. »Wir müssen noch die Wahlkampfreportage schreiben«, sagte ich.

»Ist bereits erledigt. Wir haben nicht so viel Platz, ein paar Bilder, ein paar Bildunterschriften, ein kurzer Text.«

Ich las Drochs Zusammenfassung, schaute die Bilder durch. Unter den Fotos standen einige Originalzitate von Vogl. Leistung beim Milliardär. Sozialplan bei den Arbeitslosen. EU und Familie im Dorf am Ende der Welt, weinseliges Österreich beim Weinbauern. Und alles an einem Tag. Das sprach für sich. Großartig. Ich sah mir die Bilder noch einmal an. Das war erst zwei Tage her?

Am späteren Nachmittag rief ich ein Taxi und fuhr heim. Vesna konnte nicht von zu Hause weg. Ihr Mann hatte einen neuen Job, aber 100 Kilometer von Wien entfernt. Also blieb er die Woche über dort. Ich duschte mich, konnte es kaum glauben, dass das Handtuch noch von der letzten Dusche feucht war, und legte mich ins Bett. Als ich die Augen schloss, drehte sich alles um mich herum. Das war die Übermüdung. Oder der Whiskey. Oder beides. Ich öffnete die Augen und schloss sie wieder und schlief vier Stunden. Ich wollte mich noch einmal im Bett umdrehen. Aber ich war eindeutig munter. Jetzt könnte ich schlafen, und was war? Ich war total wach. Ich stand auf. Noch eine Dusche. Es war erst neun am Abend. Fernsehen? Nein, ich hatte Hunger. Diesmal war es wirklich passiert: Ich hatte keine Zeit gefunden, einkaufen zu gehen. Im Gefrierschrank nichts, was mich reizte. Ich wollte etwas Gutes essen und dachte an die Fischerhütte.

Ein Restaurant. Allein? Warum nicht? Ich war allein, ich hatte eine hervorragende Story geliefert. Meinen ersten richtigen Aufmacher. Das war doch eine Feier wert. Kein Risiko: Mit dem Taxi hin und zurück. In einem wirklich guten Lokal mit erstklassiger Küche wurde man nicht erschossen. Der Ausflug würde teuer werden. Was soll's, ich hätte tot sein können. Vielleicht war ich bald tot. Warum also nicht weiter das Konto überziehen? Überlebte ich, würde ich das Minus dankbar abarbeiten. Überlebte ich nicht, hatte ich wenigstens noch einmal gut gegessen. Meine Furcht war ein Vorwand, bloß ein Vorwand, und das war gut so. Los.

Ich betrat das Restaurant und sah mich nach einem Tisch um. Ein Ober kam und murmelte: »Kann ich Ihnen helfen?«

»Ich hätte gerne einen Tisch.«

»Für wie viele Personen?«

»Eine.«

Sein dienstfertiges Lächeln wurde etwas dünner. Ich kannte das. Er wies mir einen Randtisch zu, glücklicherweise nicht neben den Toiletten, sondern neben der Garderobe. Eine große Palme verdeckte fast die gesamte Aussicht. »Hier sind Sie ungestört«, meinte der Ober. Wer sagte, dass ich ungestört sein wollte? Aber eigentlich wollte ich das wirklich. Genießen und die Gedanken kommen lassen. Ganz ohne Druck.

Ich bestellte und stieg wieder in der Achtung des Obers. Als ich die Seezungenröllchen gegessen hatte, war mir noch immer keine zündende Idee gekommen, nur welche für neue Rezepte. Zum Beispiel für Seezungenröllchen. Ich hätte sie allerdings nicht mit Spargel, sondern mit einer frischen Kräutermischung gefüllt. Obwohl ...

Der Ober schenkte mir nach. Ein heimischer Weißburgunder, jung und leicht. Gute italienische und französische Weißweine hatten horrende Preise. Droch hatte in der Südsteiermark Wein eingekauft. Vielleicht könnten wir einmal ...

Vier Männer betraten das Lokal. Sie wurden an einen schönen Tisch geführt, bessere Gäste. Ich zuckte zusammen. Auch das noch. Einer von ihnen war mein Chefredakteur. Den wollte ich nun wirklich nicht treffen. In dieser Ecke würde man mich kaum entdecken. Mir kamen auch die anderen Männer bekannt vor. Richtig, der eine war der Boss von Mega-Kauf. Ausgerechnet. Wegen Mega-Kauf war ich zum Wahlkampf versetzt worden. Das war Jahrhunderte her. Mit Mega-Kauf hatte alles angefangen. Mein Chefredakteur kannte ihn also persönlich, den großen Boss. Daher seine Überreaktion. Der andere schien ein Mitarbeiter von Mega-Kauf zu sein. Und der vierte? Ich kramte in meinem Gedächtnis. Vogls Gedächtnis müsste man haben, der erkannte alle wieder. Der Ober brachte mir das Hauptgericht. Rosa gebratenes Lamm mit Rosmarinkartoffeln und Paradeissoufflé. »Köstlich«, sagte ich. »Für Sie nur das Beste«, meinte der Ober und schenkte nach. Das Beste – das war es. Der vierte war der Finanzchef der Beste-Bank. Ich betrachtete ihn eindringlicher. Die Beste-Bank, die keinerlei Wahlkampfspende gegeben hatte. Aber vielleicht einen Koffer voller Geld? Die vier Männer unterhielten sich gut. Es war kein Geschäftsessen, jedenfalls keines im engeren Sinn.

Ich aß unkonzentriert wie selten. Die Männer hatten mich nicht gesehen. Der Finanzchef der Beste-Bank nahm einige Unterlagen aus seinem Aktenkoffer. Also doch ein Geschäftsessen? Der Aktenkoffer ... Er schien dunkelrot zu sein. Und der Finanzchef hatte an zwei Schlössern herumgefingert. Es gab viele weinrote Aktenkoffer mit Nummernschlössern. Jeder Wichtigtuer hatte mindestens zwei davon. Unmöglich zu sehen, ob Buchstaben eingraviert waren. Ich konnte nicht am Tisch vorbeigehen. Zu gefährlich. Der Finanzdirektor war keinesfalls der, der zu Orsolics gekommen war. Vesna und ich hatten den Mann ja gesehen. Er war groß gewesen, an die ein Meter neunzig. Der Finanzdirektor war maximal so groß wie ich. Aber er musste Bescheid wissen. Ich war ihnen einmal entkommen. Ich konnte nicht vorbeigehen und einfach so tun, als ob ich überrascht wäre, meinen Chefredakteur zu treffen. Ich sah noch einmal hin. Lächerlich. Das waren vier angesehene Männer. Vielleicht nicht meine Kragenweite, aber deswegen noch lange keine Killer. Morde hatten solche wie die nicht nötig. Mord passiert in jedem Milieu. Sie würden morden lassen. Danke. Und was hatte mein Chefredakteur damit zu tun?

Ich brauchte Schlaf, vielleicht eine Schlafkur. Ich tickte nicht mehr richtig. Aber ich musste wissen, ob am Koffer Initialen waren. Vielleicht sollte ich morgen den Chefredakteur fragen. Mit welcher Begründung?

Der Ober könnte mir helfen, warum nicht? Als er das nächste Mal vorbeikam, hielt ich ihn auf. »Ich hätte eine große Bitte. Ich bin schon etwas kurzsichtig und weiß nicht, ob der Mann da drüben nicht ein lieber Freund von mir ist. Es wäre mir peinlich, wenn ich hingehe, und er ist es dann gar nicht.«

Der Ober hatte sich freundlich zu mir heruntergebeugt und nickte.

»Neben ihm steht sein Aktenkoffer. Auf dem Aktenkoffer sind Initialen eingeprägt. Könnten Sie nachschauen, wenn Sie dort das nächste Mal nachschenken?«

»Natürlich«, flüsterte der Ober. Wahrscheinlich hielt er mich für überspannt, kein Problem. Diskret schenkte er der Männerrunde nach. Dann kam er zu mir an den Tisch zurück. Ich hatte gar nicht gemerkt, dass er einen Blick auf den Koffer geworfen hatte. »L. D. – sind das die Initialen Ihres Freundes?«

Ich machte ein enttäuschtes Gesicht. »Nein, leider nicht. Er hat die Initialen O. A., sind Sie sicher?« Der Ober zog die Augenbrauen hoch. Er war sich sicher. »Trotzdem herzlichen Dank«, mein Lächeln würde ihm nicht so lieb sein wie ein anständiges Trinkgeld. Er würde es bekommen.

L. D. Es war der richtige Aktenkoffer. Das Geld war von der Beste-Bank. Schwarzgeld. Von einem Boten überbracht. Bellini-Klein konnte das herausgefunden haben, und Schmidt ebenso. Vielleicht Erpressung. Bellini-Klein wollte bleiben. Schmidt wollte vielleicht auch bleiben. Was jetzt? Polizei? Behaupten, meine Putzfrau habe den Koffer schon einmal gesehen, und zwar voller Geld in der Wahlkampfzentrale?

Jetzt war kein Geld drinnen. Der Finanzchef hatte Unterlagen herausgeholt, kein Geld. Ein Foto. Ich sollte ein Foto machen. Fein, mit Blitzlicht. Alle lächeln, bitte. Samt dem Chefredakteur. Es musste doch etwas geben, was ich tun konnte. Gut, ich hatte einen Zeugen. Den Ober. Und meine Aussage würde auch zählen. Wenn es stimmte, dass das Geld letzte Nacht von einem Boten der Beste-Bank in die Wahlkampfzentrale gebracht worden war, würde es nicht mehr oder nicht mehr lange dort sein. Man hatte auf uns geschossen. Man wusste, dass wir der Sache auf der Spur waren. Wie viel wussten sie? Verdammt. Das Geld würde weggebracht werden. Wahrscheinlich war es schon weg. Ich erinnerte mich, dass Orsolics und Chloe Fischer in ihren Zimmern alte Safes stehen hatten. Wahrscheinlich noch aus der Zeit, als die Räume der Privatbank gehört hatten. Sie konnten das Geld in einen Safe gelegt haben. Hausdurchsuchung? Wo waren die Geldscheine mit den Kreuzen? Vesna hatte den fünften gekennzeichneten Schein bei sich.

Kein Mensch würde auf meinen Verdacht hin eine Hausdurchsuchung anordnen. Eine Hausdurchsuchung in Vogls Wahlkampfzentrale würde nicht geheim bleiben, die politischen Folgen waren unabsehbar.

Ich musste noch einmal zur Wahlkampfzentrale. Nicht um hineinzugehen, sondern um zu beobachten, ob jemand mit einem Koffer oder einer Tasche herauskam. Orsolics konnte absperren, das Geld mitnehmen und in ein Schließfach legen. Oder verbrennen. Oder was auch immer. Zwei, die von dem Schwarzgeld erfahren haben konnten, waren tot.

Ich winkte dem Ober. »Ich habe etwas ganz Wichtiges vergessen. Entschuldigen Sie mich bitte beim Küchenchef. Ich kann die Nachspeise nicht mehr essen. Setzen Sie sie mir auf die Rechnung. Ich habe es eilig. Und rufen Sie mir bitte ein Taxi.« Der Ober musterte mich misstrauisch, aber das tat nichts zur Sache. Ich zahlte mit Kreditkarte und gab ihm gute 15 Prozent Trinkgeld. Auch schon egal. Der Ober verglich meine Unterschrift eingehend mit der auf der Karte. Ich konnte es ihm nicht verdenken.

Ich benutzte den Seitenausgang. Wie gut, dass ich mich in solchen Lokalen auskannte.

Das Taxi wartete schon. Noch einmal rief ich bei Vesna an. Vesna versprach, die Zwillinge einer Nachbarin anzuvertrauen und zu kommen. Droch war diesmal selbst am Apparat. Ich redete leise. Der Taxifahrer sollte besser nichts hören. »Das Schwarzgeld ist von der Beste-Bank. Frag mich nicht … Sie werden es wegbringen, wenn sie es nicht schon längst getan haben. Ich fahre jetzt zur Wahlkampfzentrale und stelle mich in dieselbe Einfahrt wie gestern. Nur zum Beobachten. Vesna kommt auch. Wenn du deinen Polizeimann …« Droch hatte aufgelegt. Ich ließ das Taxi vor einer beliebten Bar halten und sah mich um. Niemand war mir gefolgt. Noch war in der Innenstadt einiges los. Die Kärntnerstraße war belebt, die Geschäfte waren hell erleuchtet. Ich bog in eine Seitengasse. Hier war es schon merklich ruhiger. Ein Messer in den Bauch … Niemand würde es merken. In der nächsten Gasse würde es noch ruhiger sein. Und dann war ich am Ziel. Die Einfahrt. Ich drückte mich in dieselbe Ecke wie einen Abend zuvor. Warum konnte ich nicht einmal Glück haben? Vielleicht war das Geld gestern nicht mehr weggeschafft worden. Es durfte nicht sein, dass meine Schmerzen und die ganze Angst für nichts und wieder nichts gewesen waren. Also weiter. Ich steckte schon zu tief drinnen. Ich konnte nicht mehr aufgeben. Es durfte nicht sein, dass es Menschen gab, die ungestraft tun durften, was immer sie wollten. Womöglich Menschen, deren perfekte Fassade alle täuschte. Alles für die Bürgerinnen und Bürger und so weiter. So versuchte ich mir Mut zuzusprechen. Ich zitterte und wartete. Droch rollte wie am Abend zuvor lautlos um die Ecke.

»Hau sofort ab«, sagte er zu mir.

Mir war der Ton inzwischen egal. »Du sollst gehen. Du behinderst uns nur. Ich wollte, dass du die Polizei …«

»Glaubst du ernsthaft, ich würde jemanden finden, der einen solchen Unsinn ernst nimmt?«

»Unsinn?«

»Egal, die von der Polizei würden es für Unsinn halten.«

»Bitte geh.«

»Schon vergessen? Das kann ich nicht.«

»Hau ab.«

»Ich bleibe. Wenn jemand mit einem Koffer aus dem Haus kommt, rufe ich meinen Freund an. Er hat Dienst, das habe ich geklärt. Aber vorher …«

Vesna schob ihr Motorrad um die Ecke. Diesmal stellte sie es näher bei der Einfahrt ab. »Wir werden sie kriegen«, sagte sie und zeigte ihr Messer.

Droch stöhnte. »Das darf nicht wahr sein.«

»Ich bin eine praktische Frau.«

»Ja, praktisch tot.«

»Jetzt hör aber auf.«

»Ich halte ja schon den Mund.« Drochs Gemurmel hörte sich nach »überspannte Weiber« an.

»Du sitzt ja selbst da.« Das war ich.

Die nächste Stunde verging zäh. Minute um Minute sah ich auf die Uhr. Heute brannte noch in einigen Zimmern des Wahlkampfbüros Licht. Auch im Hauptquartier war es hell. Einige Schreibtischbeleuchtungen mussten noch aufgedreht sein. Nichts Ungewöhnliches, es war nicht ganz elf. Die Passanten, die an der Vorderseite des Hauses vorbeigingen, wurden immer weniger. Irgendwann ging wieder die Kinotür auf. Diesmal spielte man keinen Western, sondern einen meiner Lieblingsfilme. »High Society«: wunderbare Lieder, witzige Handlung, weit weg von der Realität. »I give to you and you give to me, true love, true love. For you and i have a guarding angel on earth with nothing to do. Just to …« Ich lehnte meinen Kopf an die Hausmauer, zu zittern hatte ich längst aufgehört. Was tat ich da? Kino war schöner, viel schöner. Meine Beine schmerzten. Droch sah starr geradeaus, Vesna schien der Melodie zu lauschen. Romantikerinnen am Reality-Trip. Lasst uns heimgehen, hätte ich am liebsten gesagt.

Die Lichter im Hauptquartier erloschen, und eine Minute später flog die Türe des Haupteinganges der Wahlkampfzentrale auf. Wir konnten muntere Stimmen hören. Ich lief einige Schritte nach vor, immer entlang an der Hauswand. Leise. Wie gut, dass ich kaum jemals Schuhe mit Absätzen trug. Es waren Vogl-T-Shirt-Mitarbeiter, die sich schwatzend in die andere Richtung entfernten. Einige trugen eine Tasche oder einen Rucksack. Unwahrscheinlich, dass sie etwas mit dem Geld zu tun hatten. Ich huschte zurück. »Leute vom Hauptquartier«, zischte ich Droch und Vesna zu.

Jetzt gingen auch im hinteren Bürotrakt Lichter aus. Die Schreibkraft trat gemeinsam mit zwei anderen Frauen durch den Hintereingang ins Freie. Keine von ihnen trug eine große Tasche. Der Putztrupp begann zu arbeiten: Licht an, Licht aus, Zimmer für Zimmer. Orsolics' Zimmer war finster. Noch einmal das Stiegenhaus zu betreten hätte weder ich noch Vesna gewagt. »Gehen wir schlafen«, sagte ich.

»Wir warten noch«, erwiderte Droch überraschend, »ich glaube, ich habe einen Schatten gesehen.«

»Putzfrauen«, sagte Vesna.

»Nein, beim Eckfenster.«

»Im Hauptquartier?«

»Ich habe etwas gesehen, aber ich kann mich auch täuschen. Warten wir.«

Eine Viertelstunde verging. Droch sah den Schatten kein zweites Mal. Ich hatte keine Angst mehr. Das ewige Warten war zu langweilig, als dass ich mich hätte fürchten können. Der Film, dessen Tonfetzen zu uns herüberklangen, strebte dem Ende zu. Turbulenzen, Versöhnung und schließlich die Hochzeit mit dem anderen Mann, dem richtigen. True Love. Im hinteren Stiegenhaus ging das Licht an. Ich packte Droch am Arm. Der Mann von gestern trat aus der Türe. Er trug eine Sporttasche und sah sich um. Dann ging er in Richtung Straßenkreuzung. Seine Schuhe waren heute geräuschlos.

»Ruf deinen Freund an«, zischte ich.

Droch wählte bereits.

Der Mann hatte die Kreuzung erreicht. Vesna schlich zu ihrem Motorrad. Ich folgte dem Mann und hielt mich eng an die Hausmauer. Was sollte ich mit Droch tun? Ich sah zurück. Droch scheuchte mich mit einer Handbewegung weg. Die Fürsorge seiner Frau ging ihm auf die Nerven. Er konnte selbst für sich sorgen. Hoffentlich.

Der Mann überquerte die Kreuzung. Auf der anderen Seite lag eine U-Bahn-Station. Er würde doch nicht ... Er ging zur U-Bahn. Mit den Millionen in die U-Bahn? Ich drehte mich um. Droch hatte alles mitbekommen und deutete mir, dem Mann zu folgen. Natürlich. Das war keine Station, wo man in verschiedenste Richtungen verschwinden konnte. Es gab lediglich zwei Ausgänge. Wenn, konnte er also nur wieder auf der anderen Seite herauskommen. Wir verständigten uns mit einer Geste, Vesna lief zur anderen Stiege, und wir hetzten nach unten.

Da stand er und wartete auf die U-Bahn. Nervös sah er sich um. Ich konnte gerade noch in Deckung gehen. Ich kannte den Mann. Verdammt, ich kannte ihn. Wer war er? Ich hatte ihn schon einmal gesehen, in ganz anderer Umgebung. Ich ging im Geiste alle Bankleute durch, die ich kannte. Verbrecher kamen mir selten unter, zumindest keine amtsbekannten. Wer war er? Zum Glück warteten am Bahnsteig einige Leute. Vesna musste an ihm vorbei, er schien ihr kein Interesse beizumessen. »Er hat dich nicht erkannt«, sagte ich.

»Ich habe kein Kopftuch auf, ich sehe nicht wie eine Putzfrau aus.«
»Jetzt weiß ich, wer er ist«, flüsterte ich, »der Adjutant. Man kennt ihn nur in Uniform. Deswegen. Es ist Vogls Adjutant. Wir müssen Droch ...«

Ein Zug näherte sich. Der Adjutant in Zivil sah sich noch einmal um und stieg ein. Vesna und ich sprangen in den Waggon, der dem Stiegenaufgang am nächsten war. Er könnte mich erkennen. Er durfte mich nicht sehen. Er war einen Wagen hinter uns. Aufpassen. Nächste Station. Eine ältere Dame mit zu roten Lippen stieg aus. Auch sie sah sich auffällig oft um. Sie hatte keine Tasche bei sich. Gründe, sich umzusehen, gab es viele. Drei Burschen verließen den Waggon. Wir hätten ihn aussteigen sehen. Er fuhr weiter.

Wir durften es jetzt nicht vermasseln.

»Westbahnhof, die Schließfächer«, rief ich. Jetzt sah auch ich mich um. Vor Schreck, dass ich zu laut geredet hatte. Niemand beachtete uns. Zwei Frauen mit gefärbten Haaren stierten müde vor sich hin. Ein Mann mit einem kleinen Kind blickte aus dem Fenster, als ob dort irgendetwas außer Mauer wäre. Weiter hinten standen drei Amerikanerinnen, unverkennbar, mit riesigen Rucksäcken. Schon etwas kalt zum Trampen.

Wenn wir Droch erreichen könnten ... In der U-Bahn ging das Handy nicht. Droch musste seinen Freund zum Westbahnhof bringen. Achtung, die nächste Station. Angestrengt sahen wir nach draußen. Vesna hatte die Türe geöffnet, um auch an dieser Station den vollen Überblick zu haben. Zwei Sandler torkelten zu einer Bank. Ein elegantes Paar stieg aus, sie wirkten, als hätten sie seit Jahren nicht mehr miteinander gelacht. Mit Droch konnte man gut lachen. Lachen. Der Adjutant fuhr weiter. Bei der nächsten Station würde sich herausstellen, ob meine Theorie richtig war. Wie verfolgte man jemanden in einer fast leeren Bahnhofshalle? Jemanden, der einen kannte und der – zumindest teilweise – gewarnt war. Er würde nicht schießen. Nicht im Bahnhof. Er hatte sicher eine Waffe. Im Bahnhof waren wir sicher. Dort gab es zumindest ein paar Menschen. Was, wenn er uns auf Abstellgeleise lockte? Wie weit durften wir ihm folgen? Ich drehte meine langen Haare zusammen, fand in der Tasche ein paar Haarnadeln und steckte die Haare hoch. Ich bemalte mir die Lippen viel zu stark mit Lippenstift und merkte, dass meine Hand zitterte. Dann zog ich meinen wadenlangen dehnbaren Rock so weit hinauf, dass er zum Supermini wurde. Eigentlich hatte ich zu dicke Knie dafür. Auch egal. Vielleicht würde das veränderte Aussehen helfen.

Station Westbahnhof. Der Adjutant verließ rasch den Wagen. Er sah sich wieder um. Hinter ihm gingen drei Jugendliche, die einen ziemlichen Lärm machten. Megacool. Vesna und ich warteten bis zum letzten Moment und sprangen dann auf den Bahnsteig. Vesna ging vor. Ich wiegte mich beim Gehen in den Hüften und schlenderte langsam zur Rolltreppe. Wenn er genau hinsah, würde er mich erkennen. Wenn nicht ... Ich hatte eine Chance. Die Rolltreppe führte lang und steil nach oben. Vesna stand rund 15 Stufen vor mir. Ganz oben, fast schon am Ende der Rolltreppe, war er mit seiner Tasche. Vielleicht wurde er erwartet. Wo waren am Westbahnhof die Schließfächer?

Beinahe hätte ich Vesna übersehen. Sie hatte sich in eine Ecke neben einem Fast-food-Lokal gedrückt. Vergilbte Reklame für eine Semmel mit einem Wienerschnitzel, das wie Plastik aussah. Der Adjutant durchquerte die große Halle, blieb stehen und blickte auf die blauen Hinweistafeln. Konnte es sein, dass auch er nicht wusste, wo die Schließfächer waren? Ein Ablenkungsmanöver war wahrscheinlicher. Ich war außer Atem, als wäre ich den ganzen Weg von der Wahlkampfzentrale zum Westbahnhof gesprintet. Zwei Männer kehrten mit überbreiten Besen die Halle. Zehn, 15 Menschen, mehr waren nicht zu sehen. Die Lautsprecherstimme kündigte an, dass der Zug aus Salzburg einfuhr. Mehr Leute, gut. Der Adjutant drehte sich zu uns um. Wir liefen in das Fast-food-Lokal. Er ging zielstrebig an uns vorbei und bog in einen Seitengang des Bahnhofes. Dort war niemand unterwegs. Wir durften ihm nicht folgen. Aber Vesna hastete ihm schon nach. Ich wartete. Er verschwand um eine Ecke, Vesna ebenfalls.

Ich rief Droch an. Melde dich, melde dich bitte. Er meldete sich nicht. Er hatte das Handy ausgeschaltet. Ich hatte ihn allein in der Einfahrt sitzen lassen. Wahnsinn. Okay, dann aufs Ganze: Ich schlich den beiden nach. Die Gepäckaufbewahrung hatte schon das eiserne Gitter heruntergelassen. Hinter jeder Ecke konnte jemand stehen. Schalldämpfer, Ende. Das war nicht meine Welt. Man würde mich erst in Stunden finden. Ich versuchte, auf jedes Geräusch zu achten. Wo war Vesna? Ich würde sie packen, und wir würden abhauen. Schnell. Ich ging weiter. Ein Schuh quietschte. Ich drückte mich gegen die Wand. Nicht weit von mir, höchstens zehn Meter entfernt, war ein Nebenausgang. Wenn ich den erreichen könnte ...

Da trat jemand aus dem Schatten. Ich schrie beinahe auf. Vesna. Sie deutete mir stumm, zu ihr zu kommen. Die Schließfächer. In mehreren Reihen. Und dazwischen genug Platz, um uns aufzulauern. Halbdunkel, der muffige Geruch längst vergessener Dinge. Wir hörten, wie sich ein Schlüssel im Schloss drehte. Vesna versuchte mich zurückzuhalten. Ich machte mich los. Ich schlich vorwärts. Ich musste wenigstens einen Blick auf das Schließfach werfen. Noch einen Schritt. Ich hörte, wie eine Tasche am Boden eines Schließfaches entlangschabte. Ich tappte vorwärts.

Da war etwas an meinem Fuß. Ich strauchelte und versuchte mich an den Kästen festzuhalten. Meine Nägel kratzten über das Metall. Ich stürzte schwer und rollte mich am Boden zusammen. Der Adjutant drehte sich blitzschnell um und rannte einige Schritte auf mich zu. Ich versuchte mich in eine Ecke zu retten. Laute Stimmen waren zu hören. Mehrere. Sie hatten Vesna. Vesna schrie: »Mira, dort.« Ich machte die Augen zu, ich wollte den Blitz nicht sehen.

Ich machte sie erst wieder auf, als Droch auf mich einredete. »Mira«, sagte er, und es klang besorgt. Ich blinzelte, aber blieb, wo ich war: auf dem dreckigen Bahnhofsboden, so klein wie möglich zusammengerollt.

»Öffnen Sie das Schließfach. Wenn Sie nichts zu verbergen haben, dann zeigen Sie mir, was in der Tasche ist«, verlangte eine ruhige Stimme.

»Ich habe nichts ...«, lautete die Antwort. Das war die Stimme des Adjutanten, weniger ruhig.

Droch beugte sich, so gut es ging, zu mir herunter. »Ich habe meinen Freund mitgebracht.« Er hob den Finger zu den Lippen. Ich rappelte mich auf.

»Ich habe keinen Durchsuchungsbefehl. Aber wenn Sie mich nicht in die Tasche schauen lassen, werde ich einen besorgen. Verlassen Sie sich darauf.«

Ich hätte gerne das Gesicht des Adjutanten gesehen.

»Na gut«, sagte er, »Sie werden es aber noch bereuen.« Seine Stimme klang hohl.

Ich sah Droch an. Wir wussten, dass wir beide dasselbe dachten. Was, wenn in der Tasche bloß schmutzige Sportsocken wären oder Werbematerial?

Der Zipp der Tasche wurde aufgezogen. »Da haben wir es«, sagte der Polizeibeamte. Es klang zufrieden. »Sie sind vorläufig festgenommen.« Handschellen klickten.

Zuerst sagte der andere gar nichts. Dann räusperte er sich und krächzte: »Ich habe nichts davon gewusst. Nichts. Ich habe nur einen Botengang erledigt. Das tue ich öfter, wenn sie mich darum bitten. Das habe ich schon für den alten Präsidenten gemacht.«

»Kommen Sie.«

Der Adjutant versuchte nicht zu fliehen. Er trottete mit einem eher idiotischen Gesichtsausdruck neben dem Beamten her. Ohne Uniform wirkte er trotz seiner Größe nicht eindrucksvoll. Als er zwei Schließfachgänge weiter Droch und mich sah, blieb er stehen. »Sie?«, fragte er fassungslos.

»Tun Sie nicht so«, rief ich. »Immerhin haben Sie gestern auf mich geschossen.«

»Geschossen?« Er war zutiefst verstört.

»Er ist der Adjutant von Vogl, Miller«, erklärte ich. Erst jetzt sah ich dem Polizeibeamten ins Gesicht.

»Sie?«, fragte jetzt ich. Es war der graubärtige Grobian namens Zuckerbrot, der mich vor Jahrhunderten in der Bundespolizeidirektion im Kreis geschickt hatte.

Vesna kam aus ihrem Versteck. »Du bist über das Kabel gestolpert, Mira Valensky«, sagte sie.

Der Graubart verabschiedete sich von Droch: »Auf dich kann man sich verlassen.«

Droch nahm es mit einem Grinsen zur Kenntnis. »Was glaubst denn du?«

[13]

In der Tasche wurden drei der von Vesna markierten Geldscheine gefunden. Die Ermittlungen wurden nicht von der Mordkommission und schon gar nicht von Drochs Freund, sondern von einem Sonderkommissar übernommen. Der Fall war politisch heikel. Vesna, Droch und ich wurden vorgeladen, man verpflichtete uns zum Stillschweigen. Droch und ich protestierten nicht. An dem Tag nach der Verhaftung Millers erschien das Heft mit dem Drohbrief. Wenn die Kollegen von den neuen Entwicklungen keinen Wind bekamen, war das für unser Wochenmagazin nur gut.

Am Abend, nachdem die Wahlkampfmitarbeiter in ihren Vogl-T-Shirts schon heimgegangen waren, tauchte der Sonderermittler mit zwei Experten der Spurensicherung ganz diskret bei der Wahlkampfzentrale auf. Vesna und ich warteten bereits vor dem Hintereingang. Mir war schon seit meiner Einvernahme klar, dass der Sonderermittler von Medienleuten noch weniger hielt als von Politikern. Geschmackssache. Ich hatte alles erzählt. Einzig mein Erlebnis mit den Schlägern hatte ich verschwiegen. Ich war es ihnen schuldig, und außerdem konnte ich die beiden vielleicht noch brauchen. Ich hatte mich nicht nur für jede meiner Überlegungen, sondern auch für jedes Faktum rechtfertigen müssen. Könne es nicht sein, dass ich eine Story erfinden wolle? Wunderbar. Ich dachte an die Blutergüsse, die Wunden, die Angst, die Schüsse und unsere Flucht. Aber natürlich, es ging immer bloß um die Story. Journalisten waren eben so. Und was war mit Droch, dem angesehenen Kommentator? Klar, ich hatte ihn in die Sache hineingezogen. Offenbar hatte ich ihn verführt, und ein Mann im Rollstuhl ... Und Vesna war eben auch mit von der Partie. Vesna hatte man viel ausführlicher nach ihren Aufenthalts- und

Arbeitspapieren gefragt als nach den Ereignissen von letzter und vorletzter Nacht. Ich war noch immer wütend.

Chloe Fischer sperrte uns von innen auf. Wir zeigten der Polizei, wo man auf uns geschossen hatte. Schüsse, die niemand gehört hatte. Weder Orsolics noch der Adjutant. Die Experten überprüften jedes Stück der Wand zwischen der Eingangstüre und der Tür, die im ersten Stock ins Wahlkampfbüro führte. Nicht die Spur eines Einschusses. Die Wand wies keine neu übermalten Stellen auf. Sie war trocken. Ich verstand das nicht. Ich hatte die Schüsse gehört, ich hatte im finsteren Stiegenhaus die Blitze gesehen. Auch Vesna hatte die Schüsse gehört und gesehen, und sie war gestürzt.

Chloe Fischer stand am Treppenabsatz, höflich und zuvorkommend. »Es gibt ein Kino, das manchmal unerlaubterweise die Türe aufmacht. Bisweilen hört man von dort Schüsse. Vielleicht haben Sie das gehört?«

Ich wäre ihr am liebsten ins Gesicht gefahren. Nur ruhig. Keine Emotionen. »Und die Lichtblitze könnte ich auch gehört haben?«

Der Lokalaugenschein wurde ohne Ergebnis abgebrochen.

»Es sieht nicht gut aus«, sagte der Sonderermittler zu mir. »Keine Beweise.« Es schien ihn zu freuen.

Am nächsten Tag machten erste Gerüchte die Runde, dass in Vogls Wahlkampfbüro eine Hausdurchsuchung stattgefunden habe. Vogls Pressesprecher reagierte prompt mit einer Aussendung. Das Krisenmanagement funktionierte. Ich sah sie vor mir, wie sie im Sitzungszimmer saßen und Krisenmanagement betrieben. Hingebungsvoll. Maximale Transparenz, maximale Information, maximale Verpackung, damit das andere im Verborgenen bleiben konnte. Es habe keine Hausdurchsuchung gegeben. Zwei Frauen hätten behauptet, dass im hinteren Stiegenhaus der Wahlkampfzentrale Schüsse gefallen seien. Ein Lokalaugenschein durch die Polizei habe ergeben, dass das nicht stimmen könne. Man habe keinerlei Spuren gefunden. Es gebe eben immer wieder Versuche, Vogl zu schaden. Die Erklärung, die einigen Medienleuten zusätzlich mündlich und »exklusiv« geliefert wurde, lautete, dass eine der Frauen unbestätigten Meldungen zufolge pathologisch zur Hysterie neige, deswegen auch schon in Behandlung gewesen sei und Schussgeräusche, die aus einer offenen Kinotüre gedrungen seien, für bare Münze genommen habe. Bellini-Klein, ein Psychopath. Schmidt, ein Mann, der Huren und die Halbwelt mehr liebte als die Politik und von einem der letzten Wiener Strizzis abgestochen worden war. Mira Valensky, unbestätigten Gerüchten zufolge hysterisch.

Eine halbe Stunde später gab es eine weitere Presseaussendung zum Thema. Ein Polizeisprecher bestätigte, dass man keine Hausdurchsuchung durchgeführt und sich der Verdacht zweier Frauen nicht bestätigt habe.

Vogl tourte wie vorgesehen durch den Westen Österreichs. Die einzige Änderung war, dass statt des Adjutanten ein Sicherheitsbeamter mit in seinem Auto saß. Wir schickten bloß einen Fotografen mit. Der Adjutant schien niemandem abzugehen. Er saß in Untersuchungshaft und schwieg auch weiter, als sich zwei Beamte der Wirtschaftspolizei mit ihm über die Herkunft des Geldes unterhalten wollten. Er wisse von nichts, und das habe er schon gesagt. An die Öffentlichkeit drang weiterhin nichts. Mit Vorverurteilungen sei niemandem gedient, so der Standpunkt des Sonderermittlers.

Einige Medien brachten kurze Hinweise auf das Gerücht rund um eine Hausdurchsuchung und zitierten aus den Erklärungen der Wahlkampfleitung und der Polizei. Es waren eher vorsichtig gehaltene Absätze. Man brachte sie nur zur Sicherheit, falls an der Geschichte doch mehr dran sein sollte. Ein treu-konservativer Chefredakteur vermutete eine Aktion des Bündnisses. Da er diese Annahme nicht begründen konnte, blieb sein Kommentar eher wolkig. Aber das war bei ihm nichts Neues. Zwei besonders skeptische Journalisten fuhren am Abend zum Wahlkampfbüro und überprüften, was es mit der offenen Kinotür auf sich hatte. Viele Schüsse, viel Pferdegetrappel hallten durch die Gasse, diesmal war Westerntag. Aber dass man diese Schüsse mit echten verwechseln konnte? Hysterische Weiber. Vogls Pressesprecher hatte jedenfalls die Wahrheit gesagt, schrieben sie.

Wessely schickte mir einen Brief, in dem er mir zu meinem Mut gratulierte. Er sei überzeugt, dass ich mich nicht unter Druck setzen lassen und auch den Rest aufdecken werde. Bei Problemen sollte ich mich vertrauensvoll an ihn wenden. Ich zerriss den Brief in kleine Stücke.

Ich traf mich mit Droch bei seiner Fischerhütte. Heute war es nichts mit weiß gedecktem Tisch, getrüffelten Wachteln und Kerzenschein. Der Wind blies uns feuchtkalt um die Ohren, und wir verzogen uns in die Hütte. Der Wasserstand der Donau war hoch. Sie floss schnell dahin, das Wasser aufgewühlt und braun. Droch sah beim Fenster hinaus, als er rekapitulierte. »Adjutant Miller holt rund sechs Millionen Schilling aus der Wahlkampfzentrale und will sie in ein Schließfach am Westbahnhof sperren. Das sind die Fakten. Woher das Geld stammt, ist nicht nachweisbar, Millers Motiv ist unklar. Vielleicht war er wirklich nur ein Bote, aber er schweigt. Es gibt keinen Beweis, dass das Geld für den Wahlkampf gedacht war. Es gibt auch keinen Beweis, dass die Beste-Bank tatsächlich in diese Affäre verwickelt ist. Und ob man einer bosnischen Putzfrau glaubt, dass Miller das Geld einen Tag vorher in die Wahlkampfzentrale gebracht hat, ist völlig offen. Wir haben zwei Tote: Bellini-Klein und Georg Schmidt. Das sind wieder Fakten. Unsere Gedanken dazu sind reine Theorie. Und deine Zeugenaussage scheint wenig Eindruck gemacht zu haben.« Er sah mich an. »Der Präsidentschaftskandidat und seine Leute gegen eine Journalistin mit halbherziger Deckung durch ihr Magazin. Bequeme Annahme der Polizei: Du wolltest endlich eine tolle Story haben und hast etwas nachgeholfen. Dass zwei deiner Kollegen ausgesagt haben, du seist auf dem Karrieretrip, war besonders hilfreich. Deine Putzfrau ist dir treu ergeben. Zum Glück hast du sie wenigstens angemeldet. Schwarzarbeit hätten wir gerade noch gebraucht. Ich gelte als alter Krüppel, der von einer raffinierten Kollegin umgarnt und in die Sache hineingezogen wurde. So schnell kann sich ein Image ändern.« Sein Gesicht blieb ausdruckslos.

»Droch«, sagte ich, »wir wissen, dass es nicht so ist. Wenn, dann hast du ...«

»Ich gebe nichts darauf, was sie sagen. Soll ich dir etwas verraten? Es ist manchmal ganz praktisch, als alter Krüppel zu gelten. Wenn sie dich wegen übler Nachrede und Kreditschädigung verklagen, werde ich glimpflich davonkommen. Ich werde noch so beteuern können, dass ich von allem gewusst und gewisse Entscheidungen selbst getroffen habe – sie werden mir nicht glauben. Armer alter Krüppel, einer jungen Frau auf den Leim gegangen.«

»Hör auf!« Mein Ton war scharf. »Hör auf, dich zu bemitleiden. Du bist weder alt noch hilflos. Wir müssen etwas tun.«

»Noch etwas? Wir haben Miller hinter Gitter gebracht.« Das war eindeutig spöttisch.

»Orsolics war mit Miller im Wahlkampfbüro. Miller kann keine Werbeprospekte gesehen haben. Er lügt. Der Finanzchef der Beste-Bank lügt auch. Es war sein Aktenkoffer, es muss das Geld seiner Bank gewesen sein. Oder das Geld eines guten Geschäftsfreundes. Die Wirtschaftspolizei ermittelt, aber die Geschäfte gehen weiter.«

»Chloe Fischer hat Miller hinbestellt. Sie hat ihn aber sicher nicht mitten in der Nacht wegen irgendwelcher Werbeprospekte hinbestellt. Sie lügt auch.«

»Oder aber Orsolics und Miller haben das Geld in den Koffer gepackt, bevor Vesna gekommen ist.«

»Um es dann wieder auszupacken und am nächsten Tag wegzubringen?«

»Wir haben sie gestört. Sie haben daraufhin das Geld in den Safe getan, und am nächsten Tag hat Miller es abgeholt.«

»So könnte es gewesen sein. Vieles könnte gewesen sein. Schwarzgeld in Wahlkämpfen ist nicht unüblich, es ist bloß unüblich, wie die Sache aufgeflogen ist«, murmelte Droch.

»Offenbar wurde Schmidt mit Schwarzgeld bezahlt. Die Polizei muss die Tausendschillingscheine, die ich von Schmidts Witwe habe, unbedingt mit den Scheinen in der Tasche vergleichen.«

»Es waren gebrauchte Scheine. Sie werden das für deinen nächsten Versuch halten, deine Story auszubauen.«

»Trotzdem.«

Droch zuckte mit den Schultern.

»Wer hat Bellini-Klein und Schmidt umgebracht?«, fragte ich und sah auch auf die Donau hinaus.

»Das eine war Selbstmord. Und für den Mord gibt es einen Täter. Er sitzt in Haft.«

»Er hat nie gestanden.«

»Das tun sie selten.«

»Du glaubst, dass die Schwarzgeldgeschichte nicht mit den Todesfällen zusammenhängt?«

»Doch, die beiden hängen zusammen. Aber Schuld und Unschuld lassen sich nicht so gut trennen. Gut und Böse – Unsinn. Alles eine Frage der Wertmaßstäbe.«

»Und der Gesetze.«

»Und wenn man die Gesetze selbst macht? Wenn man sie beeinflussen kann? Glaubt man dann noch ihnen unterworfen zu sein?«

»Hat Vogl davon gewusst?«

»Woher soll ich das wissen? Er war eng mit der Beste-Bank verbunden. Aber Mord? Er ist zu schwach.«

Ich sah Droch an. »Zu schwach? Das hat Vesna schon gesagt.«

»Du mit deiner genialen Putzfrau. Leute wie Vogl lassen sich tagtäglich einteilen, sie müssen sich einteilen lassen. Sie können sich um so vieles nicht kümmern, dass sie nie die Kontrolle haben. Sie sind nur Fassade, egal was sie selbst glauben. Es gibt Leute, die sind glücklich so. Weil immer jemand hinter ihnen steht und sie vorne sind. Und das kann Vogl gut. Deswegen wird er auch ein ganz passabler Präsident.«

»Er wird Präsident …«

»Was glaubst du? Wir werden das, was wir wissen, nicht schreiben können und das, was wir uns denken, schon gar nicht. Klagen. Beweisführung. Wem wird eher geglaubt, dem Krüppel und der Journalistin oder Vogl und seinen Wahlkampfmitarbeitern? Das kostet zu viel.«

»Aber Faktum ist, dass Miller mit Millionen geschnappt wurde. Und niemand weiß, wem die Millionen gehören.«

»Die Wahlkampfzentrale sagt, dass Miller Werbeprospekte abgeholt hat.«

»Und das glauben die Leute?«

»Ein paar Millionen zu viel kosten Vogl nicht den Kopf, schon gar nicht, wenn man nichts beweisen kann.«

»Der Mann im Hintergrund ... Du sagst, Vogl sei zu schwach. Egal, ob er etwas gewusst hat. Die starke Person im Hintergrund ist Chloe Fischer.«

»Nicht alle, die die Fäden ziehen, sind Mörder.«

»Aber sie ist die Einzige, die stark ist. Die durchhält, die plant. Orsolics würde das nicht schaffen. Da steckt Planung und Intelligenz dahinter.«

»Überschätze Chloe Fischer nicht. Sie arbeitet hart, hat sie immer schon getan. Sie ist eine von denen, die immer zeigen müssen, dass sie alles am besten können.«

»Ich sehe sie vor mir: Sie steht auf dem Treppenabsatz und lächelt. Die Spurensicherungsexperten finden nichts. Sie steht oben mit verschränkten Armen und lächelt. Höflich, zuvorkommend und eine Spur spöttisch.«

»Sie mag dich nicht, und du magst sie nicht.«

»Darum geht es nicht. Chloe Fischer hat Miller angeblich den Auftrag gegeben, Werbematerial in die Wahlkampfzentrale zu bringen. Sie war jedoch nicht da. Orsolics hat den Aktenkoffer entgegengenommen. Klug. Wenn etwas passiert, war sie nicht dabei.«

»Da sehe ich einen Widerspruch. Sie will doch immer die Kontrolle haben.«

»Hat sie auch. Sie hat Orsolics unter ihrer Kontrolle. Orsolics und Miller bemerken, dass ihnen jemand auf die Schliche gekommen ist, schauen ins Stiegenhaus, hören uns und schießen in Panik. Du hast die Schüsse gehört. Chloe Fischer wird verständigt und ordnet an, das Geld am nächsten Abend in ein Schließfach zu bringen.«

»Und die Morde hat sie auch begangen?«

»Oder in Auftrag gegeben. Vielleicht hat sie die Morde auch selbst begangen. Chloe Fischer ist nicht zu unterschätzen.«

Droch schüttelte den Kopf. »Du vergisst, dass sie für den Tag von Bellini-Kleins Tod ein perfektes Alibi hat.«

»Alle haben ein Alibi, alles wurde perfekt geplant. Sie heuert einen Mörder an, und ...«

»Die Perfektionistin und ein Mitwisser? Und noch dazu einen Mörder als Mitwisser?«

»Du hast recht. Sie muss es selbst getan haben – oder Orsolics oder Miller.«

»Die waren mit Vogl unterwegs. Nachweislich. Öffentlicher geht es nicht.«

»Schmidt. Chloe Fischer war an diesem Abend auf einer Party. Sie kann sich weggeschlichen haben, auf einer großen Party fällt das nicht auf. Nach einer Stunde kommt sie wieder zurück, lächelt ihr kühles Lächeln, und in Schmidt steckt ein Messer.«

»Und Bellini-Klein hat jemand anderer ermordet, und wieder jemand anderer hat den anonymen Brief geschrieben? Das passt doch nicht zusammen.«

»Nicht alles auf einmal. Chloe Fischer hat gewusst, wo Schmidt sich herumgetrieben hat.«

»Sie hat das Dossier zusammengestellt.«

»Genau.«

»Schmidt ist mit Schwarzgeld bezahlt worden. Er hat herumgeschnüffelt und Chloe Fischer bedroht – spätestens, als sie ihn nicht weiter beschäftigen wollte. Chloe Fischer nimmt ein Messer, das auf der Party herumliegt, verschwindet und ersticht ihn.«

»Das passt nicht zu Fischer. Sie handelt überlegt.«

»Auch sie kann in Panik geraten. An dem Tag, an dem Schmidt mir die Story angekündigt hat, kann er sie gezielt bedroht haben. Sie kann gesehen haben, wie er mit mir gesprochen hat. Da wusste sie, dass sie sofort etwas unternehmen musste. Wenn Schmidt die Schwarzgeldsache auffliegen ließe, sähe das für Vogls Wahlkampf nicht gerade gut aus. Von wegen Sauberkeit und Transparenz.«

»Aber Mord? Und was ist mit Bellini-Klein? Da hat sie jedenfalls ein Alibi. Und warum sollte sie sich in einem anonymen Brief selbst als Verdächtige nennen?«

Wir saßen in der Hütte und blickten auf die herbstliche Donau.

»Weißt du was?«, sagte Droch. »Ich beginne deine verrückten Theorien langsam zu glauben. Wahrscheinlich werde ich selbst verrückt.«

Ich schwieg nachdenklich. Das Messer ... In der Redaktion hatten wir von der Mordwaffe Polizeifotos. Es handelte sich um ein Messer, das in Österreich nicht verkauft wurde. Es kam aus den USA und war in einigen europäischen Staaten im Handel. Es war von hoher Qualität. Man könnte herausfinden, ob bei der Party ein solches Messer verwendet worden war. Aber immerhin war das Bild des Messers in allen Medien gewesen.

»Ich muss in die Redaktion«, sagte ich. Ich hatte eine vage Idee. Vielleicht konnte ich der Sache in der Redaktion auf den Grund gehen.

Droch sah mich an. »Darf man erfahren, warum?«

Ich grinste. »Weil ich dich jetzt nicht mehr brauchen kann und die Lorbeeren alleine einstreifen möchte.«

Er seufzte.

»Also, ich habe die Ahnung einer Idee. Etwas, was uns mit dem Messer weiterhelfen könnte. Aber ich bin mir nicht sicher.«

»Ich komme mit.«

»Nein, ich muss in Ruhe denken und meine Unterlagen durchforsten. Unsere Theorie stimmt, jetzt müssen bloß noch einige Mosaiksteinchen ...«

»Mira denkt«, spöttelte Droch.

Ich stand auf, gab ihm einen raschen Kuss auf die Wange und ging.

»Mira denkt«, murmelte Droch.

Als ich zur Hütte zurücksah, saß er vor dem Haus, hatte die Hände auf die Armlehnen gestützt und starrte geradeaus.

Ich durchpflügte meine gesamten Unterlagen. Nichts. Ich kannte das Gefühl. Wenn der Wunsch stark genug war, etwas zu finden, hatte ich bisweilen den Eindruck, es überall schon einmal gesehen zu haben. Ich kannte das von Uhren, von Schraubenziehern und von Pässen. Ich suche meinen Pass, und an jedem neuen Ort, den ich durchsuche, bin ich mir sicher, dass er dort liegen muss. Dass er immer dort gelegen hat. Einbildung. Wunschdenken. Jetzt suchte ich nach einem Hinweis. Nachdem ich alle Wahlkampfunterlagen durchgearbeitet, alle einschlägigen Reportagen gelesen hatte, machte ich mich an die Tonbänder meiner Interviews. Direktor Fischer, der perfekte Gatte, das perfekte Powerpaar. Allein die Vorstellung ... Ich grinste. Der perfekte Gatte – was hatte er gesagt? Dass sie trotzdem »eine richtige Frau« sei. Und dass er ihr von seinen Reisen Haushaltsgegenstände mitbringe. Messer? Ich hörte das Band durch. Von Messern hatte er nichts gesagt. Ich musste herausfinden, ob Direktor Fischer seiner Frau Messer mitgebracht hatte. Einfach fragen? Er konnte bereits alles wissen und seine Frau decken. Liebe, Karriere, vielleicht sogar beides. Er würde ihr kein einzelnes Messer mitgebracht haben. Wahrscheinlich ein Set. Vielleicht hatte sie die restlichen bereits weggeworfen. Nein, zu auffällig. Vielleicht vergraben. Von heute auf morgen verschwindet ein Satz Messer? Nein. Chloe Fischer hatte sicher eine Haushaltshilfe. Warum hatte dann die Haushaltshilfe das Messer nicht erkannt? Vesna.

Im hinteren Zimmer stritten sich die Zwillinge um ein Spielzeug. Vesna und ich saßen in der Küche, die auch der Vorraum der Wohnung war. »Sie streiten auf deutsch«, sagte Vesna stolz. Vesna hatte einige Bekannte angerufen. Niemand wusste, wer die Haushaltshilfe von Chloe Fischer war. »Wir werden bluffen müssen«, sagte ich. Entweder brach alles zusammen, oder wir würden gewinnen. Wir würden gewinnen. Ich hatte etwas, was Chloe Fischer fehlte: Fantasie. Jede Menge davon. Zu viel?

Als Chloe Fischer am nächsten Morgen ins Büro kam, fand sie auf ihrem Schreibtisch einen Zettel vor, auf dem »Polizei plant Hausdurchsuchung in der Villa« stand. In Computerschrift. Vesna war wieder einmal als Putzfrau getarnt in der Nacht durch den Hintereingang eingedrungen und hatte die Nachricht auf ihren Tisch gelegt.

Droch und ich warteten in der Nähe von Fischers Villa. Chloe Fischer traf bald ein. Sie wirkte gehetzt, ließ den Mercedes, ohne abzusperren, vor dem Haus stehen und schloss hastig die Haustür auf.

»Wir sollten hineingehen«, zischte ich.

»Nein, so bekommen wir keinen Beweis«, sagte Droch in normaler Lautstärke.

Fünf Minuten vergingen. Dann kam Chloe Fischer eilig aus dem Haus und sperrte die Tür zu. Sie trug einen gelben Karton.

Chloe Fischer fuhr zügig die Höhenstraße entlang. Wir folgten ihr in einigem Abstand, hier gab es nicht viele Straßenkreuzungen. Wald, Villen und Wanderwege. Abrupt bog sie ab. Droch verlangsamte. Chloe Fischer hatte nur einige Meter hinter der Abzweigung angehalten. Ein dunkelblauer Peugeot fuhr an ihrem Auto vorbei und blieb 50 Meter weiter stehen. Wir hielten am Rand der höher gelegenen Höhenstraße und konnten Fischer von hier aus beobachten. Da war ein Müllcontainer. Die Türen des blauen Peugeots gingen auf. Chloe Fischer warf gerade die Schachtel in den Container. Zwei Männer stiegen aus dem Peugeot und rannten los. Fischer blieb stehen. Sie erstarrte.

»Das hätte ich nicht getan«, sagte der eine Mann. Es war der stellvertretende Chef der Mordkommission, Drochs Freund Zuckerbrot. Der andere holte den Karton aus dem Müllcontainer. Längst war ich aus dem Auto gestiegen, um alles besser sehen zu können. Ich hatte bereits einige Fotos geschossen: von Chloe Fischer, wie sie etwas in den Müllcontainer warf, und von den beiden Polizeibeamten, die auf sie zu gesprintet waren.

»Chloe Fischer, ich verhafte Sie wegen Mordes an Georg Schmidt.« Der andere Beamte nahm sie am Arm, keine Handschellen. Sie bewegte sich wie eine Marionette. Ihr Outfit war wie immer tadellos: hellblaues Chanelkostüm, weiße Perlenkette, hellblaue Pumps, perfekt gepflegtes blondes Haar. Sie sagte nichts.

Ich drückte noch einige Male auf den Auslöser und trat dabei ein paar Schritte zur Seite. Die Erde war feucht und mit Blättern bedeckt und dementsprechend glitschig. Verdammt, ich begann zu rutschen und konnte mich nicht mehr halten. Ich stürzte und kullerte mit meiner Kamera den steilen Hang hinunter – den überraschten Polizeibeamten buchstäblich vor die Füße. Chloe Fischer riss den Mund auf und klappte ihn dann wieder zu.

»Sie …«, sagte sie tonlos, und ich war froh, dass sie kein Messer in der Hand hatte. »Sie …«, kreischte sie los. Ich rappelte mich auf. Zuckerbrot grinste.

»Ihr Mann hat Sie verraten«, sagte ich und sah Fischer in die Augen. »Nicht direkt, aber indirekt. Er hat davon geschwärmt, dass Sie trotz Karriere eine richtige Frau seien. Und dass er Ihnen von überall so gerne Haushaltsgegenstände mitbringe. Die Messer waren ein amerikanisches Fabrikat. Er hat Ihnen die Tatwaffe gekauft, weil Sie eine richtige Frau sind.«

»Eine richtige Frau?«, schrie Chloe Fischer. »Eine richtige Frau? Ich sage Ihnen verdammt noch einmal etwas: Ich habe es satt, ich habe seine dummen Messer und Töpfe und Gläser satt. Ich habe es satt, dass er glaubt, meine Arbeit sei bloß ein Hobby. Ich habe es satt, satt, satt. Ich sage Ihnen etwas …« Sie starrte mich an. »Die meisten Geschenke liegen in einem Schlafzimmerkasten. Nie verwendet. Das ist ihm nicht einmal aufgefallen. Auch die Messer waren dort. Nie wäre es ihm aufgefallen. Die Messer …« Sie begann schrill zu lachen und verstummte plötzlich. Der eine Polizeibeamte schob sie auf den Rücksitz des großen Peugeots. Drochs Freund nahm neben ihr Platz. Sie fuhren ab.

»Sie hat gestanden, zumindest teilweise«, berichtete Zuckerbrot. Droch und ich saßen in seinem Zimmer im Polizeipräsidium. Warum war ich damals bei ihm aufgetaucht? Richtig, wegen der Akte von Bellini-Klein. »Das Schwarzgeld sei über zwei Mittelsmänner der Beste-Bank gekommen, die sie nicht kennen will. Sie will auch nicht wissen, von wem es stammt. Sache der Wirtschaftspolizei. Schmidt sei mit Schwarzgeld bezahlt worden, er habe herumgeschnüffelt und versucht, sie zu erpressen. Schmidt habe Unterlagen gestohlen, auf denen die schwarz ausgezahlten Beträge vermerkt gewesen seien. Sie habe ihn aufgefordert, die Unterlagen umgehend herauszugeben. Er habe sich jedoch geweigert, und sie habe gesehen, wie er auf Frau Valensky einredete. Sie wollte ihn unter Druck setzen. Sie hatte das Dossier. Und das wollte sie ihm zeigen. Aber er war schon weg. Sie konnte ihn mit dem Dossier vernichten. Durch ihre Recherchen wusste Chloe Fischer, wo Schmidt zu finden sein würde. Der Prater sei eine zwielichtige Gegend. Also habe sie zum Schutz – so gab sie zu Protokoll – ein Messer mitgenommen. Sie ging zu einer Party, redete mit vielen Leuten und setzte sich dann ab. Sie hatte es nicht weit bis zum Prater. Sie kannte die Gegend, den Würstelstand, bei dem sie und ihr Mann in der Ballsaison einige Male Halt gemacht hatten. Um die Ecke lagen Schmidts Lieblingslokale. Sie passte ihn ab, konfrontierte ihn mit dem Dossier, er bedrohte sie – behauptet sie –, sie zog das Messer und stach in Notwehr zu. Sagt sie. Sie sei davongerannt und dann zur Party zurückgekehrt.«

»Sie war zumindest nicht so in Panik, dass sie vergessen hat, die Fingerabdrücke abzuwischen«, murmelte Droch.

Sein Freund nickte. »Sie nahm auch einige Dokumente aus seiner Tasche, teilweise harmloses Zeug, aber auch die Schwarzgeldaufzeichnungen. Bei einer Hausdurchsuchung wurde übrigens auch ein Schreckschussrevolver gefunden, der erst kürzlich verwendet worden war. Jetzt haben wir die Erklärung für die Schüsse im Stiegenhaus. Keine Kinoschüsse und trotzdem nicht echt. Chloe Fischer hat es gestanden. Sie war in ihrem Zimmer, als Miller mit dem Geld kam. Sicherheitshalber. Sie hat gehört, dass Orsolics und Miller wegen einer Putzfrau das Zimmer verlassen haben. Die Schlösser des Koffers seien aufgeschnappt. Kurz darauf sei die Putzfrau davongelaufen. Chloe Fischer habe sich ins dunkle Stiegenhaus geschlichen und zwei Personen flüstern hören. Die Putzfrau mit einer Komplizin. Also feuerte sie. Orsolics und Miller habe sie erzählt, dass es sich um besonders laute Kinoschüsse gehandelt habe.«

Ich nickte. Ich war also doch nicht verrückt.

»Sie behauptet übrigens, dass Orsolics die Schwarzgeldsache eingefädelt hat. Zu Vogl sagt sie kein Wort. Ihr Mann habe nichts gewusst. Und: Für den Tod von Bellini-Klein hat sie ein wasserdichtes Alibi.«

Droch und ich sahen einander an und nickten. Die perfekte Chloe Fischer.

Es war eine Sensation. Chloe Fischers Verhaftung ließ sich nicht geheimhalten, und jetzt kam auch die Schwarzgeldaffäre ans Licht. Große Fotos in allen Zeitungen. Vogl saß in seinem einsamen Haus und überlegte, Selbstmord zu begehen. Seine Tochter rief mich an und beschimpfte mich. Sie hatte es nötig. Ich hatte sie aus allem herausgehalten. Und noch war nicht klar, wie ihr Liebhaber umgekommen war.

Der offizielle Wahlkampfleiter berief eine Pressekonferenz ein und erklärte seinen Rücktritt. Er nahm die ganze Verantwortung auf sich. Er werde sich ins Privatleben zurückziehen und stehe natürlich für alle Untersuchungen zur Verfügung. Endlich könne er wieder fischen gehen.

Auch Orsolics trat auf. Er schien in gewisser Weise glücklich zu sein, nicht mehr im Schatten Chloe Fischers zu stehen. Er zeigte sich entsetzt über ihre »kriminellen Machenschaften«. Er habe keine Ahnung gehabt. Eindrucksvoll schilderte er, dass im Aktenkoffer nur Werbematerial gewesen sei. Sie habe ihn missbraucht. Als er aus dem Zimmer gegangen sei, habe sie das Werbematerial wohl durch Geld ersetzt. Es sei aktenkundig, dass sie in ihrem Zimmer – mit einer Verbindungstür zu seinem – gewesen sei. Von Schwarzgeldgeschäften habe er keine Ahnung gehabt. Für die Finanzkontrolle sei alleine Chloe Fischer zuständig gewesen. Man könne das nachprüfen. Zu seinem Bedauern verstehe er von Bilanzierung nichts, aber das sei auch nicht sein Job.

Die Buchhalterinnen hätten neben gewissen Namen Sternchen gemacht, teils, weil diese Leute von der Partei, teils, weil sie mit Schwarzgeld bezahlt wurden. Die Liste mit den ausgezahlten Beträgen habe man im Safe von Chloe Fischer gefunden. Orsolics schüttelte erschüttert den Kopf. Er wolle keine Theorien aufstellen, aber es sei schon augenfällig, wer unter den Vorfällen am stärksten zu leiden habe: Wolfgang A. Vogl. Ihm gehöre seine ganze Loyalität. Vogl werde seine Kandidatur nicht zurücklegen. Und er, Orsolics, bleibe, um den Wahlkampf zu organisieren, das sei er ihm schuldig.

Das Mediengewitter dauerte einige Tage. Meine Story brachte viele Details an die Öffentlichkeit. Das Foto, auf dem Chloe Fischer den Karton mit den Messern in die Mülltonne warf, war großartig geworden. Ein Jahrhundertfoto. Ich gab Interviews. Droch und ich waren die Stars, die Aufdecker. Aber man glaubte nur, was bewiesen war: Chloe Fischer war eine Mörderin. Und sie hatte sechs Millionen Schwarzgeld in den Wahlkampf geschleust.

Aus den USA wurde ein ehemaliger PR-Berater des amerikanischen Präsidenten eingeflogen. Gemeinsam mit Orsolics und dem Pressesprecher kreierte er eine neue Kampagne. Orsolics rief mich sogar an, um mir davon zu erzählen. »Ehrenrettung für Wolfgang A. Vogl«, sagte er.

»Und wer hat Bellini-Klein umgebracht?«, fragte ich.

Zwei Tage später präsentierte Vogl sich den Medien. So viel Aufmerksamkeit hatte er noch nie gehabt. Ich saß bei der Pressekonferenz in der ersten Reihe und hatte die Arme verschränkt. Ich wollte es ihm nicht leicht machen. Er übersah mich gekonnt, blickte ernst und direkt in die Kameras und begann mit seinem Statement: »Meine Gegner wollen mir schaden. Meine Konzepte sind die besseren. Ihnen geht es um Macht, mir geht es um die Bürgerinnen und Bürger. Das macht mich unschlagbar. Das macht mich sicher. Ich selbst habe sofort veranlasst, dass alles aufgeklärt wird. Ich bin hintergangen worden.« Hier kippte seine Stimme etwas. »Hintergangen von einer Person, der ich vertraut habe. Ich fordere maximale Transparenz. Schonungslose Einsicht in alle Unterlagen. Für eine saubere Politik. Für eine neue Politik. Gemeinsam, im Interesse der Menschen dieses Landes.« Vogls Erklärung wurde natürlich von allen Medien gebracht. Johanna Mahler hielt sich diesmal mit ihrer Kritik an Vogl deutlich zurück. Nur Wessely sprach von dunklen Machenschaften, die noch nicht restlos aufgeklärt seien. Die Konservativen beschlossen nach einer Krisensitzung, weiter zu schweigen. Ihr Parteichef sprach dem »Menschen Vogl« das Vertrauen aus. Eine Woche später wurde Adjutant Miller aus Mangel an Beweisen auf freien Fuß gesetzt.

Ich lag mit einer warmen Wolldecke in meiner Hängematte. Die späte Herbstsonne hatte mich noch einmal auf den Balkon gelockt. Bald würde ich ihn für einige Monate vergessen können. Vielleicht sollte ich doch in eine wärmere Gegend auswandern?

Vogl und Orsolics und Miller und die Schläger. Alle unschuldig. Es hatte nur die perfekte Chloe Fischer getroffen. Weil sie alles konnte und alles besser machen wollte. Hatte sie alles allein gemacht? Ich schüttelte den Kopf. Das kommt davon. Tüchtig ist zu wenig. Zu tüchtig ist gefährlich. Orsolics hatte sich retten können, der Adjutant stand bloß als Dummkopf da und Vogl gar als Opfer. Zumindest vorläufig. Die Wirtschaftspolizei ermittelte gegen die Beste-Bank und einige ihrer Kunden. Ich hatte der Polizei nicht erzählt, dass ich den Finanzdirektor gemeinsam mit den Leuten von Mega-Kauf und meinem Chefredakteur gesehen hatte. Unwahrscheinlich, dass es da einen Zusammenhang gab. Außerdem musste man sich ja nicht gleich alles zerstören.

Der Finanzdirektor blieb auf freiem Fuß. Bellini-Kleins Tod blieb ungeklärt. Er würde wohl ungeklärt bleiben.

Ich kletterte aus der Hängematte. Zeit, sich langsam zurechtzumachen. Droch hatte mich zum Essen eingeladen. Droch ...

Im Wohnzimmer spielte Gismo mit einem zerknüllten Stück Papier. Sie hatte wieder einmal den Papierkorb ausgeleert. »Bestie«, zischte ich, stellte den Papierkorb wieder auf, sammelte die Papierabfälle ein und wollte Gismo ihre Beute wegnehmen. Gismo hatte den Papierfetzen im Maul und sah mich frech an. Spielen? Keine Zeit. Ich griff nach dem Papier. Gismo war beleidigt und näherte sich auf Umwegen erneut dem Papierkorb. Ausgerechnet eine Schlagzeile vom Beginn des Wahlkampfes hatte Gismo bearbeitet: »Vogl hebt ab.« Meine Güte. Vogl schien das trotz des Skandals zu gelingen.

Papier. Papierkorb. Im nächsten Augenblick sauste ich in meinen alten Jeans und dem grünen ausgeblichenen Sweatshirt los. Gismo starrte mir nach, als ich die Türe hinter mir zuschlug.

Vesna läutete an der Türe von Terezija Weiß, die uns schon mit dem Schlüssel entgegenkam. Nein, die Wohnung von Bellini-Klein sei noch nicht vergeben. Einige Leute hätten sie angesehen, aber es sei alles noch so, wie als wir sie das letzte Mal verlassen hätten. Terezija Weiß sperrte auf. Ich ging von Raum zu Raum. Da. Der Papierkorb. Er war leer. Er war natürlich nicht übersehen worden. Ich ging durch das Wohnzimmer zurück zur Eingangstüre. Es war bloß so eine Idee gewesen. Die Bücher standen in den Regalen, es hatte sich tatsächlich nichts verändert.

Nein. Vieles hatte sich verändert.

Bald würde es kalt genug sein, um im schicken Emailofen wieder Feuer zu machen. Einheizen ... Neben dem Ofen stand ein Korb mit Holzscheiten und zusammengeknülltem Zeitungspapier. Ich kniete mich neben den Korb. Ich strich die Seiten glatt. Auf einer waren zwei Worte ausgeschnitten: »Unseren Kindern« war von der Schlagzeile übriggeblieben. Der Text begann mit: »Ist es nicht Mord an unseren eigenen Kindern, wenn wir ...« Fünf Minuten später konnte ich den Wortlaut des anonymen Briefes rekonstruieren. Niemand hatte auf das Brennmaterial geachtet.

Der Brief war vor Bellini-Kleins Tod abgeschickt worden – von Bellini-Klein selbst. Chloe Fischer und Orsolics hatten ihn loswerden wollen. Und das war ihnen auch gelungen, allerdings mit anderen

Mitteln als mit Mord. Das Letzte, was Bellini-Klein noch tun wollte, war, sich an Fischer und Orsolics zu rächen. Bei Fischer war es ihm gelungen, er hatte alles ins Rollen gebracht. Ein anonymer Brief. Zwei abgewischte Gläser. Und dann der Sprung.

[14]

Zwei Monate waren inzwischen vergangen. Droch, ein junger Politikredakteur und ich saßen vor dem kleinen Fernsehmonitor in Drochs Zimmer. Begleitet von den feierlichen Worten des TV-Kommentators nahmen die Spitzen der Politik im Reichsratssaal des Parlaments Platz. Abgeordnete, Chefs der Provinzregierungen. Auf der Galerie Orsolics und einige strahlende Wahlkampfmitarbeiter. Eine Fanfare ertönte. Alle standen auf. Mit ernstem Gesicht und hoch erhobenem Kopf schritt Vogl herein. Hinter ihm die Minister und die Parlamentspräsidenten.

Wenig später sprach Vogl mit vor Rührung bewegter Stimme die Gelöbnisformel nach. Die Kamera war auf sein Gesicht gerichtet. »Ich gelobe, dass ich die Verfassung getreulich beobachten und meine Pflichten nach bestem Wissen und Gewissen erfüllen werde. So wahr mir Gott helfe.«

Alle klatschten, Konservative, Sozialdemokraten, selbst die wenigen anwesenden Bündnisleute. Der TV-Kommentator nannte die Prominenz aus Wirtschaft, Kultur und Sport auf den Rängen. Der austroamerikanische Milliardär wurde ebenso ins Bild gerückt wie mehrere Schirennläufer mit strahlenden Gesichtern und eine Reihe von Direktoren aus dem Bank- und Versicherungswesen. Das Publikum setzte sich, und Vogl ging gemessenen Schrittes zum Rednerpult in der Mitte des altehrwürdigen Saales. »Es muss unser gemeinsames Anliegen sein, dem Land eine sichere Zukunft zu erarbeiten«, sagte er. Die Kamera schwenkte zu ein paar festlich gekleideten Kindern. Es seien die Kinder des Familienministers, ließ der Kommentator wissen. Vogl sprach über seine Liebe zur Heimat, einmal mit beinahe brechender Stimme, dann wieder fest und mit direktem Blick in die Kamera. Er warnte davor, »die Bürgerinnen und Bürger durch den Stil der politischen Debatte in Desinteresse und Ablehnung zu treiben«, und beschwor die Gefahr einer »Radikalisierung der Sprache und der Beschädigung der Institutionen, die für das Funktionieren unseres Staates notwendig sind«. Wieder wurde geklatscht, wieder schwenkte die Kamera über die Festversammlung. Vogl machte eine Pause – die Pause vor dem letzten Satz der Rede. »Steigt nicht aus, steigt ein – es zahlt sich aus, sich für Österreich zu engagieren.« Beifall brandete auf.

Der neue Präsident neigte bescheiden den Kopf. Dann hob er ihn und lächelte.

»Die Zukunft des Landes sieht uns mit diesem Lächeln an«, sagte der TV-Kommentator.

Die Nationalhymne ertönte, die Menschen im Reichsratssaal erhoben sich wieder. Vogl sang den Text mit. Eine Träne der Rührung lief ihm über die Wange. Seine rechte Hand lag auf seinem Herzen.

»Eine gute Vorstellung«, meinte der junge Redakteur.

Droch sah mich an. »Wie war das mit diesem Restaurant im Veneto?«

MIRA VALENSKYS ZEHNTER FALL

Das Geld der neuen Russen wollen viele. Doch alte Ängste sitzen tief. Die ehemalige politische Journalistin greift aufs Neue brisante Themen auf und wirft kritische wie ironische Blicke auf russische Investoren in Europa.

Eva Rossmann: Russen kommen
Gebunden, 280 S., € 19,50
ISBN 978-3-85256-444-9

folio
WIEN · BOZEN

WWW.FOLIOVERLAG.COM

Ein Rosenkrieg mit tödlichem Ausgang.
Mira Valensky ermittelt in Sachen Scheidung.

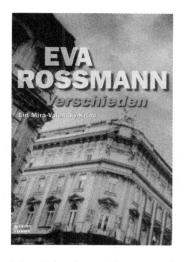

Eva Rossmann
VERSCHIEDEN
Ein Mira-Valensky-Krimi
244 Seiten
ISBN 978-3-404-15947-5

Mira Valenskys Kollegin Gerda Hofer steckt in einer Ehekrise. Ihr Mann, ein angesehener Wiener Arzt, will die Scheidung, und Gerda wird die alleinige Schuld zugesprochen, obwohl zum Zeitpunkt ihres Seitensprungs die Ehe längst zerrüttet war. Außerdem gibt es Hinweise, dass das Verhältnis zwischen dem Arzt und seiner Sprechstundenhilfe über das Be-rufliche hinausgegangen sei. Als ihr Ex-Mann unter mysteriösen Umständen zu Tode kommt, gerät Gerda unter Verdacht ...

»Prädikat: Mords-Vergnügen für Genießer.« *Profil*

Bastei Lübbe Taschenbuch

Werden Sie Teil
der Bastei Lübbe Familie

- Lernen Sie Autoren, Verlagsmitarbeiter und andere Leser/innen kennen
- Lesen, hören und rezensieren Sie unter www.lesejury.de Bücher und Hörbücher noch vor Erscheinen
- Nehmen Sie an exklusiven Verlosungen teil und gewinnen Sie Buchpakete, signierte Exemplare oder ein Meet & Greet mit unseren Autoren

Willkommen in unserer Welt:
www.lesejury.de